TROUS NOIRS

« *Nous vivons dans un Univers étrange et merveilleux. Il nous faut une imagination extraordinaire pour pouvoir apprécier son âge, sa dimension, sa violence et même sa beauté.* »

Stephen Hawking

Une Belle Histoire du Temps

Prologue

13 décembre - Ordonnance

— « Tu ne devineras jamais à qui elle a appartenu ! »
Voilà ! Ce sont les derniers mots de mon père. Enfin, les derniers mots qu'il a prononcés en ma présence. D'ailleurs, il n'a pas dû en produire des masses entre ce jour-là et l'accident ... c'était pas un bavard !
Je revois la scène comme si c'était hier. Il venait de me glisser dans la main une montre à bracelet que je voyais pour la première fois. Il avait dû la rapporter de son dernier périple à travers l'Europe. Vu l'engin, certainement d'un pays de l'Est. On aurait dit une montre de grand-père : un bracelet en cuir marron, un énorme cadran rond et bombé et, comme si ça ne suffisait pas, de bonnes grosses vieilles aiguilles !
Vous imaginez la honte, à l'époque, si je m'étais baladé avec ça au poignet ! En plus, j'avais déjà une Casio en plastique avec un cadran lumineux. Une waterproof.
Bref, je n'ai rien trouvé à répondre, j'ai pris mon sac et je suis parti.
C'est dans le train, quelques heures plus tard, que j'ai remarqué en quoi cette montre sortait de l'ordinaire.

Tout était monté à l'envers, le mécanisme et le cadran. Les aiguilles tournaient dans le sens inverse. J'avais l'impression de remonter le temps. À même pas vingt ans, c'est une sensation franchement déprimante.
C'est certainement la raison pour laquelle j'ai très vite perdu cet objet et que je n'y ai jamais repensé jusqu'à hier soir !
— Ah, nous y voilà !
— Comment ça : « Ah, nous y voilà ! » C'est vous qui m'avez demandé de tout raconter depuis le début. Si ça vous ennuie tant que ça, je peux faire plus court : Hier soir, je me suis un peu laissé aller. J'avais rendez-vous avec les parents d'un élève qui pose problème et ça s'est plutôt mal passé.
— C'est à dire ?
— Eh bien, je les ai virés en les traitant de bas du plafond, de connards, et puis de deux ou trois autres trucs pas très sympas.
— Ah oui, quand-même !
— Ils l'ont bien cherché, c'est pas trop mon genre de réagir comme ça.
— Bon d'accord, mais je ne vois pas bien le lien avec votre histoire de montre.
— Ah, ça vous intéresse maintenant ?
— ...
— Bon, comme ça faisait plus d'une demi-heure que je me coltinais les Grandin et que l'entretien ne menait nulle-part, j'ai regardé l'heure sans faire preuve d'une grande discrétion, et comme vous pouvez le constater, ma montre est du genre arrache-poils, c'est un bracelet métal stretch.

— Oui mais enfin là ça devient ...
— Attendez, vous allez comprendre. Après m'être lavé les mains, j'avais remis ma montre à l'envers et quand j'ai voulu lire l'heure, j'ai rien compris ... et c'est à cet instant-là que j'ai eu comme un flash. Je me suis retrouvé ailleurs, à Saint-Jean-de-Luz, il y a une trentaine d'années ... le jour où mon père m'a donné cette montre bizarre.
Je ne sais pas combien de temps j'ai déconnecté, quelques secondes certainement, mais ils n'ont pas eu l'air d'apprécier. C'était curieux, je les entendais râler, mais c'était comme un bruit de fond.
Et puis le retour a été violent ... je n'ai pas supporté leurs gueules de travers, leurs aboiements ... alors je les ai virés !
— Bien, bien ... effectivement, ça n'est pas très gentil !
— Bon, alors, c'est grave docteur ?
— Non, pas vraiment. Je crois que vous êtes un splendide cas de « *pétage de plombs* » ...
— Ça fait pas très scientifique !
— Je peux vous le dire en latin si ça vous rassure. Bon, je ne pense pas que vous ayez besoin d'un traitement. En revanche, je vous mets au repos quelques jours pour que vous puissiez recharger les batteries et penser à autre chose ...
— Hmmm !
— ...
— ...
— Vous devriez peut-être essayer d'écrire.
— Écrire ? À qui ?
— À personne en particulier ... à tout le monde ... à

vous !
— Vous voulez dire un truc genre journal intime ?
— Par exemple ... mais vous pouvez aussi tenir un blog ou vous lancer dans la poésie ... enfin, peu importe la forme, mais le passage par l'écrit peut vous aider à reprendre le contrôle ... et puis ça peut aussi vous plaire ... j'ai plusieurs patients qui fréquentent un atelier d'écriture et ça leur fait le plus grand bien.
— Les écrivains anonymes ... bonjour l'ambiance ! Je me vois bien lire mes textes en public ... la honte assurée !
— Alors comme ça c'est juste une question d'amour propre !
— Non ... Enfin, un peu. Maintenant, vous avez raison, ça ne peut pas faire de mal ... et puis comme vous m'offrez du temps libre, je crois que c'est le bon moment pour se jeter à l'eau.
— Ça fera cinquante-sept euro cinquante.

1

15 décembre – Rencontre

La journée d'aujourd'hui s'est déroulée bizarrement.
J'étais sur pied à cinq heures et demie, comme tous les matins depuis la naissance d'Hélène, il y a 19 ans. Cinq heures et demi, c'était l'heure du premier biberon.
Je ne sais pas pourquoi j'ai continué à me lever si tôt quand elle a commencé à prendre le rythme jour-nuit. Après, il y a eu Andreas, et puis Nina. Ils ont grandi, ils sont partis et j'ai continué à me lever aux aurores.
J'ouvre les yeux, j'enfile ma tenue de coureur de fond, je bois un verre d'eau et je sors.
Habituellement, je couvre huit kilomètres en trois-quarts d'heure. Mais hier, je suis parti tout droit dans la campagne noire et gelée. J'ai repris conscience de ce que je faisais à 7h18 (j'ai regardé ma montre) il faisait encore nuit. Cette nuit orangée que l'on trouve à proximité des grandes agglomérations, sorte de halo blafard dont le seul objet semble être de masquer les étoiles.
Il y avait un village environ deux kilomètres devant moi. Quelques minutes plus tard, je passais la

pancarte, surpris de constater que j'avais parcouru plus de vingt kilomètres et soulagé de reconnaître la commune d'un de mes collègues du lycée. Je ne ressentais aucune fatigue particulière, mais je savais que d'une minute à l'autre j'allais foncer dans le mur.
Je trouvai facilement la bâtisse imposante, le long de la rivière. C'était un moulin en ruine que les parents d'Olivier avaient acheté pour faire un gîte rural il y a quinze ans. Son père avait commencé à faire les travaux de réhabilitation, et puis il était mort alors que la toiture était couverte de bâches et les murs à moitié rejointoyés. Il n'y avait ni eau ni électricité. Olivier a immédiatement souhaité poursuivre l'œuvre paternelle, une bien curieuse idée morbide.
Depuis plus de dix ans maintenant, il retape cet énorme édifice. C'est son unique passe-temps.
Toutes proportions gardées – ma maison est bien plus petite et la motivation m'a quitté au bout d'à peine deux ans – j'ai aussi eu ma période démolition et maçonnerie. En cela, nous nous ressemblons un peu. C'est sûrement pour ça que je l'apprécie.
Et puis il y a Sarah.
C'est elle qui m'a ouvert la porte. Je crois qu'elle a eu peur. Son visage s'est disloqué.
— Marc ? A-t-elle fini par articuler.
Derrière elle dans l'entrée, un grand miroir reflétait la scène. J'avais l'air d'un fantôme en combinaison de plongée, et le bas de mon visage était maculé de sang. Avec le froid je ne sentais rien, j'avais dû faire une petite hémorragie nasale. Je comprenais sa réaction,

j'avais l'impression de voir Mah-to-he-ha[1] peint par George Catlin. J'ôtai ma cagoule.
— Désolé de t'avoir effrayée, je ne savais pas que j'étais aussi moche.
— Qu'est-ce qui s'est passé ? Tu as eu un accident ?
Elle me fit entrer prestement et j'expliquai du mieux possible comment j'étais arrivé jusqu'ici.
Olivier venait de partir au travail et les enfants étaient chez leur grand-mère depuis la veille au soir. Elle n'avait prévu d'aller en ville qu'à partir de dix heures pour faire quelques courses de Noël.
— Tu me reconduis à la maison maintenant et je t'offre le petit déjeuner, je pourrai même t'accompagner dans tes emplettes, je suis déjà en vacances.
Voilà comment une heure plus tard, j'étais à la maison, douché, habillé avec un peu plus de soin qu'à l'accoutumée, et en compagnie d'une très jolie femme que j'avais aimée dix ans plus tôt.
La tension était palpable, nous parlions de tout et de rien. Chacun évitait soigneusement et pudiquement de lancer l'autre sur un terrain trop personnel. Dix années s'étaient écoulées mais le corps a une mémoire redoutable.
Soudain, le téléphone vint interrompre mon récit des événements de l'avant-veille. C'était madame Pinguet, la secrétaire du proviseur. Elle avait bien reçu le fax de mon arrêt de travail, mais monsieur le Proviseur souhaitait me voir au plus vite pour que je lui explique comment j'avais pu en arriver à de tels

---

[1] Mah-to-he-ha : Vieil Ours, chef indien ou sorcier suivant les représentations effectuées par G. Catlin (1796-1872)

débordements. Ton autoritaire, voix insupportable : sèche et désagréable.
— Monsieur Jansen, vous m'entendez ? Monsieur le Proviseur souhaite comprendre ...
— Dites à votre patron que ce n'est pas à deux ans de la retraite qu'il faut chercher à comprendre comment faire son travail.
J'ai raccroché. Sarah me regardait avec une expression d'amusement énigmatique. J'aurais pu l'embrasser mais je ne l'ai pas fait.
Nous sommes sortis en ville pour faire les boutiques. Je me sentais bien.

2

16 décembre – Cricri

J'ai passé toute la matinée d'hier avec Sarah. C'était comme dans un rêve, mais j'étais épuisé en la quittant vers midi et demi. Je vis seul depuis si longtemps que je n'ai plus l'habitude de ces longues discussions en tête à tête.
Je peux difficilement oublier le jour exact où j'ai plongé dans ce monde de solitude et de silence. Hélène avait six ans, Andreas venait de prendre quatre ans et la petite dernière, Nina avait dix-huit mois. C'était mon anniversaire et Ute avait déposé le cadeau dans mon assiette. Les enfants tapaient dans les mains pour que je déchire au plus vite le papier rouge vif qui le ceignait. Je ne partageais par leur empressement. Les yeux fixés sur ma femme, je la voyais se déliter à mesure que mes mains lacéraient l'emballage. Lorsqu'il fut en pièces, je n'eus d'autre choix que de diriger mon regard sur ce qu'il renfermait, croisant au passage celui des enfants, qui semblaient partagés entre déception et effroi. Même si je m'y étais préparé, le choc fut rude. Je résistai tant bien que mal. Ute, debout derrière les petits, était à présent en larmes.

Hélène semblait perplexe.
— Il est drôle ton cadeau !
Mes défenses se sont écroulées d'un coup. J'ai plongé la tête dans le T-shirt collector de Motörhead et je me suis disloqué. Et puis j'ai entendu la petite voix d'Andreas.
— Je crois que ça lui plaît pas !
Alors je me suis mis à rire, j'ai reposé le cadeau, je me suis levé et je suis allé les embrasser tous les trois. Je les ai serrés contre moi longuement ... et puis ils ont commencé à gigoter pour se libérer de l'étreinte. Je les ai laissés disparaître.
Ute et moi avons longuement parlé, c'était mieux pour tout le monde. Elle retournerait en Allemagne avec les enfants et je pourrais venir les voir autant de fois que je voudrais.
À la même époque, je commençais à perdre toutes mes illusions professionnelles. Quelques grèves et manifestations pour rien avaient eu raison de mes espoirs de guérison d'un corps dans lequel la gangrène des indicateurs chiffrés s'était installée. L'inefficacité du combat syndical m'a rendu plus amer encore. Petit à petit, je me suis muré dans un silence désengageant. J'appelle ça ma manifestation permanente et je me rends compte, aujourd'hui, que ça n'est pas très malin.
Aujourd'hui c'est dimanche, mais on se croirait samedi car tous les magasins sont ouverts et la ville ressemble à une gigantesque fourmilière. Chacun des membres de la colonie semble animé d'une énergie vitale mécanique qui lui permet de se glisser dans le

flot. Malheur à celui qui ne suit pas le rythme, après s'être fait tamponner plusieurs fois, il se retrouve écarté du mouvement collectif.
La terrasse du café où j'ai mes habitudes, recueille souvent certains de ces bannis. J'aime bien les observer derrière mon journal.
Parfois, je les vois se détendre, reprendre apparence humaine.
Souvent, je suis déçu. Les refoulés du flux échouent sur une chaise avec à la main le téléphone qui leur permet de garder contact avec la colonie. L'échange qui s'en suit est alors d'une brièveté monotone :
— T'es où ?
— ...
— OK, on se retrouve à la FNAC.
Eh bien moi je n'y vais plus depuis que j'ai compris l'origine de mon affliction : L'adolescence.
C'est une période abominable pour l'être humain : physique disgracieux avec son cortège de complexes en tout genre, capacité de raisonnement annihilée par des libérations hormonales incontrôlables, égocentrisme qui surtout chez les filles confine à la démence.
On peut difficilement imaginer la souffrance de l'individu qui est condamné par son travail à subir les assauts répétés chaque année de ces hordes cosaques.
Quand vous en croisez un dans la rue, rien ne se passe jamais naturellement. Soit il vous ignore maladroitement s'il est seul, soit il transpire à profusion s'il est accompagné de ses parents, priant pour qu'aucune des deux parties n'entame une discussion à son sujet. Le pire cependant, et cela

arrive de plus en plus souvent, c'est quand il est avec sa *bande de potes*, alors là, le spectacle est garanti. Des cris, des éclats de rire, beaucoup de désordre, certains sortent leur téléphone mobile pour faire mine de se faire prendre en photo avec vous, pensant ainsi faire preuve d'un sens de l'humour hors du commun.

Voilà pourquoi j'évite la FNAC qu'ils occupent en nombre.

Heureusement, Il y a une alternative. Une grande librairie qui a fait le choix inconcevable de ne vendre que des livres. On n'y rencontre en règle générale aucun élève, mais de nombreux professeurs.

Je me demande d'ailleurs comment certains lieux culturels pourraient survivre en province sans le concours du corps enseignant.

C'est une infographiste à qui j'avais donné des travaux à effectuer pour un projet d'échange scolaire, et avec qui j'entretiens une aventure à épisodes, qui m'a ouvert les yeux à ce sujet.

Je l'avais invitée à un spectacle de danse contemporaine. Dans le hall du théâtre tout le monde se saluait de façon plus ou moins chaleureuse avant de se diriger vers les escaliers. Dans la salle, des mains s'agitaient en réponse aux hochements de têtes et autres sourires que chacun expédiait en tout sens.

— Tu connais tout le monde ici ? m'avait lancé Cricri, ma belle infographiste.

— On croise un peu toujours les mêmes personnes quand on va au théâtre, aux vernissages, ... dans ce genre de truc, tu vois ?

— Mais, vous vous connaissez un peu, ou c'est juste bonjour-bonsoir ?
— Bah, à vrai dire la plupart sont des collègues, d'anciens collègues, d'anciens collègues de collègues, des collègues d'anciens collègues ou d'anciens collègues d'anciens collègues. Et là j'avais ajouté un peu désespéré, en fait, il n'y a que des profs ici !
À la fin du spectacle, nous prenions un verre avec un couple d'anciens collègues quand Cricri avait glissé dans la conversation :
— c'est bien un truc de prof ça !
— Qu'entends-tu par *ça* ?
— Bah votre manière de parler du spectacle, c'est super intello, vous compliquez tout. Moi, je ne suis pas une intello.
— Ça n'est pas grave, tu as d'autres atouts à faire valoir, avais-je bêtement répliqué. Étrangement, elle avait semblé flattée, et alors qu'elle se serrait contre moi en me malaxant la cuisse gauche sous la table, je n'arrivais pas à reprendre le fil de la conversation. Je venais d'entrevoir un terrain d'exploration plein de promesses. Le couple d'intellos s'était d'ailleurs éclipsé très rapidement suite à notre échange.
Nous étions restés encore un peu dans ce bar branché, ne parlant qu'avec nos mains. Elle s'était levée brusquement et m'avait agrippé le poignet. Sans un mot, elle m'avait entraîné jusqu'à la porte cochère de son immeuble à quelques rues du bar, là elle s'était tournée vers moi et m'avait soufflé :
— Je ne suis pas une intello, si tu me veux, il faut que tu me prennes comme je suis.

Je ne m'étais pas fait prier plus que cela pour m'exécuter deux étages plus haut.
Avec Cricri, c'est assez particulier comme relation, on se croise de temps en temps, on prend un café et puis quand on décide de sortir ensemble un soir, ça se termine toujours dans son lit. C'est pratique et agréable. Cricri ce qu'elle veut c'est du sexe simple et direct, elle n'aime pas quand je tourne autour du pot, elle n'aime pas non plus quand je tente des postures.
— Si je veux faire du sport, je vais à la salle de gym, pas dans mon lit, me lance-t-elle parfois pour refroidir mes ardeurs acrobatiques. Elle est nature et directe. Ça a aussi ses bons côtés.

3

27 décembre – Deutschland über alles

Thalys fonce à travers la Somme.
Un bien curieux département qui se résume à deux interminables talus se faisant face et que seule la voie TGV sépare. Hommage de la SNCF aux poilus ? Cette tranchée rend la translation hypnotique. C'est probablement la raison pour laquelle je trouve naturel d'effectuer ma métamorphose sur cette portion du trajet.

Pendant les deux premières années qui ont suivi la séparation, je me suis débrouillé pour rendre visite aux enfants à chaque période de congés. J'ai cependant vite compris que ça ne pourrait pas durer. Tout mon salaire y passait et mon rôle auprès d'eux me laissait perplexe.
J'ai donc limité à deux par an le nombre de mes voyages, et pendant quelques étés les enfants sont venus camper avec moi en Bretagne.
Ensuite, la multitude d'activités auxquelles ils s'adonnaient, ainsi que la féroce concurrence des grand-parents Kempf en matière de loisirs estivaux,

ne m'ont laissé que la période de Noël pour les réunions familiales.

Ute s'était installée dans l'énorme maison dynastique près de Göslar. Son père lui avait bien entendu trouvé un emploi de cadre dans une filiale de son groupe industriel. Elle était chef de projet dans une boîte de marketing d'Hanovre et gagnait dès la première année environ cinq fois plus que moi.

Les enfants passaient davantage de temps avec le personnel de maison qu'avec leur mère, mais leurs chambres étaient plus spacieuses que mon séjour.

Ils avaient insisté auprès de leur grand-père – une idée certainement soufflée par leur mère qui connaissait mes moyens financiers – pour que je puisse loger dans une des dépendances du parc, afin de pouvoir passer plus de temps en ma compagnie. Parfois ils passaient la nuit avec moi dans le pavillon de chasse reconverti en maison d'amis que l'on m'avait attribué. Herr Kempf m'avait cependant bien fait comprendre qu'il n'était plus question d'amitié, et qu'un homme qui n'était pas capable de garder sa femme ne lui inspirait que du mépris. Il gardait en travers de la gorge mes rejets de toutes ses propositions d'embauche qui m'auraient, disait-il, assuré une position sociale honorable. Je brûlais d'envie de lui dire que le spectacle qu'il donnait de lui-même en Kaiser de famille était si grotesque que je préférais mendier plutôt que devoir subir son diktat. Mais je ne disais rien car sans son hospitalité je n'aurais pas pu voir mes enfants aussi régulièrement.

Ute me rendait souvent visite, le soir, pour les

récupérer. Parfois, lorsqu'ils insistaient pour jouer un peu plus longtemps dans le parc, nous parlions comme avant. Je lui disais qu'elle avait l'air plus heureuse qu'en France et que nous avions fait le bon choix, qu'il fallait faire attention à ne pas trop gâter les enfants, que son père était un vrai tyran. Elle me parlait de son travail, de ses collègues, de ses anciens amis qu'elle avait retrouvés avec plaisir. Un jour, elle m'a même montré une photo prise à l'Emporio sur laquelle elle posait en compagnie des trois camarades qui l'avaient accompagnée au Brésil. Ils étaient assis autour d'une table ronde une caipirinha à la main.
— Tu te souviens d'eux n'est-ce pas ?
Pendant qu'elle me donnait des nouvelles détaillées de trois personnes que j'avais croisées bien plus de dix ans auparavant, j'observai avec curiosité la photographie à la recherche de visages connus ou oubliés dans l'arrière plan. Dans le miroir derrière le bar, on voyait le reflet du photographe, pas suffisamment pour l'identifier mais assez pour reconnaître mon maillot bleu.
Je ne savais pas quoi penser. Devais-je me réjouir d'avoir été celui qui avait permis à quatre amis de garder une trace d'un bon moment de leur existence ? Devais-je me lamenter d'être le larbin de service à qui on demandait de prendre la photo et qui venait faire le babysitting de ses propres enfants contre un logement ?
Je me rendais compte que nos longues séances de conversation nous éloignaient plus qu'elles nous rapprochaient. Ute me décrivait un monde qui me

paraissait creux, prétentieux et stérile et moi je ne lui disais pas grand-chose, bien conscient du fait que mes silences lui étaient moins pénibles que les histoires de mon quotidien de prof.

C'est elle qui, un soir - les enfants refusaient de descendre d'un arbre dans lequel ils s'étaient cachés - a abordé pour la première fois le sujet. Par ennui, certainement, ne sachant plus que dire pour meubler les longs silences qui marquaient nos rencontres. Elle a hésité, juste un peu, puis dans un souffle.

— Tu as toujours le Semtex ?

J'ai tourné la tête lentement dans sa direction. Je n'étais pas sûr d'avoir bien compris. En plus, elle n'était pas censée savoir que je détenais des explosifs à la maison. Je n'avais jamais jugé opportun de la mettre au courant. Plusieurs secondes se sont écoulées et puis j'ai senti la colère, la jalousie, la méchanceté et aussi la mort s'emparer de moi.

Sans le savoir, Ute avait ouvert la boîte de Pandore. Elle venait de déterrer tous les souvenirs que j'avais mis des années à enfouir profondément. Tout ce qui avait causé mon malheur et qui pouvait encore amener son lot de souffrances.

Je suis resté silencieux un long moment encore. Ute ne savait plus quelle contenance adopter. La sensation de malaise qu'elle avait tout de suite éprouvée s'était muée en une peur sourde. Je ne pouvais pas ignorer le plaisir pervers que me procurait cette situation nouvelle. J'ai fini par acquiescer avec la plus grande sobriété.

J'ai tout de suite vu naître sur son front cette petite

ride verticale que je connaissais bien. C'était la marque de son trouble. Et puis son regard. Ça n'a pas duré plus d'une seconde, mais j'ai compris.

Le lendemain, Ute est venue me voir après avoir couché les enfants, une bouteille de champagne dans une main et deux coupes dans l'autre. Elle portait une robe très courte et trop légère pour la saison.

Je n'ai rien dit, je ne savais pas quoi dire de toute façon.

Elle a servi le champagne puis au moment de me tendre la coupe elle m'a regardé droit dans les yeux.

— Je t'ai fait trois enfants. Je n'ai jamais osé te le demander, mais je crois que j'ai le droit de savoir si tu as du sang sur les mains.

Mon Allemand était un peu rouillé, et puis je ne m'attendais pas à une telle question. Il m'a fallu un peu de temps pour réaliser, et puis l'image a surgi d'un coup, j'avais devant moi ces deux malheureux broyés dans leur voiture. J'ai senti la colère me brûler les yeux.

Mon ex-compagne n'avait rien trouvé de mieux pour pimenter sa vie sexuelle que de fantasmer le père de ses enfants en vieux terroriste.

Je l'ai giflée, pas très fort mais assez pour lui faire lâcher la coupe qui s'est brisée sur la tomette.

Je voyais la tôle blanche broyée sous le camion.

— Ne me pose plus jamais cette question, c'est compris ?

Elle a parfaitement géré la suite. Elle a repris le contrôle de la situation en faisant glisser sa tunique sans esquisser le moindre mouvement. J'étais admiratif. La technique, la posture et la qualité de l'étoffe, tout concourait à rendre cet instant inoubliable. J'avais déjà accepté mon rôle.

Après, ça s'est un peu corsé. Elle s'est approchée à la manière d'un mannequin, nue et en talon. C'était terriblement grotesque mais très excitant. J'ai bien eu envie de rire quand elle s'est collée à moi, tremblante à s'en déboîter les articulations.

— Ne me fais pas mal, je ferai tout ce que tu veux, m'a-t-elle susurré à l'oreille. Nous faisions tous les deux de bien piètres comédiens, mais par la suite notre jeu s'est épuré.

Ce fut une nuit bizarre, où quantité d'émotions contradictoires se sont télescopées.

Au petit matin Ute a été très forte, avant même que je n'amorce un geste tendre, elle était déjà habillée et un pied dehors.

— Demain je te réserve une surprise ! a-t-elle lancé sans se retourner.

Depuis toutes ces années nous jouons avec plus ou moins de bonheur, à Carlos et Magdalena.

J'ai bien cru que tout cela prendrait fin quand Ute m'a annoncé qu'elle allait épouser Günter, il y a maintenant déjà sept ans. Un drôle de type ce Günter. Il est associé avec Herr Kempf dans plusieurs affaires, et en plus de cela il est l'un des plus gros armateurs de porte-conteneurs d'Allemagne.

Son énorme maison de la banlieue huppée de Hanovre est donc devenue la maison de mes enfants.

Je l'ai rencontré pour la première fois quelques semaines seulement après le mariage. Ute avait insisté pour que je m'installe chez eux pendant mon séjour, j'avais eu beau protester – un peu mollement, certes – elle avait opposé trop d'arguments solides à mon orgueil mal placé.

C'est en taxi que j'ai découvert pour la première fois le parc arboré de six hectares et l'imposante bâtisse blanche, sans charme, longue d'au moins trente mètres et haute de trois étages. Il pleuvait des cordes.

Avec l'accord du chauffeur, j'ai attendu une accalmie avant de tenter une sortie. Soudain, à travers la buée qui couvrait la vitre, j'ai aperçu une forme humaine. La portière s'est ouverte et un homme assez âgé pour être mon grand-père m'a invité à le suivre. Il était armé d'un parapluie de la taille d'un chapiteau de cirque. Je le remerciai avec profusion, surpris et un peu soulagé qu'il fut aussi vieux. Ute m'avais bien dit qu'il avait quelques années de plus que nous, mais je ne m'attendais pas à cela !

Une fois à l'intérieur, il ne me laissa pas le temps de me présenter, il tourna les talons et s'éloigna en lâchant :

— Je vais prévenir Monsieur de votre arrivée.

Ça n'était pas la première fois que je me sentais stupide, mais je me sentais vraiment stupide. J'étais dans mes petits souliers quand Herr Hahn m'est apparu enfin.

Je dois dire que si je n'avais pas affronté le Minotaure dans une autre vie, j'aurais pu être salement impressionné par ce beau spécimen d'anatomie teutonne. Une armoire à glace sur laquelle on aurait posé un tapis brosse.

Il a bien sûr essayé de me broyer la main, mais j'ai été plus rapide.
Il aboyait plus qu'il ne parlait – je ne me souviens pas de quelle région d'Allemagne il est originaire, mais on y parle bizarrement – vu le nombre de dents qu'il exhibait, j'ai compris qu'il disait qu'il était heureux de me rencontrer.
J'en doutais.
Enfin, Ute est arrivée dans ce que j'ai du mal à nommer l'entrée – cinquante mètres carrés et trois mètres de hauteur de plafond juste pour accrocher les manteaux et retirer les bottes, ça me semblait un peu excessif – elle était suivie de près par les enfants qui dévalaient un escalier monumental en poussant des cris de joie. Ça au moins, ça faisait plaisir.
Ils étaient surexcités, et malgré la fatigue du voyage j'ai dû me taper la visite du palais. C'était vraiment démesuré et j'ai rapidement perdu le sens de l'orientation.
Au deuxième étage, les enfants ont poussé une lourde porte de bois brut. C'était ma chambre. Elle était bien entendu immense, avec une salle de bain en suite, mais question décoration c'était Sissi Impératrice. Pour entretenir l'ambiance, j'ai menti :
— Oh, comme c'est joli !
Les enfants étaient aux anges. Hélène a pointé du doigt une porte à l'autre bout du couloir.
— Là-bas, c'est maman, vous ne serez pas loin !
— Maman et Günter, ai-je précisé, pour m'assurer qu'elle avait bien compris la situation.
— Non, non, Günter, sa chambre elle est au premier

étage, mais maman elle dit que Günter et ses copains, ils font trop de bruit quand ils font la fête. Alors elle a décidé de monter avec nous au deuxième.

Je n'en croyais pas mes oreilles, c'était comme dans les films des années cinquante, quand les couples se souhaitaient bonne nuit dans le couloir avant de se séparer.

J'ai compris sa décision deux jours plus tard, quand Günter a invité une dizaine d'amis pour une soirée particulièrement bien arrosée. La fête battait son plein quand, visiblement épuisée par sa semaine de travail, Ute a salué l'assistance et a rejoint ses appartements. J'étais moi-même bien fatigué, j'essayais dans la journée de répondre à toutes les sollicitations des enfants - c'était bien là la moindre des choses - et le manque d'habitude se faisait sentir. Cependant, je me voyais mal lui emboîter le pas en sifflotant, l'air de rien. Je devais rester encore quelques minutes par simple correction. Il est vrai que je m'emmerdais fermement, chacun y allait de ses souvenirs de vacances dans les endroits les plus extravagants qui soient. Il y était souvent question de l'insigniﬁance des autochtones et de l'énormité des insectes. J'avais trop picolé, et je n'arrivais plus à supporter les explosions de rires gras que provoquaient leurs anecdotes affligeantes.

Je me levai le plus discrètement possible et m'esquivai en passant derrière un gros pilier.

— Oh oh, un français qui se sauve ! Incroyable, on n'a jamais vu ça ! Ah ah ah ! Günter était cramoisi, j'ai cru qu'il était en train de s'étouffer, mais non, il riait

juste avec un peu d'emphase. Il traversa le vaste salon pour se planter devant moi. Ses amis, hilares, semblaient apprécier le petit numéro comique de leur hôte. Encouragé par autant de succès, il abattit sa grosse main droite sur ma nuque et entreprit de me secouer comme un prunier. Il était vraiment bourré.
— Lâche-moi la grappe gros connard !
C'est sorti tout seul, presque doucement. Il a arrêté de me hocher, mais la main sur ma nuque serrait plus fort à présent. Il s'est penché sur moi jusqu'à ce que nos fronts se touchent.
— Je pourrais te broyer d'une seule main ...
La paume de ma main droite l'a atteint au menton, je l'ai ensuite attiré vers moi en chutant au sol, m'arrangeant pour que sa tête heurte le pavé. C'était un peu inutile, mais pour la beauté du geste j'ai terminé par une clef de bras.
Je ne m'étais pas senti aussi bien depuis longtemps. Ce fut un plaisir éphémère, Ute a fondu sur nous comme un rapace, tout le monde en a pris pour son grade et les invités se sont sauvés comme des lapins. Elle est remontée aussi rapidement qu'elle était descendue, me laissant seul avec l'estropié.
Il avait le visage un peu marqué. Il saignait du nez et de l'arcade sourcilière. Après une rapide discussion, nous avons opté pour un traitement local. Je suis allé chercher quelques rouleaux de papier toilette pendant qu'il prenait des bières dans le frigo de la cuisine. On a bien rigolé quand je lui ai bourré le nez de PQ pour arrêter l'hémorragie, on aurait dit Robert Dalban. Pour l'arcade, on a utilisé la même technique, sauf

que pour boire les bières, c'était pas pratique de serrer la coupure avec les doigts. C'est Günter qui a eu l'idée du clips – style pince-à-linge – qui lui sert habituellement à accrocher les plans de bateau.
Pour l'épaule en revanche, il a jonglé.
À partir de ce jour, nous sommes devenus bons amis, et j'ai découvert en lui quelqu'un de beaucoup plus subtil qu'il ne voulait bien le montrer. Les hommes ont parfois recours à de curieux stratagèmes pour se protéger.
Ute a boudé quelques jours, mais la nuit précédant mon départ elle m'a rejoint dans la chambre Sissi. J'étais sous la douche, je ne l'ai pas entendu entrer, elle s'est glissée comme un serpent sous les draps et a attendu son heure. Je me suis mis au lit sans remarquer la très légère élévation de l'édredon près du bord opposé, j'ai éteint la lumière, et j'ai crié.
Ute venait de se jeter sur moi et elle avait planté les dents dans mon flanc gauche, juste entre la hanche et les côtes flottantes, et elle serrait. Je mis quelques secondes à localiser l'interrupteur de la lampe de chevet, quand enfin j'y parvins, j'eus un sacré choc.
L'attaque éclair avait fait voler les draps qui gisaient à présent au pied du lit et je pouvais voir mon agresseur dans toute sa splendeur, le corps entièrement gainé d'une dentelle bleue électrique, les cheveux blonds relevés en un chignon sage d'où descendaient deux anglaises coquines.
Elle mordait suffisamment fort pour mériter une bonne correction mais pas assez pour blesser sérieusement. Ça saignait quand même un petit peu.

Un peu plus tard dans la nuit, avant de regagner ses quartiers, Ute a collé ses lèvres à mon oreille et elle a murmuré :
— Ne t'inquiète pas pour Günter, notre union est amicale, mais avant tout industrielle. Question sexe on fait ce qu'on veut, mais discrètement. Bonne nuit !

Voilà comment, jusqu'à cette année, une activité sexuelle régulière nous a permis d'entretenir une excellente relation plutôt singulière, malgré une séparation vieille de treize ans. Mais maintenant il va falloir trouver autre chose. Les talus qui défilent de part et d'autre du TGV disparaissent brutalement, c'en est fini de Carlos et Magdalena.

Des trois enfants, c'est Andreas qui a toujours été le plus distant à mon égard.
Hélène, trop belle, silencieuse et mystérieuse. Un regard a suffi pour que naisse entre nous un amour évident, tout simplement naturel.
Nina, la petite dernière, a toujours réclamé davantage d'attention, elle a maintenant quatorze ans et insiste pour que nous communiquions ensemble par Internet deux fois par semaine, une fois en allemand et une fois en français, comme ça c'est bon pour nous deux. Elle est adorable, et elle a besoin que je le lui répète à chacune de nos sessions.
C'est donc avec Andreas que les relations ont toujours été un peu plus tendues. À l'époque où les enfants passaient encore l'été avec moi, il était le seul à me parler allemand. Quand il faisait la tête et que je

voulais savoir pourquoi, il me répondait toujours en allemand :
— Je n'ai pas le droit de te le dire !
Ce à quoi je répondais : « Tu as le droit de dire ce que tu veux, tant que tu restes correct. »
La discussion s'arrêtait souvent là.
À chacune de mes visites en Allemagne, quand je distribuais les petits cadeaux les filles me sautaient au cou tandis que lui se forçait à cracher un «merci» à peine audible. En bref, il a toujours été chiant. Mais cette fois il s'est surpassé.
C'était la semaine dernière, je venais d'arriver chez Günter et Ute, et comme d'habitude il n'y avait que le personnel de maison pour m'accueillir. Je suis donc allé directement chez Sissi pour défaire mes valises et prendre une douche. Une fois rafraîchi, j'ai remarqué que j'avais un message sur mon téléphone portable, Günter était en Chine et ne rentrerait pas avant trois ou quatre jours, il me souhaitait un bon séjour.
Je restai étendu sur mon lit, nu, pendant de nombreuses minutes. Je me demandais ce qu'aurait été ma vie si j'avais accepté les offres d'Herr Kempf. J'essayais de m'imaginer en businessman signant des contrats avec le monde entier, mais je n'y arrivais pas. Rien de consistant ne me venait à l'esprit. J'avais le costard, les secrétaires, la suite dans l'hôtel - tout cela ne me posait pas de problème mais les contrats : impossible. Ça n'était pas un manque d'inspiration, c'était un rejet pur et simple.
Je décidai d'arrêter là, je ferais une nouvelle tentative plus tard dans la semaine. Je n'allais certainement pas

rester sur un échec mais pour l'heure, je venais d'avoir une idée de surprise pour Ute.

C'est vrai après tout, c'était toujours elle qui initiait nos petits jeux, à mon tour cette fois. Je plongeai la main dans mon gros sac de voyage et en sortis un plus petit dans lequel se trouvait ma tenue de course à pied. J'en extirpai le fuseau noir et le maillot col roulé spécial grand froid, noir avec sa cagoule assortie. Elle allait avoir sa petite montée d'adrénaline.

Une fois vêtu, je me glissai dans sa chambre avec l'espoir d'y trouver une cachette. Comme à chaque fois que je pénétrais son intérieur je marquai une pause à l'entrée. C'était délicieux, un temple de douceur et de féminité aux teintes beige et doré, mais aussi une ombre de dureté voire de froideur dans la structure de métal et de bois qui encadre le lit, et la cheminée fière et imposante mais prête à s'embraser à la première étincelle.

Je m'y sentais si bien que cela me rendait un peu mal à l'aise. Je repris le fil de mon plan et me dirigeai vers la porte qui donnait sur le vestiaire - la cachette idéale à en croire tous les thrillers - qui me résista. Elle était fermée à clef. C'était logique, la chambre était ouverte pour permettre le ménage et le dressing était bouclé pour protéger les objets de valeurs et bijoux qui devaient se trouver dans un coffre.

Ça compliquait pas mal les choses, j'allais devoir me cacher sur l'énorme balcon que desservait une porte-fenêtre coulissante. La nuit commençait seulement à tomber et il faisait déjà moins dix dehors. Mon idée

me paraissait de moins en moins excitante. J'observais avec appréhension la surface gelée du balcon, battu par les vents, quand la grosse Mercedes grise s'est rangée sous l'avancée prévue à cet effet. Ute venait d'arriver et selon toute vraisemblance elle allait monter directement pour ôter ses vêtements du jour. Elle passerait ensuite une bonne heure dans sa salle de bain avant d'aller choisir sa tenue du soir. C'est l'instant que j'avais retenu pour agir, mais en attendant je devais passer sur le balcon sibérien avec pour seule protection contre le froid ma petite combinaison en lycra. J'avais un mauvais pressentiment.
Comme prévu, Ute a poussé la porte de sa chambre quelques minutes plus tard. Elle semblait crevée. À travers la petite ouverture de la porte-fenêtre, je l'entendis pousser un long soupir. J'attendis que la lumière inonde la pièce pour risquer un œil à l'intérieur. Elle avait déjà envoyé valdinguer ses talons et se dirigeait vers la salle de bain. J'allais pouvoir sortir du congélateur. Je plaçai les doigts sur le chambranle de la fenêtre pour la faire coulisser quand Ute fit volte-face et cria : « Entre ! »
Bon, c'était raté. En plus, le look ninja nylon, hors contexte ça allait être dur à rattraper. C'était à mon tour de pousser un soupir las. La porte de la chambre s'est ouverte et Andreas est entré comme seuls savent le faire les garçons de seize ans. En dix pas on pouvait lire l'épuisement, l'impatience, l'inquiétude, l'arrogance et l'éréthisme – quoique pour être honnête, celui-ci je ne l'ai pas vu tout de suite – je

l'avais quand même échappé belle.
Il n'y eut pas de round d'observation. L'adolescent est silencieux ou direct. Là, c'était direct :
— Tu crois que je n'ai pas compris votre ... [là je n'ai pas compris] ... c'est pour toi qu'il vient ici, pas pour nous. Et puis ses cadeaux pourris je les balance dès qu'il est parti. Il ... [là je n'ai pas compris non plus] ... j'ai plus de fric que lui alors que je suis encore au lycée. Comment veux-tu que je le respecte ?
Et pan, une baffe, bien joué Ute ! Ça l'a calmé tout de suite, il s'est mis à geindre de façon un peu emphatique.
— J'arrive pas à comprendre, qu'est ce que t'as bien pu lui trouver ?
Il se tenait la tête à deux mains, assis sur le coin du lit. Ute s'est éloignée de lui, a saisi le sac qu'elle avait déposé sur la table basse près de la cheminée et après en avoir tiré une clef, elle a ouvert la porte de son dressing.
— Je vais te montrer quelque chose que tu n'as jamais vu. Je suis sûr qu'après tu comprendras.
J'étais gelé mais radieux. Avant d'entrer dans le vestiaire Ute a levé la main vers la rangée d'interrupteurs et a pressé quelques boutons, un petit ronronnement s'est fait entendre, très doux. Est-ce le froid intense ? La cagoule en lycra ? Je ne sais pas, toujours est-il que je n'ai pas réagi quand j'ai compris que ce que j'entendais était le moteur électrique du volet roulant.
Je ne pouvais tout de même pas mourir gelé déguisé en ninja sur le balcon de mon ex-femme. Je ne

pouvais pas non plus tambouriner au volet et me trouver nez-à-nez avec mon fils de seize ans qui me trouvait déjà ultra nul. Il ne restait que la pire des solutions, la descente du pignon ouest à mains nues, et sans rappel. Après tout, quitte à se couvrir de honte, autant tenter quelque chose d'extravagant !
Un quart d'heure plus tard, je sonnais à l'entrée principale. J'avais ôté ma cagoule pour ne pas alarmer la bonne, mais je doutais que cela soit suffisant. J'étais couvert de boue et de glace fondue, et ma jambe gauche endolorie me lançait tellement que j'avais adopté la démarche des morts-vivants. Tout cela à cause d'une réception ratée lors du dernier saut, entre le balcon du premier et le sommet du petit talus qui courait autour de la maison. J'étais malgré tout soulagé d'avoir échappé au pire.
La porte s'ouvrit sur deux yeux noirs écarquillés, mais ça n'était pas ceux de la bonne. Mon fils me faisait face, il semblait frappé de stupeur. De mon côté, j'avais décidé de ne plus prendre d'initiative. Je n'ai même pas esquissé un geste quand il s'est jeté dans mes bras. J'ai alors réalisé qu'il m'avait dépassé en taille. Décidément, c'était ma journée !
Je restai muet, sur le pas de la porte, sans parvenir à comprendre ce qui pouvait bien provoquer cette manifestation d'amour filial plutôt inattendue. Il fit soudain quelques pas en arrière en observant avec inquiétude ses manches de chemise, elles n'étaient plus très blanches. Je n'ai pas pu m'empêcher de sourire.
— Mais, qu'est ce qui t'es arrivé ? Tu es couvert de

boue ! S'exclama-t-il alors, les yeux toujours rivés sur ses avant-bras fangeux.

— C'est rien, j'ai glissé, fis-je négligemment. Puis je me dirigeai vers le grand escalier en pierre, là-bas, au fond du vaste hall. Au passage, je posai la main sur son épaule et lui demandai de bien vouloir attendre dans le salon que j'aie pris ma douche, nous pourrions alors discuter.

Il s'exécuta sans rechigner et disparut tout de suite derrière la grande porte ouvragée. Il tenait en main une sorte de gros livre que je n'avais pas remarqué jusque là.

J'étais satisfait d'avoir obtenu si facilement quelques minutes de répit. C'est donc gonflé à bloc que j'attaquai les marches en clopinant.

Une demi-heure plus tard, j'entrai dans le salon prêt à en découdre. Je n'allais pas laisser un petit morveux me mépriser sans combattre.

Il m'attendait bien sagement, assis au fond d'un fauteuil centenaire. Son visage s'éclaira à mon arrivée, j'étais un peu décontenancé.

Il ne me laissa pas le temps d'ouvrir la bouche. Il saisit à deux mains le livre posé à plat sur ses genoux et le porta à la hauteur de la poitrine en hochant la tête avec étonnement.

— J'aurais jamais imaginé que tu étais champion de Vale Tudo quand tu étais jeune, ... alors ça, jamais !

Il avait les yeux d'un enfant qui voit passer un camion de pompier, je ne pouvais pas rétablir la vérité tout de suite.

Je me plaçai à ses côtés et découvris la raison de son

enthousiasme. Le gros volume relié cuir qu'il parcourait avec tant de curiosité était un album photos dans lequel Ute avait conservé les clichés de son long séjour au Brésil. J'y tenais une place de choix, et la double page qui semblait avoir tout particulièrement attiré l'attention de mon fils était couverte de scènes de combats qui m'avantageaient outrageusement.
J'ai passé les deux heures suivantes à lui conter mes luttes homériques avec juste ce qu'il fallait d'humilité pour souligner ma bravoure.
Nous n'avions jamais passé autant de temps à discuter tous les deux.
Ensuite, il a commencé à poser tout un tas de questions très précises sur les techniques de combat qu'il avait observées sur YouTube. il semblait fasciné par la castagne. Il passait visiblement des heures à visualiser des vidéos sur internet dans lesquelles on voyait des individus peu scrupuleux tester sur des passants les techniques apprises la veille. Ça devenait franchement malsain.
Il était temps de mettre fin à ce long moment de communion intense. Je fermai l'album avec un claquement sec et définitif et me levai brusquement. Il ne fit pas un geste, mais son regard trahissait une inquiétude diffuse. Je brandis le recueil de souvenirs d'Ute, et la voix vibrante d'une colère un peu affectée, je lançai :
— Tu me méprises parce que je tente péniblement d'aider des jeunes à s'instruire, et tu m'admires parce que j'ai étranglé des grosses brutes dans une cage.

Dans quel monde veux-tu vivre ?
Il était blême, il devait m'attribuer des pouvoirs surnaturels qui permettent de lire les pensées. J'allais poursuivre mon petit exercice d'admonition paternelle quand les filles sont entrées dans la pièce, accompagnées de leur mère.
J'ai bien vu qu'Andreas essayait de filer à l'anglaise pendant que j'embrassais tout ce petit monde. Je n'étais plus disposé à laisser filer le temps.
— Reste ici mon garçon, je crois que le temps est venu de vous dire pas mal de choses.
Ute me jeta un regard interrogateur auquel je répondis par un sourire que je voulais rassurant. Ça ne lui suffisait pas.
— Nous pourrions peut-être en parler d'abord tous les deux ?
— Non, je sais bien que toute vérité n'est pas bonne à dire, mais nous devons donner à nos enfants des réponses aux questions qu'ils ont dû se poser de nombreuses fois, à commencer par l'origine du nom qu'ils portent. Je crois aussi que nous devons leur expliquer les choix que nous avons fait par le passé, les bons comme les mauvais. Je veux simplement que mes enfants me connaissent.
J'ai passé le reste du séjour à répondre aux mille-et-une questions de tous, c'était épuisant mais je ne m'étais jamais senti aussi bien avec eux.
Ute et moi avons trouvé le temps de nous retrouver dans ma chambre à deux reprises, mais quelque chose avait changé.
Elle a su exprimer cela avec suffisamment d'ambi-

guïté pour que nous en riions tous les deux :
— En père tu n'es pas mal non plus, mais il va falloir que je m'habitue.

3

janvier – Edson Arentes do Nascimento

En classant des photos je suis tombé sur un cliché des années soixante-dix.
Trois photos carrées. Une grande et deux petites l'une au dessus de l'autre sur la droite. Elles étaient un peu floues mais j'ai tout de suite reconnu mon survêtement Puma Pelé bleu électrique à bande jaune.
Après une bonne heure de rangement thématique les huit boîtes étaient pleines. J'étais satisfait du travail accompli. La prochaine fois, j'effectuerai un classement chronologique.
Une fois toutes les boîtes refermées, seul restait le triple survet bleu et jaune avec une boule floue et touffue en guise de tête.
Je me suis fait un café et l'instant d'après j'étais dans la pièce qui fait office de grenier, devant des cartons empilés de manière remarquable. Le travail d'Ute à n'en pas douter. Alte Kleidung[1]. En prenant soin de ne pas déstabiliser l'édifice, je saisis ce carton et le posai à terre.

---

1 Alte kleidung : vieux vêtements

Le scotch marron ne collait plus du tout et je n'eus même pas besoin de descendre chercher un cutter.
Il était bien là, plié dans un sac plastique Pantashop. Incroyable, il était nickel. C'était du douze ans. Je ne l'ai pas beaucoup usé, je le portais exclusivement à la maison, le dimanche, avec des souliers vernis. C'était une pratique normale à l'époque.
La seule fois que je l'ai mis pour aller au collège, trois CPPN m'ont coincé dans un coin du préau et ont tenté de me mettre à poil pour me le piquer. En me débattant comme un petit chat sauvage, j'en ai griffé un au visage et j'ai pris pas mal de coups au passage mais j'ai réussi à m'échapper. Pendant un an et demi, ils ont passé les récréations à me chercher pour me tabasser et moi à me planquer. Depuis ces frayeurs quotidiennes, je ne suis pas indifférent à la connerie.
Une bonne demi-douzaine de fois ils ont réussi à me localiser, grâce au concours de camarades de classe qui avaient des comptes à régler. C'était alors presque un soulagement.
— Viens te battre gonzesse !
Pour que l'humiliation soit totale, il fallait que la foule soit présente. C'était aussi ma chance, je comptais sur l'intervention pas trop tardive des surveillants dans la cour de récréation. Je les ai toujours trouvés désespérément lents !
Depuis que j'avais griffé l'un d'eux, ils m'appelaient la gonzesse.
— T'as pas vu la gonzesse ? Si tu vois la gonzesse, dis-lui qu'on va lui péter la gueule.
Du coup, tout le collège s'amusait à m'appeler la

gonzesse.

Un jour de curie, le cercle venait de se refermer sur les trois brutes et moi. Une bonne centaine de collégiens hilares qui attendaient que la punition commence, on en était au rituel du choix de celui qui allait avoir le plaisir de me corriger. J'étais terrorisé à l'idée que le tirage au sort désigne celui des trois qui pourtant était le plus petit. Sa réputation était suffisante pour que même les Troisièmes le craignent.

La police venait régulièrement l'attendre à la sortie du collège pour augmenter son impact psychologique sur les autres.

À son sourire, j'ai tout de suite compris qu'il avait gagné. Les spectateurs sont devenus hystériques. Je cherchais à m'échapper mais on me repoussait sans ménagement vers le centre du cercle. Des filles me regardaient en riant et en criant : « hou, hou la gonzesse ! »

J'étais pris dans le tourbillon. L'autre approchait avec un petit sourire, il agita la main droite devant mon visage et abattit la gauche sur mon oreille droite. Le choc fut terrible, j'étais à terre et les cris et les rires des spectateurs étaient entrecoupés d'un terrible sifflement. J'avais l'impression que mon oreille brûlait. Il a alors commencé à me donner des coups de pieds dans le ventre, à chaque coup de pied, une clameur montait du cercle des voyeurs. Les surveillants ne devaient plus être très loin maintenant.

Roulé en boule sur le sol, j'attendais au rythme des coups dans les fesses qui déclenchaient un tonnerre de rires.

J'ai appris par la suite que le public avait été convié à participer.

Finalement, le surveillant est arrivé et tout le monde s'est éparpillé. J'ai été collé un samedi matin pour m'être battu dans la cour du collège et à la maison j'ai été privé de vélo pendant une semaine pour avoir mis du sang sur mes vêtements. Mon père m'en voulait de n'avoir pas combattu et ma mère qui était hollandaise m'en voulait de n'avoir jamais parlé des trois affreux. Elle se sentait coupable de n'avoir pas pu me protéger.

Mes parents s'étaient rencontrés à la fin des années cinquante à Bodah, mon père était routier et il livrait des composants pour les usines Philips d'Eindowen. Il avait l'habitude de s'arrêter dans une auberge ou la serveuse était particulièrement agréable. Elle parlait un peu français et elle rêvait de visiter la France. C'est finalement mon père qui s'est installé aux Pays-Bas, routier chez Philips.

Je suis né en 1963 et j'ai passé ma première année à Bodah jusqu'au titre Olympique d'Anton Geesing aux Jeux de Tokyo. L'effervescence autour du géant Batave fut telle que cela bouleversa complètement l'équilibre de la communauté. Quand l'agitation médiatique est retombée, ma mère a décrété qu'il ne se passerait plus jamais rien dans cette petite bourgade et que nous devions nous installer ailleurs.

Je n'ai jamais su pourquoi mon père avait jugé préférable de s'exiler dans les années cinquante, ni pourquoi il a jugé opportun de revenir dans sa

région d'origine. Nous nous sommes installés à Saint-Jean-de-Luz, mais j'allais me faire rattraper par le Judo !
Je repliai le survêtement et le rangeai dans son carton. De retour dans le salon, mon café était froid. La photo était toujours sur la table basse, je la regardai et me vis dribbler tous les arbres du jardin dans mon beau survet bleu et jaune. Les buts étaient l'étendoir à linge, surtout quand ma mère y avait étendu un drap. Le choc du ballon donnait à n'importe quel drap ou nappe un air de filet à Maracana. J'ai marqué des buts à tous les meilleurs gardiens du monde, j'ai sauvé mon équipe de toutes les défaites, j'ai relevé les situations les plus désespérées, tout ça dans mon jardin.

Un soir, bien des années plus tard, alors que je peignais des décors pour le spectacle du lendemain, le chef du Club Med de Rio Las Pedras est venu me chercher pour lui filer un coup de main. Un visiteur de marque allait arriver discrètement et je devais l'aider avec les valises. Nous étions en pleine semaine. Le statut de GO englobait pas mal de tâches, de l'animation à la préparation des soirées, sans compter ce pourquoi j'avais été embauché : les cours de planche. J'étais le roi de la planche à voile et cela me conférait une supériorité certaine sur tous les autres GO aux spécialités plus classiques. Bref, porter les valises, il n'en n'était pas question, c'était le boulot des GE. « Tu comprends que si je te demande cela c'est que les autres sont occupés par le show de ce soir

ou par le bar et quand tu verras de qui il s'agit tu comprendras qu'on ne peut pas faire intervenir de locaux sans risquer l'émeute. Il ne reste que deux jours et personne ne doit le voir ! »
À vingt ans, la curiosité était chez moi plus forte que l'orgueil. J'acceptai donc de faire le larbin. Nous attendions à l'entrée du camp, dans l'obscurité totale depuis une bonne demi-heure quand des phares ont finalement percé la nuit sans lune.
— C'est pas trop tôt ! Je sais déjà que ce n'est pas un roi, ou alors il est super malpoli ton roi !
Georges ne m'écoutait pas, il semblait tendu. Il se mit au beau milieu de la route, devant l'entrée du Club et leva le bras droit.
— Fais gaffe, si c'est un Brésilien qui conduit tu vas te faire écrabouiller !
— Arrête un peu tes conneries ! Tu portes les valises et c'est tout, tu la ramènes surtout pas ! Compris ?
— Merde, c'est le Pape là dedans ?
— Fous-la en veilleuse !
Le chauffeur devait être Guyanais, le véhicule s'immobilisa avant de heurter Georges. C'était un Range Rover. Nous le guidâmes vers le bungalow le plus à l'écart. Je comprenais maintenant les travaux de la semaine précédente ainsi que les plantations pour l'isoler des autres. J'allais maintenant découvrir l'identité de notre hôte secret. D'abord une grosse cuisse, boudinée dans un pantalon blanc, les chaussures aussi étaient blanches. Lui, en revanche était tout noir, je ne parvenais pas à distinguer ses traits, quelle frustration ! Je ne voyais que son costard

blanc qui disparaissait progressivement dans la nuit, à la suite de Georges qui le menait dans ses appartements.

La portière arrière du véhicule s'ouvrit soudain sur deux jeunes femmes légèrement vêtues. Elles faisaient visiblement partie des valises, je m'approchai et proposai mon aide pour les porter jusqu'à leurs appartements. Elles me gratifièrent d'un tas de petits noms que je n'avais jamais entendu en brésilien. Ça avait l'air plutôt sympa, ce qui l'était moins, c'était la quantité de bagages entassés au fond du véhicule.

Pour deux jours je n'aurais pris que ma brosse à dent !

J'aidai les deux danseuses de samba à descendre, leur chaussures à semelles compensées leur interdisaient tout saut. Elles portaient toutes les deux une sorte de bikini doré qui faisait jupette. Une fois à terre elles ont pas mal dramatisé la séance de remerciements pour mon plus grand plaisir, enfin pas tout à fait quand même.

Elles ont ensuite attendu que je sois chargé comme un mulet pour se diriger majestueusement vers le bungalow. Je suivais au plus près pour ne rien perdre du spectacle. J'étais déjà particulièrement sensibilisé au galbe des fessiers brésiliens après ces deux années en immersion totale, mais je dois avouer que ces deux là étaient assurément les plus abêtissants qu'il m'eût été donné de voir. J'étais aux anges.

Juste avant de pénétrer dans le luxueux cabanon ça a fait tilt ! Un costard blanc, des grosses cuisses, deux nanas avec des culs ronds comme des ballons : c'était

Pelé !
Il était de dos quand je suis entré dans la pièce principale, Georges me faisait face mais n'avait d'yeux que pour les deux beautés qui s'étaient placées de part et d'autre de leur client. Un sourire béat barrait son visage. Son regard a croisé le mien et le sourire s'est mu en une affreuse grimace douloureuse. Pelé s'est aussitôt tourné vers moi, c'était bien lui. Il est parti d'un grand éclat de rire. Pour la discrétion s'était raté, tout le Club devait l'entendre. Il s'est approché de moi et m'a fait poser tout mon chargement au sol.
— Vas t'en, tu as déjà eu ton pourboire ! Pour leur punition les filles vont s'occuper de tout ça.
Il me raccompagna jusqu'à la porte en me tenant par les épaules. Nous étions bâtis un peu pareil, il me serrait et me secouait comme pour tester la solidité de mes appuis.
— Tu es fort ! Tu fais du sport ? Il faut faire du sport.
Je n'eus pas le temps de répondre, Georges me poussait dehors en faisant des courbettes, je résistai juste ce qu'il fallut pour avoir le temps de souhaiter à tous un bon séjour et beaucoup de plaisir. J'entendis Georges grogner, il poussa de plus belle.
De Funes et Montand dans la folie des grandeurs.
Une fois dehors, il plaça l'index de la main droite devant sa bouche, il avait l'air sacrément perturbé. Ce n'est qu'une fois arrivé dans son bureau qu'il explosa.
— Qu'est ce qui t'as pris avec ces nanas ? On te laisse trente secondes tout seul et tu fricotes avec les copines de Pelé ! T'as un problème mon gars !
Je m'approchai d'une fenêtre pour observer mon

reflet, j'avais une vague idée de ce qui m'attendait mais je fus tout de même épaté par leur professionnalisme. J'étais couvert de rouge à lèvre, de la poitrine au front, mais pas de grandes traînées dégoûtantes, non de beaux motifs circulaires ou ovales parfaitement réalisés. Je devais immortaliser cela.
— Tu peux prendre une photo ?
Georges a dû passer la nuit à trouver une solution pour me remplacer le plus rapidement possible, mais au petit matin, vers onze heures, il est venu m'annoncer que j'avais une leçon particulière à donner à seize heures.
— C'est qui tu sais, alors essaye de te rattraper !
À l'heure dite, je suis passé prendre le roi du foot devant son lodge. J'avais chargé les planches sur la galerie et tout le matériel était à l'arrière du Range. Pour une fois, j'avais fais des efforts de rangement, et la banquette arrière était libre. Georges aurait piqué une crise s'il m'avait entendu proposer à Pelé d'amener ses amies sur le spot où nous nous rendions. Surtout que cette fois, il n'a pas rigolé du tout. Il a juste répondu :
— N'y pense même pas !
Ce n'est qu'après une dizaine de kilomètres sur des pistes défoncées qu'il s'est un peu détendu.
— Tu aurais dû me dire que je devais prendre mon passeport !
Je lui ai expliqué que nous allions sur un spot difficile d'accès, donc tranquille où j'amenais les GM qui voulaient s'isoler du Club pendant quelques

heures.
— Et les femmes ? Me demanda-t-il l'air entendu.
— Et des femmes, répondis-je en m'efforçant de l'imiter.
Je ne sais plus si c'est l'éclat de rire soudain ou la tape sur l'épaule qui s'ensuivit qui me fit perdre le contrôle du véhicule, toujours est-il que j'ai donné un coup de volant vers la gauche, le véhicule est sorti de la piste et nous nous sommes enfoncés dans la forêt opaque pendant quelques mètres avant de percuter un arbre. J'ai pris le volant dans le bide et mon passager s'est mangé le pare-brise. On était sonnés tous les deux. J'allais prendre un sacré savon ce soir. Il avait une coupure au front, il pissait le sang.
Heureusement dans la boîte-à-gants j'avais un kit de secours. Je lui ai bandé la tête, on aurait dit Melchior ou Balthazar, je ne sais plus trop. La voiture n'avait pas trop souffert, je lui ai proposé d'aller jusqu'au spot qui n'était plus très loin pour se tremper un peu dans l'eau et se remettre les idées en place. Il n'a pas hésité une seconde, il voulait faire de la planche, et ce n'était pas une coupure au front qui l'empêcherait d'en faire.
À peine cinq minutes plus tard nous arrivions sur la plage secrète. J'avais du mal à respirer et Pelé avait le teint un peu gris. Nous allâmes tout de suite dans l'eau fraîche pour tenter de nous remettre d'aplomb.
En un clin d'œil, Pelé avait récupéré sa couleur et j'avais toujours du mal à respirer profondément. Par la suite, le médecin du Club diagnostiquerait trois côtes fêlées.

En attendant, la leçon allait pouvoir commencer. Je me tournai vers le Range pour aller dessangler le matériel, mais au lieu de m'exécuter je restai planté là comme un idiot. La galerie était vide. Pelé m'avait rejoint, il observait en silence le véhicule cabossé. Je me frottai le visage des deux mains.
— Je crois que c'est pas vraiment notre jour, les planches et les mâts ont dû voler à l'impact.
Je sentais qu'il avait besoin d'une explication. Comme tous ceux qui réussissent tout ce qu'ils entreprennent, il était désemparé devant un tel fiasco.
Nous avons donc rebroussé chemin pour revenir sur le lieu de l'accident. Bien sûr, tout le matériel était cassé et nous sommes tout de suite repartis au Club. Pelé faisait un peu la gueule et moi je souffrais le martyre à chaque nid-de-poule.
Je repensai soudain à la recommandation de Georges ce matin : « essaie de te rattraper ! »
Qui n'a pas eu de fou-rire avec trois côtes fêlées ne connaît pas la douleur.
Pelé semblait terrorisé à la place du mort.
On apercevait l'entrée du Club au loin, mon illustre passager au visage tuméfié semblait reprendre espoir. Au moins avec cette tête là, personne ne le reconnaîtrait.
Les crises de fou-rire sont des grands moments de lucidité, rien n'a d'importance ! Je savais que la journée se terminerait mal pour moi.

5

Janvier – Retour Gagnant

Reprise difficile. Première heure : mes trente-quatre lobos, la classe de Grandin.
Comme je m'y attendais, cet idiot a dû passer les trois dernières semaines à ronger son frein en attendant nos retrouvailles. C'est certainement lui qui a imaginé et organisé la mêlée sensée empêcher ma progression dans le couloir. Un grand classique.
Le professeur arrive à proximité de la zone embouteillée, il tente de se frayer un chemin à travers la foule compacte et quand il se trouve au beau milieu du dispositif, des élèves positionnés sur les flans bousculent violemment leurs complices qui à leur tour en heurtent d'autre, et ainsi de suite. Une application un peu brouillonne de la théorie des dominos. L'objectif est d'ordre psychologique, il s'agit d'établir un rapport de force défavorable à l'adulte.
Parfois, le résultat dépasse leurs espérances, ainsi l'année passée les élèves ont eu leur onze septembre quand une collègue à quelques semaines de la retraite est tombée et s'est fracturé le poignet. Ce fut son dernier contact avec le lycée, elle n'est même pas

venue au pot de fin d'année.

Pour ma part, j'ai fléchi légèrement les jambes pour assurer des appuis solides, j'ai écarté les coudes pour établir un périmètre de sécurité. J'ai vaguement senti un choc mou, suivi d'un hurlement très peu crédible qui s'est tout de suite mué en une vocifération hargneuse.

— Vous êtes cinglé !

Il ne m'avait pas fallu longtemps pour replonger dans l'ambiance.

Je ne me rappelai pas tout de suite le nom de cette grande fille un peu grosse qui prenait à témoin ses acolytes en répétant à l'envi : « Il est cinglé, y m'a fait mal, j'vais porter plainte, ... »

J'entrai le premier dans la classe, suivi de la horde bousculant tables et chaises, s'interpellant sans autre raison que de s'approprier les lieux. Je ne serais pas surpris un jour de voir un élève mâle uriner sur un pied de table pour marquer son territoire.

Dans le vacarme censé célébrer leur domination, j'ouvre le registre d'appel et après avoir retrouvé le patronyme de ma victime, je remplis ostensiblement un formulaire d'exclusion de cours. La rumeur se propage du premier rang au fond de la classe, les frondeurs recouvrent d'un coup leur statut d'élève. On n'entend plus que des chuchotements : *Il la vire, il a pas l'droit, c'est dégueulasse !*

Je me lève.

— Félicitation mademoiselle, vous êtes la première exclusion de l'année, et ce avant même que le cours ne commence. C'est une performance certainement

unique !
L'ironie est un excellent outil pour désamorcer les situations explosives.
— Ça va pas la tête, on vous a mal soigné, vous auriez pas dû revenir !
En silence, je note ses propos sur le formulaire destiné à l'administration. La dernière charge a dû sembler excessive même pour ses supporters. Un calme tendu s'installe dans la classe.
Je me redresse.
— Encore un mot de votre part et je demande la réunion du conseil de discipline pour refus d'obtempérer et obstruction au bon déroulement du cours. Un délégué des élèves voudra bien accompagner mademoiselle au bureau du CPE[1] ?
C'est un gros coup de bluff mais ça fonctionne. Juste un claquement de porte en guise de chant du cygne.
Je commence enfin l'appel des présents. Au fond, je vois Grandin s'agiter, il doit chercher à rassembler ses troupes en vue d'une contre-offensive. Elle ne tarde pas à venir.
— On refuse de travailler si ...
— Ça suffit monsieur Grandin, inutile de développer péniblement vos arguments. Le refus de travailler est un motif suffisant pour une exclusion de cours. Dans le fond, vous avez raison, quand on met sur pied une opération suicide aussi courageuse que celle menée dans le couloir, on se doit d'aller jusqu'au bout. Combien d'hommes dans votre commando ?
Le cours a pu enfin commencer, nous n'étions plus

---

1 CPE : Conseiller pédagogique d'éducation

que vingt-et-un, moi inclus, et le travail fut de qualité. À la fin de l'heure j'ai bien vu au sourire de quelques élèves qu'ils m'étaient reconnaissants de ce qui s'était passé.

J'avais remporté une bataille contre les fantassins, il me fallait maintenant affronter les frappes aériennes.

— Vous dépassez les bornes ! Je ne vais plus pouvoir vous soutenir !

— C'est bon, je ne devrais pas m'écrouler !

— Vous avez un sérieux problème d'attitude. Les Grandin ont été choqués par votre comportement, ils ont prévenu l'inspection.

Il se frottait les mains.

— Ils ont été certainement bien conseillés.

— Votre IPR[1] m'a téléphoné ce matin. Je venais d'apprendre votre dernier coup d'éclat. Douze élèves exclus, dont Grandin ! Vous adorez mettre de l'huile sur le feu ! Exclure c'est déplacer le problème, ça ne règle rien du tout. Un pédagogue digne de ce nom ne peut agir de la sorte.

— Ce matin, vingt élèves et un professeur ont pu travailler normalement. Si les douze salopards étaient restés, personne n'aurait rien fait mon général. Il faillit s'étrangler. Je poursuivis : « Maintenant vous pouvez m'assurer la main sur le cœur que si vous avez décidé de devenir chef, c'est pour le plaisir de remplir des formulaires, de vous faire enguirlander par le Recteur ou de vivre au dessus de la cantine. Je ne vous crois pas ! Vous avez fui le terrain parce que vous en aviez assez, ce que je peux comprendre.

---

1 IPR : Inspecteur pédagogique régional

Surtout que la paie n'est pas la même, en plus on vous gâte en haut-lieu avec la prime de Noël. C'est pour s'assurer de votre docilité ? Comme si c'était nécessaire. Vous avez fait un choix de carrière qui ne vous autorise en aucun cas à me donner des leçons de dignité. Vous impressionnez encore quelques mémères près de la retraite, les professeurs stagiaires, les vacataires que vous malmenez avec plaisir. Contentez-vous-en ! Si vous continuez à me chercher des poux dans la tête ça va péter. »
— Vous êtes complètement fou ! Vous croyez donc que le lycée doit s'organiser autour des enseignants ? Et bien moi je dis que vous avez tort, l'établissement scolaire doit être pensé autour de l'élève. Vous et moi ne sommes que des rouages de la machine. L'important n'est pas que la machine ronronne de plaisir, c'est que le produit final soit réussi.
— Arrêtez votre baratin, on n'est pas à l'IUFM[1]. Le pire c'est que vous semblez presque sincère ... ça fait peur ! Sortez de votre bureau et allez voir votre produit final en paquet dans les couloirs, vous pourrez juger de la performance de la machine. Quand vous voyez un élève, il est seul ou encadré de ses parents, il n'est plus sur son territoire mais sur le vôtre, le bâtiment administratif. Il a attendu quinze minutes sur une chaise dans le couloir et vous l'accueillez avec le gros bâton du conseil de discipline. Malgré toutes ces précautions certains individus n'hésitent pas à vous tenir tête, voire à vous menacer. Imaginez ce qu'ils peuvent faire sur leur territoire, à

---

1 Institut universitaire de formation des maîtres (ESPE)

trente contre un !

— Vous noircissez le tableau. Vous devriez aller travailler dans une zone d'éducation prioritaire, vous cesseriez de critiquer votre public.

— J'ai travaillé en ZEP, il y avait des cas difficiles à gérer mais dans l'ensemble les élèves et leurs parents respectaient le travail des professeurs. C'est loin d'être le cas ici ! Comme vous avez intelligemment dressé les différents membres de la communauté éducative les uns contre les autres c'est devenu une vraie poudrière. Bien sûr, rien ne remonte au rectorat, ça risquerait de nuire à votre réputation, et de toute façon le recteur ne tient pas non plus à exhiber ses difficultés, ça pourrait lui coûter cher. C'est toute la structure qui se lézarde. D'ailleurs ça va péter, et c'est à cause d'invertébrés comme vous qui changez de convictions au gré des lettres de mission que le Recteur vous adresse qu'on se retrouve en slip devant les élèves. Au lieu de passer votre temps à monter les collègues les uns contre les autres pour éviter qu'il n'y ait une trop grande cohésion en salle des profs, vous feriez mieux de soutenir les seuls adultes qui assurent encore l'indispensable travail de transmission des valeurs, de la culture et du savoir.

— Oh oh oh, les grands mots !

— C'est sûr, vous ne devez pas les employer souvent ceux-là ! Quant à mettre l'élève au centre, je peux vous garantir qu'un adolescent n'a pas besoin de notre aide pour se placer au centre de toutes choses. C'est la société que l'on devrait placer au centre, mais vu l'état de notre société ... c'est la merde !

— Comme vous êtes pessimiste ! Heureusement vos jeunes collègues ont davantage foi en notre système. Vous semblez aigri, ne faites pas payer à vos élèves vos échecs personnels, ils n'y sont pour rien.
— Quels échecs ? De quoi parlez-vous ?
— Vous savez très bien de quoi je parle. Je crois savoir que vous vivez seul depuis longtemps, et ce genre de situation peu avoir un effet sur le regard que l'on porte sur les autres.
— J'ignorais que vous aviez fait une première année de psycho ! Vos services de renseignement n'ont pas très bien fait leur travail. Mais si la vie sexuelle des enseignants du lycée vous passionne vous devriez élaborer un questionnaire et le proposer au prochain conseil d'administration, ça risque d'être marrant !
— Il n'y a aucune discussion possible avec vous. Vous tournez tout en dérision.
— Ah non, pas tout ! Seulement ce qui est important. Mais vous savez, je ne reproche rien aux élèves, ils font ce qu'on leur laisse faire. C'est au système qui les place dans cette situation que j'en veux terriblement. La grosse fumisterie qui consiste à faire croire que tout doit venir de l'élève m'a valu quelques lignes dans un rapport d'inspection. Je n'aurais pas dû imposer la grille d'inter-évaluation à mes élèves, mais passer une demi-heure à l'élaborer avec eux. Des conneries de ce genre, on en entend ou on en lit tous les jours, mais bien sûr personne ne le fait, sauf les fayots le jour de l'inspection.
Je ne me souviens pas qu'il ait répondu. Je crois que j'ai fait ma dernière rentrée cette année.

6

13 janvier – Concessions

Depuis mon engueulade avec Legrand, le temps est pourri. Le froid intense des dernières semaines a fait place, avec réticence, à une humidité qui semble encore hésiter sur la direction à prendre. Le matin ça monte, le soir ça descend et entre les deux ça stagne.
Je regarde par la fenêtre de la cuisine et tout ce que je vois ce sont des toits en tuiles mécaniques marron qui dépassent pour quelques mois encore du labyrinthe de thuyas sorti de l'esprit malade qui a conçu ce lotissement. Derrière les murs végétaux qui protègent leur terrain, mes voisins sont certainement en train de contempler, comme je le fais, leur petite débâcle personnelle. Lolo, qui habite juste en face de chez moi, m'avait expliqué le phénomène quand la première fois je m'étais étonné de ne plus voir d'herbe pendant les mois d'hivers. En gros, voilà ce qu'il m'a dit :
— On se fait tous baiser. Avant de bâtir les maisons d'un lotissement, les constructeurs enlèvent la couche de terre arable et ne laissent que la caillasse. Ils vendent la terre et toi, quand t'en as marre de vivre

dans les steppes, tu dois encore raquer pour que l'on te remette de la terre sur ton terrain. Sinon, tous les ans t'es bon pour acheter des graines de gazon. CQFD, on se fait baiser de toute manière !

Ce ne sera bientôt plus mon problème, j'ai pris ma décision, je me tire. J'aurais dû le faire depuis longtemps, ça fait trois ans que Doc me tanne pour que je revienne à Rio pour l'aider sur un projet et ça fait trois ans que je trouve des bonnes raisons pour refuser. Mais là, je suis à court d'arguments. En plus, il n'est plus tout jeune, et à y bien réfléchir, je ne vois pas qui d'autre que lui peut avoir besoin de moi en ce moment.

Je détourne mon regard de l'étendue boueuse et quitte la cuisine. Je traverse le vaste séjour, puis pénètre dans mon antre, *ma caverne* selon les termes de l'agent immobilier que j'ai mandaté pour vendre la maison.

C'est vrai qu'il avait de quoi être surpris, les lotissements pavillonnaires offrent rarement à voir les excentricités que je me suis permises une fois Ute et les enfants partis.

— Ça ne va pas être évident, les acheteurs qui recherchent un pavillon ont des goûts plus classiques et ceux qui seraient séduits par ... heu ... disons ... votre approche, rechignent à habiter en lotissement.

— Vous avez raison, lui avais-je répondu. Vous allez devoir faire comme moi, concilier l'inconciliable.

— Ça n'est pas moi qu'il faut convaincre, ce sont les visiteurs et je vais vous dire, le mélange des genres ça ne fait pas souvent recette. Et alors votre truc là, il hochait la tête en direction de mon bunkereau ...

vous en avez dans le gilet !

Je m'y sentais bien dans cette caverne, j'avais fait tomber pas mal de cloisons quand ma famille avait explosé, certainement plus à des fins thérapeutiques que par conviction architecturale. Je m'étais pris au jeu, et j'étais arrivé à quelque chose qui me ressemblait, ouvert mais un peu froid, anguleux mais déstructuré. Le cœur du bâtiment était ce bureau, sorte de maison dans la maison, autour duquel s'articulait tout l'espace et sur lequel se trouvait ma chambre mezzanine. Ce qui m'y amenait à cet instant ne me réjouissait cependant pas. Sur le large plateau de bois, porté par deux tambours de machines à laver industrielles, qui faisait office de table de travail se trouvait une enveloppe encore scellée frappée du tampon de la mairie de Saint-Jean-de-Luz.

En la voyant dans la boîte à lettres, j'avais tout de suite compris de quoi il s'agissait. C'est pourquoi j'avais attendu deux jours avant de me décider à l'ouvrir. L'enveloppe portait les traces d'un long et difficile périple, il y avait là davantage de coups de tampon que sur le passeport d'un trafiquant d'arme. Mon ancienne adresse y figurait également, du temps où je vivais chez Doc, à Rio. Mon vieil ami avait eu la gentillesse de faire suivre. Je gardai un instant les yeux fixés sur le nom qui y était inscrit, curieusement je ne ressentis pas grand chose. Au fond, il ne m'avait pas servi tant que ça. Pour tous j'étais le hollandais, pas Jon Otchoa.

Je déchirai d'un coup sec le pli.

Service État Civil et des Cimetières de la ville de Saint-Jean-de-Luz

Monsieur,

Nous vous signalons l'arrivée à échéance de la concession temporaire de quinze ans dont vous êtes titulaire.

Conformément à l'article L. 2223-16 du code général des collectivités territoriales, vous pouvez solliciter le renouvellement de ladite concession pour la même durée, ou vous pouvez solliciter le renouvellement de ladite concession temporaire à une concession à titre perpétuel.

Vous devez pour ce faire prendre contact avec nos services dès maintenant.

Nous vous prions de croire Monsieur en l'expression de nos salutations distinguées.

Je m'étais pourtant préparé psychologiquement, je savais que je n'allais pas pouvoir empêcher les souvenirs d'affluer, mais la sécheresse du courrier et sa construction bâclée, me renvoyaient l'image d'un fils qui avait fui ses responsabilités en s'arrangeant avec le passé.

Toutes les questions sans réponse que j'avais crues définitivement ensevelies sous la terre battue des arènes de Vale Tudo avaient progressivement refait surface quand, désemparé et farouchement apathique, j'avais observé l'effondrement de mon couple.

Puis, après la séparation, les années qui avaient suivi, et la curieuse relation qui s'était tissée entre Ute, les enfants et moi, m'avaient donné l'impression de construire une nouvelle vie de famille un peu alternative. J'étais presque fier d'avoir réussi à trouver cet équilibre un peu précaire qui offrait de nombreux avantages à tous, jusqu'à la scène du balcon, quand Andréas a fait tomber tous les masques.

Pendant toutes ces années j'avais réussi à ne conserver de mes parents que les bons souvenirs, ceux qui vous aident à construire une image positive. J'avais fait de mon père une sorte de dieu grec, protecteur, fort, énigmatique, intervenant peu mais surveillant de loin, rassurant.

Ma mère, hollandaise, un peu excentrique et ouverte au monde. Flower power.

Il a suffit de cette lettre froide pour que toutes ces constructions volent en éclats. La sensation de vide a réapparu dès les premiers mots, et les images du passé s'y sont engouffrées.

Mon père n'était jamais à la maison, il a dû passer plus d'heures dans la cabine de son camion que nulle part ailleurs. Quand il rentrait, au début il s'enfermait avec ma mère dans la chambre et je devais aller jouer dehors. Ça n'a pas duré très longtemps, les médicaments prescrits par le docteur Courtois pour soigner sa dépression firent gonfler ma mère de manière effrayante. Mon père, qui avait quand même lu quelques bouquins l'appela alors Mobby Dick, il se sentait obligé d'ajouter : « C'est parce qu'elle a la peau toute blanche. »

Il n'a jamais accepté la dépression de sa femme, il prenait cela comme une accusation portée contre lui, la démonstration de son incapacité à la rendre heureuse. J'ai espéré alors, égoïstement, qu'il se rapproche de moi.

Le jour où je suis revenu tout piteux du collège avec du sang sur les vêtements, il était rentré. J'ai d'abord pris une claque et je suis allé dans ma chambre. Ensuite, il est venu me voir et m'a expliqué que son travail ne lui permettait pas d'être là plus souvent et que je devais apprendre à régler mes problèmes tout seul.

Le lendemain il m'inscrivait au club de judo. Il voulait que je devienne un Anton Geesing français, je me suis donné à fond et en quelques années je me suis fait un beau palmarès départemental et régional. Hélas, jamais mes parents ne sont venus me voir en compétition, et jamais je n'ai dépassé un mètre soixante-quatorze.

Mon père rentrait de moins en moins à la maison et ma mère n'en sortait plus du tout. J'ai fait comme tout le monde dans ces cas là, je les ai laissés derrière moi.

Un nouveau sport faisait fureur sur la côte : la planche à voile. J'avais un avantage par rapport aux garçons de mon âge, je ne me faisais pas enguirlander quand je passais la journée en mer. Très vite je suis devenu le roi de la glisse, et les filles ont commencé à me regarder différemment.

Bien sûr ça faisait belle lurette qu'on ne m'appelait plus la gonzesse, mais je sentais bien que personne n'avait trop envie d'être vu en ma compagnie, surtout les mecs d'ailleurs. J'étais persuadé qu'il s'agissait des répercutions du traitement qui m'avait été infligé au collège.

Un peu plus tard, sur les conseils d'Albert, un Belge d'une quarantaine d'années qui a joué pour moi le rôle de père pendant quelques mois, j'ai tenté une manœuvre d'intégration et je suis allé à quelques entraînements de rugby, le mercredi après-midi.

— Les sports collectifs, rien de tel pour se faire des amis, m'avait-il certifié. J'aurais dû me méfier, il était vieux et vivait tout seul dans une cabine de plage.

Un jour de tempête, c'était pendant les vacances de février, il m'avait vu tirer mon équipement de véliplanchiste le long de la plage, arc-bouté comme une bête de somme. Le vent était si fort que je n'avais même pas cherché à sortir la plus petite de mes voiles. J'avais l'impression de vivre un de ces cauchemars dans lequel chaque pas vous semble durer une éternité, et quand votre pied foule enfin le sol, vous constatez que vous reculez. Quand il m'a demandé si je voulais stocker mon barda dans sa cabane, je n'ai pas hésité une seconde. C'est comme ça que j'ai rencontré Albert.

Il avait posé son sac à Saint-Jean-de-Luz pour la dernière étape d'un tour du monde commencé vingt ans plus tôt. Il vivait de petits boulots, mais son occupation principale était la photographie.

— J'ai un bon paquet de fric qui m'attend chez moi, à

Namur. J'aurais pu rentrer à la maison il y a une dizaine d'années, j'étais alors au Brésil je bossais comme chef de chantier sur le site de construction du Club Med.

T'aurais dû voir ça, ces types ont aplati une colline à la pelle, de vrais forçats ! J'ai shooté tout ce que j'ai pu, et puis très vite je me suis focalisé sur trois jeunes mecs qui attiraient mon objectif comme un aimant. Ils étaient toujours ensemble, ne parlaient pas beaucoup et travaillaient comme des machines. Au fil du chantier leurs loques partaient en lambeaux et dévoilaient des corps à la vigueur animale. Ils étaient fascinants.

Il y avait un kafhir, un blond et un indien, trois analphabètes que mes photos transformaient en dieux.

Quand le chantier a pris fin, je suis allé chez eux. Dans un village du Nordeste pour l'indien, et dans une favela de Rio pour le noir.

J'ai réalisé deux reportages qui ont fait le tour du monde. J'ai gagné un sacré paquet de fric, j'aurais pu arrêter de bosser mais tu sais ce que l'on dit chez nous : *Où que tu sois dans le monde, il y a toujours un français pour t'emmerder !*

— Ah bon ?

— J'allais rentrer triomphalement à Namur quand une poignée d'intellos Parisiens a décidé de donner son avis sur mon travail.

Comme s'ils n'avaient rien de plus important à critiquer chez vous !

Bref, en quelques jours on ne parlait plus que de mon

traitement esthétique de la misère, de mon regard colonialiste, il y a même un journaliste dans Libé qui m'avait rebaptisé Albertintin ... Ça te fait rire ? C'est ce que je disais tout à l'heure, c'est génétique, ou alors ça vient de la bouffe. Toujours est-il que ça a fait tache d'huile et très vite, même chez moi à Namur, on me prenait pour le dernier des salauds.

Si j'étais rentré, j'en aurais pris plein la gueule. J'étais obligé de continuer pour qu'on arrête de m'emmerder avec ces conneries, alors j'ai trouvé mon style. Un mode de vie spartiate, des photos trash sur les connards pétés de thunes de Palm Spring et la misère toujours superbe.

Je crois que finalement tout le monde a compris que, pour moi, ce qui est éblouissant chez l'homme, c'est la force de résistance, la lutte perdue contre la mort ... et ce qui me fait gerber c'est l'auto-satisfaction, les donneurs de leçons bien-pensants qui ne font rien d'autre que de critiquer tout ce qui se fait sans eux.

— Et le blond ?
— Quel blond ?
— Tu m'as dit que tu étais allé chez le noir et l'indien, mais le blond, pourquoi tu n'es pas allé chez lui ?
— T'es trop jeune pour que je te parle de ça. Il m'a observé avec un petit sourire mi-triste, mi-carnassier. Je me suis contenté de le fixer sans esquisser le moindre mouvement. La technique de l'opossum.
— Tout ce que je peux te dire, c'est qu'il était très beau et que tu lui ressembles beaucoup ... en brun.

J'étais rouge comme une pivoine, heureusement c'était le soir, ça ne s'est pas vu.

À partir de ce jour, je suis toujours passé voir Albert accompagné d'une fille. C'était tellement balourd qu'il a dû bien se marrer mais il ne m'a jamais rien dit sur ce sujet.

Je ne suis pas près d'oublier cette journée du 10 mai 1983. Dans le Range Rover l'ambiance n'était pas à la fête. Malgré le bandage, la plaie semblait s'être ouverte à nouveau sur le front de Pelé et du sang lui coulait dans le cou. La chemisette blanche à laquelle il semblait beaucoup tenir n'était plus du tout blanche. Il faisait vraiment la gueule, alors que celui qui souffrait le martyr, c'était moi. Les soubresauts du véhicule me tiraient des gémissements constants qui semblaient agacer encore davantage mon passager. J'avais l'impression que mes poumons s'étaient réduits à la taille de deux balles de ping-pong.
Nous étions arrivés au sommet de la dernière élévation de terrain, en contrebas nous pouvions à présent apercevoir la petite enclave sur laquelle était bâti le village, la route était en bien meilleur état dans les derniers hectomètres. Je me détendis un peu et pour rendre le sourire à mon compagnon de route, je m'escrimai à lui traduire en portugais une des expressions favorites de mon père : avoir une gueule à caler des roues de corbillard. Peine perdue.
Le parking était presque vide, les véhicules étaient en général empruntés pour la journée, notre retour précoce ne manquerait pas d'attirer l'attention. Heureusement, la large barrière qui d'ordinaire interdisait le passage était grande ouverte. Je n'avais

même pas envisagé une seconde descendre du véhicule pour manœuvrer les lourds battants. Dans un dernier effort, je garai le Range à proximité du bungalow de Georges. Pelé se tourna dans ma direction et posa la main gauche sur mon épaule, doucement cette fois, il semblait réellement désolé pour moi.

Je me souviens, c'était un vendredi, le jour de feijodas dont l'odeur nous parvenait depuis les cuisines. De nombreux vacanciers qui se rendaient au restaurant s'agglutinèrent autour de la calandre tandis que je me laissais glisser tant bien que mal hors de la voiture. Je fis le tour par l'arrière pour ne pas avoir à répondre aux questions de la petite foule de curieux. Pelé avait ôté les bandelettes pour passer inaperçu. C'est un italien qui l'a reconnu le premier, il faut dire qu'il avait de bonnes raisons de se souvenir de lui, après ce qu'il leur avait fait subir en 1970. Pas rancunier, il a cherché à obtenir un autographe, mais ça n'était pas le bon moment.

Devant l'accueil, Georges attendait, tête baissée. Il avait une feuille en main, certainement ma lettre de renvoi. Je n'avais même pas l'intention de contester, je voulais voir le médecin du Club au plus vite.

Pelé s'était rendu compte de mon état et il fit de son mieux pour me soutenir jusqu'au bungalow.

Georges donnait des coups de pied dans les boulets de canon, renvoyant les fruits sous les couroupitas dont le parfum suave et sucré, mélangé aux odeurs de cuisine m'écœurait.

Du poste radio de son bureau sortait la voix éraillée

de Tina Turner qui s'égosillait à répéter *Let's stay together*.
La feuille qu'il me tendit alors semblait peser une tonne, d'une voix blanche il souffla :
— Jon, je suis vraiment désolé. Tes parents ont eu un accident.
J'ai repris conscience à l'infirmerie. Monsieur Millou, le médecin du Club, avait enroulé tout son stock de gaze autour de mon torse.
— Les côtes fêlées, ça fait mal mais ça se répare tout seul, s'était-il excusé en se contentant de me faire avaler des antidouleurs. Tu vas devoir retourner en France dès ce soir, Georges a fait toutes les démarches dès qu'il a reçu le fax ce matin. En plus des cachets pour tes côtes, tu prendras une pilule comme celle-ci, tous les midis, pendant le repas.
Il me montrait un petit tube plastique transparent dans lequel étaient entassés un tas de comprimés rouges.
— Ça t'aidera à tenir le coup. Quand tu reviendras, on affinera un peu le traitement.
Je n'ai pas vraiment l'impression d'avoir réellement vécu les heures qui ont suivi. J'étais un peu dans l'état dans lequel se trouve le coureur de fond qui avale les kilomètres sans en avoir conscience.
L'inhumation ne m'a pas laissé un grand souvenir. Il n'y avait pas de hollandais et les basques étaient flous. J'avais assez miraculeusement réussi à conduire la 4L blanche que le docteur Millou m'avait prêtée. Il était originaire de La Rochelle et avait tout arrangé avec sa mère pour que je passe prendre le véhicule afin d'être

plus libre de mes mouvements une fois sur place.

Le docteur Millou était un homme très généreux, un peu trop d'ailleurs en matière de prescription d'antidépresseurs, si bien que j'ai vécu cette journée dans un brouillard à couper au couteau. Il me reste quelques flashes.

Le gros camion rouge de mon père garé au bout du chemin.

Les deux cercueils de bois clair, déjà fermés, posés sur des tréteaux devant la maison.

Un des frères de mon père avait tout préparé, sa femme m'avait réclamé de l'argent devant les cercueils. Sur le coup je n'ai même pas trouvé ça étrange, je crois même l'avoir remerciée.

Il n'y avait pas de hollandais.

C'était mon premier enterrement mais j'avais l'impression que l'ambiance n'était pas au recueillement. Les gens semblaient nerveux, il n'y avait pas plus d'une trentaine de personnes, quelques voisins et beaucoup d'inconnus , certainement la famille de mon père.

Le curé, que je ne connaissais pas, est venu à ma rencontre et m'a dit des choses que je ne comprenais pas. J'avais l'impression de dormir une seconde sur deux, je me sentais partir, alors je me suis appuyé sur lui mais il avait dû faire du judo et il m'a superbement esquivé. Après j'ai compris qu'en plus des médicaments, je prenais le jetlag de plein fouet.

Le père Goikotxea, le jetlag il ne connaissait pas, et c'est à coup de gnôle qu'il a tenté de me retaper. Ça m'a donné quelques minutes de lucidité à défaut de conscience. Je suis allé retrouver le curé et lui ai demandé de faire ouvrir les cercueils pour que je puisse voir mes parents une dernière fois. Sa réaction fut spectaculaire, il s'est transformé en hibou. Ses yeux sont devenus tout ronds et sa tête a effectué un demi tour presque complet. Un colosse à la mine renfrognée est alors sorti de la maison, ma maison par la force des choses. Je l'ai tout de suite reconnu, même si la dernière fois que je l'avais vu il portait une cagoule. Après un bref conciliabule avec le curé, il s'est avancé vers moi et a lâché : « T'avais qu'à arriver plus tôt ! Maintenant, c'est trop tard, les scellés sont déjà posés, et puis il a ajouté, de toutes manières, c'est pas beau à voir, le choc a été violent. » Ensuite, j'ai replongé dans le brouillard.

Dix ans plus tard, j'avais reçu un courrier en tout point similaire à celui que je tenais en main – Doc s'était déjà chargé de faire suivre – Ute était enceinte de Nina, notre troisième enfant, je ne pouvais pas la laisser seule avec Hélène et Andréas. J'avais téléphoné au notaire qui gérait la vente de tous les bouts de terrains que mon père m'avait cédé. C'est lui qui s'était chargé de faire renouveler la concession.
— J'en ai pris pour quinze ans, avait-il claironné au téléphone, visiblement satisfait de s'acquitter d'une tâche inhabituelle.

Cette fois, je n'allais pas me défiler, j'irais moi-même sur place.
J'observai à nouveau l'adresse inscrite sur l'enveloppe.

Comme tout cela me paraissait éloigné maintenant.

C'est chez Doc que j'avais atterri quand, après quelques mois d'errance au Club, Georges m'avait fait venir dans son bureau. Il n'y était pas seul. Pelé, qui maintenant débarquait en hélicoptère assez régulièrement, m'accueillit avec de grandes tapes dans le dos. Il avait la rancune tenace. Tout sourire, Georges m'annonça que j'allais partir à Rio pour me changer les idées. J'étais viré. J'ai protesté mollement, je faisais tout mollement à cet époque, un peu à cause du docteur Millou. C'est alors que Pelé a exposé son plan. Pour aller mieux, je devais changer d'air et faire du sport. Il m'avait trouvé un logement, un boulot, et un club de sport, avait-il ajouté avec un sourire difficile à analyser.
Je n'avais pas vraiment le choix si je voulais rester au Brésil, et puis je n'étais pas dans ma période la plus combative, alors j'ai emménagé rua Monte Alegre, une grosse maison de style colonial au pied de la favela Morro da Coroa.
Quand Doc, le propriétaire des lieux, a vu la tête que je faisais à l'évocation de la favela, il a bien rigolé.
— Pose ton sac et viens avec moi, on va se promener !
Et il m'a fait traverser Morro da Coroa en long, en large et en travers. Nous avons dû saluer un bon millier d'habitants en deux heures de promenade. Il était très populaire dans le quartier, il soignait tout le monde gratuitement. Mais ce qui lui tenait à cœur, c'était comme il disait : *Faire pousser la culture sur les pentes abruptes de la colline.*

Chez Doc, c'était un peu l'auberge espagnole. Il y avait en permanence six ou sept jeunes qui vivaient là : des étudiants, des voyageurs, des laisser-pour-comptes, et même des sportifs. La plupart venaient d'Amérique du Sud, mais parfois des européens s'installaient pour quelques semaines.
Doc ne parlait jamais de lui, c'est en discutant avec les autres locataires que j'en ai appris un peu plus sur son compte.
Selon les sources les informations divergeaient sérieusement. Pour certains il était issu d'une famille aisée qui possédait beaucoup de terres dans l'ouest du pays, pour d'autres c'était un enfant des rues adopté par un couple européen, mais tous s'entendaient pour dire qu'il avait fait des études de médecine à l'étranger. Nul ne savait s'il avait obtenu un diplôme, mais comme il avait été le médecin officiel de la Seleçao (l'équipe de foot du Brésil) dans les années soixante-dix, personne ne l'embêtait avec ça.
C'est lui qui m'a conseillé de changer d'identité quand je lui ai raconté l'histoire du Semtex, il semblait bien comprendre la situation.
— Ne prends pas de risque avec ces gens là, ils n'ont que ça à faire de te courir après !
C'est comme ça que j'ai déposé ma requête au consulat de France. Bien sûr, il fallut justifier la démarche. je souhaitais prendre le nom de famille de ma mère qui - c'est ce que j'écrivis - m'avait élevé seule, et je demandais à ce que mon deuxième prénom devienne le premier. Huit mois plus tard, je recevais un courrier officialisant la mort de Jon

Otchoa et la naissance de Marc Jansen.
C'est aussi Doc qui m'a donné l'envie de faire des études après mes années cariocas. Nous en parlions chaque semaine, il voulait que je devienne professeur pour revenir à Morro da Coroa et ouvrir une sorte de centre culturel.
— Tu parles cinq langues et tu perds ton temps à faire des caipirinhas dans un bar. Les pauvres gens de la favela ont besoin de gars comme toi, ils méritent qu'on les aide et il y en a beaucoup qui ont du talent.
— Je vais y penser, je vais y penser, mais tout de suite je dois aller servir les caipirinhas ! Je répondais en souriant, et j'enfourchais mon vélo pour couvrir les huit kilomètres qui nous séparaient d'Ipanema. En vingt minutes j'avais l'impression de changer de monde, j'atterrissais à l'Emporio, une petite maison blanche qui faisait bar et boîte de nuit, à cent mètres de la plage mythique.
Les premiers mois, j'ai travaillé uniquement le soir, de dix heures à quatre heures du matin, c'était la grosse ambiance, mais aussi la grosse fatigue. Ça ne plaisait pas beaucoup à Doc, mais celui qui n'était pas du tout d'accord c'était le coach sportif que Pelé m'avait dégoté.
Je me souviens quand j'étais arrivé au gymnase avec mon bout de papier à la main, je ne savais même pas où je mettais les pieds ... Haltérophilie ou Pétanque ?
Puis, j'ai aperçu avec soulagement les kimonos blancs, et un vieux monsieur est venu m'accueillir très gentiment. Il avait au moins soixante-dix ans, il était très sec, presque osseux, mais son regard était d'une

grande intensité.

Quand il m'a expliqué que le sport que j'allais découvrir était un art martial qu'il avait mis au point avec son frère, et que ça s'appelait le Jiu-Jitsu Brésilien, je n'ai pas trouvé ça très sérieux.

J'ai changé d'avis un quart-d'heure plus tard, le petit vieux m'étranglait dans un coin du dojo après m'avoir retourné comme une crêpe.

Ce super papy s'appelait Hélio Gracie, il était une légende vivante au Brésil. Dans les années cinquante, il combattait dans des stades gigantesques contre tout un tas d'adversaires exotiques.

Mes six années de judo ne furent pas de trop pour éviter la correction permanente. Les entraînements étaient très durs, surtout après des nuits trop courtes. Hélio disait : « La valeur du combattant ne s'apprécie pas au nombre de fois où il touche le sol, mais à sa capacité à se relever. »

Je crois qu'il n'a jamais dû voir un élève mettre autant d'application à illustrer son apophtegme.

Quand il a appris que je travaillais jusqu'à quatre heures du matin, il a levé les yeux au ciel et m'a demandé le nom du bar. Le lendemain, mon planning avait changé , je ne faisais plus qu'une soirée par semaine et les autres jours, mes horaires s'accordaient parfaitement avec les entraînements.

En quelques semaines, et en appliquant à la lettre les consignes du maître - y compris en matière de diététique - j'ai gagné le respect des plus anciens. Je ne voyais plus de petits sourires sur le visage de mes partenaires d'entraînement lorsque maître Gracie

nous opposait dans des assauts. Tant et si bien qu'un jour, après une séance pleine d'intensité, il m'a dit : « Tu es prêt pour un vrai test. Je t'ai inscrit à une rencontre de Vale Tudo, tu vas voir, je suis sûr que ça va te plaire. »
Quand j'ai voulu en savoir un peu plus sur ce qui m'attendait, personne ne m'a vraiment aidé à y voir plus clair. Un des fils d'Hélio m'a juste glissé : « T'inquiète pas, c'est juste l'occasion de prouver que le Jiu-Jitsu brésilien est plus efficace que la luta livre[1]. »
J'étais rassuré.
À l'Emporio, je me suis coulé avec plaisir dans l'activité diurne. C'était vraiment plus relax que la nuit.
Les premiers clients arrivaient en fin de matinée : des habitués qui passaient prendre un rafraîchissement avant de descendre à la plage.
En début d'après-midi les touristes étrangers faisaient leur apparition, et puis soudain ils disparaissaient aussi vite qu'ils étaient arrivés.
Après, c'était calme plat, jusqu'à la prise d'assaut de la terrasse par la jeunesse dorée carioca vers dix-huit heures.
Pour tous, j'étais *le français*, mais ça ne me dérangeait pas, en plus c'était vrai. J'ai même forcé le trait en dénichant un vieux maillot de foot au fond d'un carton, derrière le bar. Ça datait du temps où l'Emporio s'appelait Calcio, le patron était italien et il avait essayé de faire un bar ambiance futebol avec la

---

1   Luta livre : lutte libre

décoration qu'on imagine.

Les petits vieux du quartier qui prenaient leur café sur le zinc, avant même que j'aie installé toutes les tables, en rigolaient encore, ils l'avaient alors rebaptisé le Fiasco.

Toujours est-il que dans ce carton il y avait plus de maillots que chez Loulou Nicolin[1], mais un seul de l'hexagone, c'était un maillot du TAF[2]. Il était bleu, un peu petit et portait le numéro sept dans le dos. Il y avait une sorte de signature sur le côté, mais elle était presque effacée. C'est devenu ma tenue de travail.

Avant que les lavages successifs n'effacent totalement les vestiges de l'autographe, un touriste français, expert en football, m'a dit qu'il s'agissait certainement du maillot de Petkovic, ailier droit du TAF et de l'équipe nationale de Yougoslavie. Ça m'a fait plaisir. J'étais bien à Rio.

Doc était un vrai père, toujours à l'écoute et toujours de bon conseil. Petit à petit je commençais à envisager l'avenir. Il avait raison, je n'allais pas servir des cocktails toute ma vie.

La débauche d'efforts physiques à l'académie Gracie me permettait de tenir à distance le fantôme de Jon Otchoa et son cortège de souvenirs déconcertants.

Je menais la vie sociale rêvée par tous les garçons de mon âge. À Ipanema, j'ai dû voir en deux ans plus de canons en maillot de bain que le photographe du catalogue de la Redoute en toute une vie. Pour ne

---

1 Louis Nicolin : Président du club de football de Montpellier
2 TAF : Troyes Aube Football

rien gâcher, le patron de l'Emporio n'était pas du genre à vous sauter sur le râble. Je ne l'ai pas rencontré avant plusieurs semaines d'activité. Je me souviens, c'était un mardi. Il y avait cette jolie fille, accoudée au bar, qui venait de plus en plus régulièrement et de moins en moins vêtue. Les touristes étrangers venaient de quitter les lieux au pas de charge pour poursuivre leur circuit, il ne restait plus dans la salle qu'un homme pas trop vieux mais plus très jeune qui s'installait assez souvent pour lire son journal.

La jeune femme était vraiment plus que séduisante, mais c'était une professionnelle, je l'avais vu essayer de brancher un gros belge en short. Je ne pouvais pas fermer les yeux là-dessus. Je lui demandai donc, à contrecœur, de bien vouloir partir, et de ne pas revenir.

Sa sortie fut grandiose.

J'étais encore sous le charme, quand l'homme au journal m'a fait signe d'approcher.

— Oui monsieur, vous désirez ?

— Pourquoi t'as fait partir cette jolie nana ?

Je le comprenais, pour un brésilien ça devait paraître au mieux insensé.

Je haussai les épaules en écartant les mains sur les côtés, comme les curés, et poussai un profond soupir.

— C'est une pro ! Elle n'est pas dépourvue d'appas, mais si je la laisse frétiller ici, on va voir rappliquer tous les maquereaux de la région, et c'est pas vraiment le genre de poisson qu'on veut prendre dans nos filets.

J'ai bien vu qu'il faisait des efforts pour reprendre la métaphore, mais très vite il renonça.
— Pourtant, tu pourrais te faire du blé !
Je commençais à me demander si je n'avais pas affaire au souteneur de la fille.
— On me paie déjà, et c'est pas pour transformer ce lieu en bar à putes.
Le proxénète ne sembla pas trop impressionné par ma charge. Il se fendit même d'un léger sourire avant de se présenter.
— Je m'appelle Vito. On m'avait dit que tu étais réglo, je t'ai observé, je te trouve réglo.
Il sortit une carte de visite de la poche de sa veste.
— Si tu as un problème, dis que tu bosses pour moi, ça peut arranger pas mal de choses.
Comme je ne comprenais pas, il a ajouté : « Ce bar, il est à moi. »
Quand Doc a appris pour qui je travaillais, il a failli s'étrangler. Vito était le caïd de la favela Morro da Coroa, rien ne pouvait s'y faire sans son accord.
— Je comprends maintenant pourquoi on ne le voit plus là-haut. Il fait comme tous les voyous de son âge, il cherche à devenir respectable. Son bar, il se l'est payé avec l'argent de la drogue et des armes.
Évidemment, j'étais dans mes petits souliers quand j'ai revu Don Vito la fois suivante, mais je n'ai pas pu m'empêcher de glisser habilement dans la conversation le nom du propriétaire de mon logement. Sa réaction ne fut pas moins spectaculaire.
— Méfie-toi de ce vieux fou, je me demande quelles horreurs il a bien pu commettre dans le passé pour se

sentir obligé de jouer au bon Dieu maintenant !
Ils avaient pas mal de points communs finalement.
Ça n'a pas été sans difficultés, mais quelques semaines avant qu'Ute ne m'enlève, j'ai réussi à traîner Doc jusqu'à Ipanema.
Il avait vu juste, Vito voulait se reconvertir dans le légal mais il rechignait à abandonner le contrôle du Morro.
Doc voulait y développer une sorte de service publique, en créant une association qui offrirait aux habitants un meilleur accès à l'éducation, la santé et la culture.
Leur alliance était écrite.
Il me fallut quelques mois pour leur présenter, progressivement et séparément, l'idée d'un partenariat.
Faire croire à chacun que l'idée venait de lui, et qu'il était celui qui tirerait les marrons du feu.
Bon, le premier contact m'a plutôt fait penser à un remake des tontons flingueurs, mais au fil des rencontres ils ont tous les deux réalisé à quel point ils avaient besoin l'un de l'autre. L'atmosphère s'est considérablement réchauffée, un peu trop parfois, et les discussions se sont poursuivies.
Je n'ai pas eu le loisir de les observer bien longtemps, car c'est le moment qu'avait choisi Ute pour attaquer façon blitzkrieg.
C'était en début d'après-midi, je mettais un peu d'ordre dans les bouteilles quand une tape dans le dos me fit sursauter, je fis volte-face un peu brusquement. Quatre jeunes allemands à en croire leur look et leur blondeur se tenaient devant moi, trois grands aux

cheveux longs et un dernier plus petit et certainement plus jeune, les cheveux courts et en pétard, qui semblait se dissimuler derrière ses camarades.
— Allez vous installer en salle ou en terrasse, je vais passer prendre les commandes, fis-je directement en allemand. Je ne manquais jamais une occasion de pratiquer pour ne pas oublier les rudiments que m'avait patiemment inculqué Mikela, responsable de l'intendance au Club, en échange de leçons de planche sur mon spot secret.
Quand je me suis exécuté, ils n'étaient plus que trois, le plus petit était parti bien commodément aux toilettes. Je pris leur commande, en leur demandant de bien vouloir m'apporter la preuve que leur camarade avait l'âge de consommer de l'alcool, et partis préparer les premiers cocktails.
Quelques secondes plus tard, une petite main fine et bronzée tapait sur le comptoir en zinc pour attirer mon attention. Je levai les yeux sur un visage presque enfantin aux pommettes légèrement saillantes surmontées de lunettes de soleil façon pare-brise de camion.
La chemise blanche était largement ouverte sur un torse presque trop hâlé et à vrai dire franchement peu masculin. Je m'approchai, troublé, et plongeai le regard dans l'échancrure sibylline qui me révéla ses secrets éblouissants.
— Je suis un peu au-dessus !
Je détachai les yeux de ces deux miracles de la nature à regret, et encore bouleversé je poussai un profond soupir.

— Je ne peux rien dire pour ma défense, j'ai même pas envie de me défendre !

— Dites-moi seulement si vous pensez qu'ils ont plus de dix-huit ans.

Elle fit glisser ses lunettes vers le haut pour les fixer sur le sommet du crâne et posa les yeux sur moi.

On ne résiste pas à cela. Notre cerveau reptilien doit avoir gardé trace de la fascination qu'exerçait le ciel sur les premiers amphibiens, pour les pousser à sortir de l'eau, il y a deux cent cinquante millions d'années.

Ce bleu si bleu, si clair et si profond, je n'y résistai pas davantage et m'y abîmai avec abandon.

Ils sont revenus quelques jours plus tard. Elle s'est approchée de moi avec un petit sourire et m'a demandé s'il lui fallait prouver une nouvelle fois son âge.

— Non, ça n'est pas nécessaire, je ne suis pas près d'oublier. En revanche, j'aimerais beaucoup que vous ôtiez vos lunettes de soleil, que je puisse m'assurer de votre identité.

Elle ne s'est pas fait prier, et avec une parfaite conscience de l'effet produit sur moi, elle m'a dévoilé son regard.

J'ai sombré à nouveau, j'avais l'impression de m'engouffrer dans l'histoire du monde, de nager avec les trilobites. J'ai fermé les yeux, elle a posé ses lèvres sur les miennes, j'étais pris.

J'ai attendu qu'elle rompe le baiser pour oser la regarder à nouveau.

— Tu veux sortir avec nous ce soir ? C'était formulé simplement, elle avait l'assurance de celles qui parviennent toujours à leurs fins. Je regardai par dessus son épaule, les trois grandes tiges qui l'accompagnaient n'avaient pas l'air de se soucier de nous.

Les mots se sont un peu bousculés dans ma bouche, mais si je n'avais pas bafouillé j'aurais répondu : « Ce serait avec plaisir, mais je ne vais pas pouvoir vous rejoindre avant minuit ... si tout se passe bien. »

Elle a semblé contrariée, la petite moue boudeuse qu'elle affichait était irréprochable. Je devais la mordre.

— Tu peux pas te faire remplacer ?
— C'est pas facile tu sais, les gens ici ils aiment bien le Vale Tudo mais à l'extérieur de la cage, pas à l'intérieur.

J'ai bien sûr été obligé d'en dire un peu plus, et j'ai vu pour la première fois la petite barre verticale fendre en deux le front d'Ute.

La soirée fut en tout point parfaite, je remportai mon combat contre un adversaire assez antipathique et, comme toujours, plus grand que moi. Ute et ses amis ont été très impressionnés par l'atmosphère, et pas mal choqués par la violence spectaculaire de certains assauts.

Nous sommes ensuite allés boire quelques verres dans des bars sans touristes. La plupart des discussions tournèrent autour de ce qu'ils venaient de vivre. Comme nombre de jeunes allemands de cette génération les trois garçons rejetaient toute forme de violence, mais leur regard brillait quand ils se remémoraient les actions dont ils avaient été les

témoins. Ils étaient tiraillés par des sentiments contradictoires où se mêlaient excitation, fascination, honte et incompréhension. D'ailleurs, la plupart de leurs interventions commençaient par : « Je ne comprends pas ... »
Ute fut plus directe. Elle avait les larmes aux yeux quand je l'ai retrouvée après les combats. Elle m'a juste dit : « On dirait des chiens dans une cage ... c'est effroyable, les émotions que ça procure ... je déteste mais j'ai adoré ! »
Les trois garçons nous ont assez rapidement laissés seuls et Ute qui avait remarqué que je montrais quelques signes de fatigue bien fondée, m'a presque aussitôt glissé dans l'oreille : « Je vais être obligée de passer la nuit chez toi ! »
Elle m'a embrassé avec beaucoup de tendresse le front éraflé, la pommette tuméfiée, et la lèvre fendue, très lentement. Nous avons passé la nuit noués l'un à l'autre, dans mon lit à une place, et aussi les trois-mille sept-cent vingt huit suivantes.

7

16 janvier – Monsieur Bourkache

J'aime arriver tôt au travail. Les rues sont désertes, le parking à vélo m'appartient et le lycée est mystérieusement silencieux. Seules les silhouettes fantomatiques des personnels ATOS[1] hantent les couloirs, tout à leur activité somnambulique à mi-chemin entre le mythe de Sisyphe et le supplice de Prométhée.

Ce matin, j'ai un peu exagéré. La petite porte de service qui donne sur l'aire de livraison pour la cantine n'était pas encore ouverte. Je fis donc les cent pas sur le trottoir en attendant l'arrivée d'un agent technique. Je commençais à trouver le temps long, j'avais une installation à réaliser avec des déplacements de tables et de chaises, du matériel informatique et des branchements sur le vidéo-projecteur ... au moins une demi-heure, sans compter les photocopies pour les deux premières heures ... en espérant que le technicien ait réussi à remettre en

---

[1] Personnel ATOS : personnel administratif, technique et ouvriers spécialisés

marche la machine, ce qui révèlerait une nature héroïque, étant donné qu'il a passé l'après-midi d'hier à se faire enguirlander par les quelques mégères virulentes qui cherchent à régner sur la salle des professeurs. Elles sont rosses et fielleuses mais elles ont le mérite d'apporter un peu de dissonance dans nos réunions réglées comme du papier à musique.
C'est notre orchestre de harpies.
Donc, je commençais à m'impatienter quand soudain je vis un éclat igné traverser les fenêtres du rez-de-chaussée, à l'extrémité sud du bâtiment principal. Ce fut si bref que je me demandai si je n'avais pas été, une fois de plus, victime de mon imagination. La petite pluie fine mais glacée qui me prit pour cible à ce moment précis suffit à me persuader qu'il y avait bel et bien quelqu'un dans les couloirs. Je décidai donc de sauter par dessus la grille, non sans avoir vérifié que personne ne pût me voir dans cet exercice douteux. J'y pris un certain plaisir. Une fois dans la cour, je me dirigeai vers le local technique. Je saisis le bouton de porte et le fis tourner. Aucun problème, si ce n'est le curieux grincement très caractéristique, proche du bruit émis par flipper le dauphin dans la série éponyme, que j'avais signalé plusieurs fois à monsieur Bourkache, le préposé à la burette d'huile. Il avait invariablement répondu avec malice : « silissonite lalarme ! »
Monsieur Bourkache était un gentil monsieur très bavard que tous les professeurs redoutaient. Du plus taciturne à la plus revêche, tous avaient eu un jour la fâcheuse expérience de se sentir obligé de prêter

attention à son amphigouri, alors que les minutes de la pause café s'égrenaient impitoyablement. Sa conversation était vraiment éprouvante même pour les mieux disposés d'entre nous. Il empilait les lieux communs, sautant du coq à l'âne, marquant des pauses déconcertantes, le tout avec un accent qui décourageait même les collègues d'origine marocaine. Il était d'ailleurs devenu au fil des ans l'élément incontournable du bizutage des fraîchement nommés. Bien ..., Flipper s'était tu et je passai dans le bâtiment principal par le couloir réservé au personnel. La seule source de lumière, bien maigre, était le halo verdâtre des lampes indiquant les issues de secours.
Je m'enfonçai plus avant dans l'obscurité.
Il me semblait distinguer une lueur tout au fond, en face de ma salle de classe. J'ignore pourquoi, mais je marchai le plus silencieusement possible pour parcourir les cinquante mètres de couloir. Au bout, une porte était entrouverte, un mince filet de lumière s'en échappait.
Je regardai ma montre, sept heure dix, j'avais un peu de temps. Je poussai la porte qui ne protesta pas. L'éclat de l'éclairage au néon me fit l'effet d'une brûlure.
Deux armoires en fer, une table et trois chaises occupaient tout l'espace de cette petite pièce aveugle de cinq mètres sur trois. Immédiatement à gauche en entrant, une porte métallique entrouverte laissait deviner une descente d'escalier abrupte et sombre.
Je m'y aventurai, très intrigué, je n'étais jamais allé au sous-sol, j'en ignorais même l'existence. Quelques

marches et j'étais en bas. Heureusement, je ne suis pas très grand, le plafond était anormalement bas et parcouru de tuyaux en tous genres.

En fait, il ne s'agissait pas d'un sous-sol mais du vide sanitaire de l'édifice. Aucune cloison ne venait empêcher la circulation de l'air, seuls les huit gros piliers sur lesquels reposait le bâtiment structuraient l'espace. Mes yeux étaient à nouveau habitués à la pénombre, et les rares veilleuses qui balisaient un chemin central me permirent de distinguer au loin un amas de bric et de broc entassé dans le coin nord-ouest.

Je me dirigeai vers le pilier le plus proche de moi et le frappai de mon poing serré. Pas de doute, c'était bien un élément porteur. En revanche, les murs renvoyaient un son bien creux en comparaison.

J'allais remonter de peur de me retrouver enfermé par erreur, quand soudain un claquement me fit tourner la tête vers le bazar du fond. Une forme mouvante semblait se détacher du tas d'objets empilés.

Après un bref mouvement de recul, je me dis qu'il devait s'agir du technicien qui avait ouvert le local et j'approchai avec précaution.

Un homme se tenait de dos, il semblait absorbé par la contemplation d'un tiroir de bureau. J'étais maintenant assez près pour voir de quoi était fait le tas. Il y avait là de quoi meubler et équiper plusieurs écoles primaires, des tables, des chaises, des armoires, des ordinateurs et leurs écrans. Je m'arrêtai net.

J'avais reconnu l'homme qui refermait le tiroir avec soin. C'était monsieur Bourkache. J'allais tourner les

talons pour m'éclipser le plus discrètement du monde, il fut le plus rapide. J'étais coincé, je le jouai naturel.
— Bonjour monsieur Bourkache, ça va ?
En fait, il ne m'avait pas vu. Il eut un haut le corps si violent que je craignis un instant d'avoir son cadavre sur les bras. Il avait l'air tout bonnement paniqué. Ses premiers mots furent particulièrement incompréhensibles. De mon côté, je n'étais pas très inspiré non plus, je lançai d'un ton léger : « Dites donc, c'est la caverne d'Ali Baba ! »
Le pauvre homme semblait désemparé. Lui, d'habitude si prompt à enchaîner les sons les plus improbables, restait silencieux.
Comme je n'étais pas très fier de ma dernière sortie, je jugeai préférable de me taire de peur de m'enfoncer davantage. J'étais juste devant lui à présent mais son regard ne parvenait pas à se fixer sur moi. Il avait l'air complètement cinglé.
Je distinguais clairement le matériel remisé à la hâte. Je fus scandalisé de voir une carte de l'empire Romain utilisée comme tapis pour cet empilement. J'irais en toucher deux mots à l'intendant qui m'avait interdit de la récupérer quelques mois plus tôt, quand les collègues de lettres classiques avaient fait le ménage dans leur cabinet.
— On ne dispose pas comme ça du matériel de réforme. Ce serait du détournement de bien public, m'avait-il lancé.
Le bien public était à même le sol, recouvert de ferraille. Alors, tant pis pour ce pauvre monsieur

Bourkache.

— C'est censé être un vide sanitaire ici, pas un entrepôt de vieilleries !

Enfin il sembla s'animer un peu, il réussit à me faire comprendre que nous devions sortir tout de suite et que personne ne devait savoir que le vide sanitaire était encombré, que c'était interdit mais qu'on lui avait dit de le faire et qu'il n'avait pas le choix et que si je parlais il aurait des ennuis.

Il me poussait vers l'escalier et s'exaspérait de me voir dévier de la route qu'il voulait m'imposer pour aller frapper les piliers en béton du plat de la main.

Avant de m'engager dans l'escalier, je sortis mon téléphone. Je devais en avoir le cœur net.

8

22 janvier – Nouvelles technologies

Aujourd'hui toutes les pièces se mettent en place. Vendredi matin, j'ai trouvé dans mon casier un drôle de mot. Il était signé : *des élèves*.
Le contenu était le suivant : *monsieur, vous ne nous connaissez pas mais hier nous avons surpris une conversation d'élèves qui voulaient vous piéger en classe. Ils vont vous provoquer et filmer la scène pour s'en servir contre vous. On trouve ça dégueulasse, c'est pour ça qu'on vous prévient.*
À 11h38, c'est ce que j'ai inscrit sur mon rapport, Fabien Richon s'est exclamé : « On s'fait chier ici ! »
J'ai compris que le spectacle avait commencé. J'ai balayé la classe du regard à la recherche de tout mouvement suspect. Je m'attendais au pire mais pas à ça. Il y avait plus de caméras que pour un match de football sur canal+, au moins une demi-douzaine d'élèves avaient la main sous la table ou dans la trousse. Ils avaient dû déjà enclencher le mode enregistrement vidéo de leur téléphone et attendaient patiemment la suite. Tous les autres étaient au courant de ce qui allait se passer, ils avaient tous posé

leur stylo et m'observaient avec curiosité. Je voyais dans leur regard le plaisir que leur procurait ce renversement des rôles. La même joie collective que celle qui parcourait l'assistance des spectacles de marionnettes à chaque coup de bâton que guignol assenait au gendarme.
Habituellement dans ce genre de situation, les autres en profitent pour crier, lancer des trucs, soulever leur table avec les genoux puis la laisser tomber bruyamment. Enfin, ils participent à la performance, sachant très bien que noyée dans la masse, leur action ne pourra faire l'objet d'aucune sanction individuelle, quant à la sanction collective, elle est impensable. Cette fois, de leur silence dépendait la qualité de l'enregistrement. L'organisation était parfaite, tous faisaient preuve de discipline. Richon continuait à éructer des critiques à mon encontre, je ne l'écoutais pas, occupé à remplir la feuille d'exclusion de cours.
Ensuite, je pointai du doigt un des deux délégués de classe et lui fit signe de venir au bureau. Alors qu'il se levait, plusieurs de ses camarades lui firent comprendre qu'il avait intérêt à se rasseoir. Ce qu'il fit immédiatement. Sentant que la situation ne prenait pas le tour voulu, Richon prit l'initiative de précipiter les choses, il s'avança vers le tableau, la tête dans les épaules, les bras ballant comme un gibbon, il fit même l'effort de se mettre de côté de façon à ne pas se trouver dans le champ des caméras.
— Vot' cours c'est nul, on n'apprend rien et on s'emmerde.
— Parlez pour vous, pas pour vos camarades. Dites

« je » et pas « on ». L'impersonnel n'a pas lieu d'être, tout cela m'a l'air très personnel au contraire.
— J'parle pour tout le monde. Tout le monde pense comme moi. De part et d'autre de la classe fusaient les « ouais, il a raison ! »
— Je vous trouve un peu pessimiste, mais si tel est le cas, vous n'avez aucune légitimité pour interrompre un cours aussi mauvais soit-il et pour cela vous êtes exclu. Si les élèves de cette classe ont des doléances à faire remonter qu'ils chargent leurs courageux délégués de ce travail.
Il avait perdu, alors il a fait n'importe quoi. D'un revers de main il a fait sauter le stylo avec lequel je finissais de remplir son arrêté d'exclusion, il a saisi la feuille en a fait une boule et me l'a jetée au visage. Je me suis alors levé.
— Bien, la classe est terminée, veillez à rester dans l'enceinte du lycée car vous n'avez pas l'autorisation de sortir. Je me rends au bureau de la vie scolaire pour faire le travail des délégués, monsieur Richon si vous voulez bien me suivre.
— J'vous emmerde et j'm'en bas les couilles de la vie scolaire.
— Bon, je me passerai donc de vous. Dommage, ils n'auront pas votre version des faits.
— C'est ma parole contre la vôtre, vous avez aucune preuve.
— Seulement trente-deux témoins !
— Y s'est rien passé m'sieur, on est pas des balances.
— Y croit pas qu'on va l'aider ! Ça fusait de partout.
En quelques secondes il n'y avait plus personne dans

la salle de classe, les tables et les chaises étaient toutes de travers, des papiers jonchaient le sol, c'était vraiment désolant mais j'avais eu ce que je voulais. Je ramassai le PV d'exclusion et allai rendre visite au conseiller principal d'éducation.

Ce n'est qu'hier que j'ai pu voir le Grand Incapable, comme je m'y attendais il y avait dans son bureau plus de Richon que de fauteuils. Les parents, les frères et sœurs. En terrain hostile il faut venir en nombre. Le proviseur semblait dépassé par l'ampleur du phénomène.

— Vous n'apprendrez donc jamais ? fis-je, un peu las.
— Dites-donc, à votre place je ferais profil bas.
— Vous n'avez pas besoin d'être à ma place pour le faire.
— Je vous interdis ...
— Vous n'avez pas non plus à m'interdire quoi que ce soit. Venons-en aux faits, je demande à ce que ce garçon ici présent passe en conseil de discipline pour attitude irrespectueuse et agressive envers moi et l'institution scolaire.

De plus, j'ai été prévenu à temps d'un complot qui se tramait contre moi et j'accuse donc ce garçon d'avoir agi dans le but de me faire déraper et ainsi porter atteinte à ma carrière.

Les Richon s'agitèrent enfin :
— Allez-y doucement, quelles sont vos preuves ?
— C'est n'importe quoi, y dit n'importe quoi !
— Monsieur, nous connaissons votre réputation. Monsieur Grandin m'a téléphoné pour me mettre en garde contre vos extravagances. Il a bien fait. Je suis

choqué que notre jeunesse soit confiée à de tels individus et je comprends mieux l'état de la France aujourd'hui !

— Allons, allons, monsieur Richon, ne confondons pas tout, se sentit obligé de tempérer Legrand.

— Bon, vous avez lu mon rapport. J'ai transcrit mot pour mot ce qui s'est dit. Si vous estimez que c'est moi qui suis en tort et bien je comprends aussi l'état de la France maintenant.

— Mais vous mentez monsieur, je connais mon fils, jamais il ne dirait ces horreurs ! Nous ne l'avons pas élevé comme ça.

— Combien de minutes par jour vous le voyez votre fils ? Vous croyez le connaître et bien écoutez le.

La décomposition du visage de Richon quand j'ai sorti mon dictaphone et que le son de sa voix a plongé sa famille dans la consternation, c'était bon. Mais je n'en avais pas fini avec Legrand.

— Je trouverais humiliant d'avoir eu à me disculper de faux témoignage si j'avais à votre égard un peu de considération, mais vous m'écœurez. Je ne vois vraiment rien qui puisse vous sauver !

Je tournai les talons et m'éloignai au plus vite. Il passerait ses nerfs sur Richon, c'était de bonne guerre.

9

2 février - Rugby

« Parmi les joies simples qui égayent l'existence, la plus forte est sans conteste celle que tu ressens à la seconde où tu réalises que tu vas vivre alors que l'instant d'avant tu t'étais résigné à mourir. » Avait un jour déclaré Albert l'air grave.
Malheureusement l'intonation propre aux belges avait perverti le message, et au lieu de lui demander comment il en était arrivé à cette conclusion, la petite bande de véliplanchistes dont j'étais un peu le chef s'était bidonné pendant un quart d'heure.
C'est un peu de sa faute quand même parce que dans sa casemate, on ne fumait pas que des cigarettes.
Cela étant, avec le recul je dois dire que je lui donne raison.
Immédiatement après, et heureusement cela arrive plus souvent, je mettrais une victoire de l'équipe de France de rugby à Twickenham.
C'est ce plaisir intense et éphémère que je ressens à présent.
Roger Couderc y est pour beaucoup. Sans ses commentaires qui mêlaient adroitement expertise

technique et objectivité relative, je n'aurais jamais percé à jour la véritable nature de l'anglais, tricheur, pointilleux et hypocrite.

Roger nous faisait apprécier les fourchettes de Palmié alias Ramses (à cause des bandelettes) les prunes de Cholley et les frictions costales d'Estève dans les mêlée fermées. Autant de réactions d'orgueil face à la fourberie britannique.

Les valeurs du rugby français étaient sympathiques, vin rouge, cassoulet, jeu à la main et mêlée virile : un joyeux bordel. Les anglais opposaient à cela une bière désespérément plate, aucune nourriture solide identifiable, un jeu au pied des plus ennuyeux, une mêlée fuyante et une discipline suspecte.

Je me souviens des samedis après-midi passés devant le petit poste en noir et blanc qui ne permettait pas de distinguer un français d'un britannique après dix minutes de bagarre dans la bouillasse du nord. Les conditions climatiques exécrables donnaient à ces affrontements une allure de guet-apens, surtout que l'arbitre ne pénalisait que nos fiers représentants. Que de larmes et de frustration ... et quel bonheur en 1977 ! C'est certainement ce Grand-chelem qui m'a fait détester les anglais avec tant de plaisir.

A la maison, on avait choisi le judo pour m'aguerrir. Personne ne voyait d'inconvénient à ce que je bousille toutes mes chaussures à jouer au foot, mais mes parents ont toujours veillé, sans jamais m'en donner la raison, à ce que mon expérience en matière de rugby ne dépasse pas le cadre scolaire.

Ma longue traversée en solitaire des années collège

m'avait très vite semblé naturelle. Mon père s'était brouillé avec toute sa famille en épousant ma mère qui ne voyait pas la sienne plus d'une fois tous les deux ans. La solitude semblait convenir à tous, mon père dans son camion, ma mère à la maison et moi sur les chemins au guidon de mon mini vélo blanc.

Et puis j'ai vu Clara. Je me souviens, c'était en Seconde, elle discutait avec ses copines sous le préau. Je suis resté pétrifié. Un seul battement de cils aurait certainement rompu l'équilibre parfait de cet instant. Ses grands yeux noirs virevoltaient autour de moi, se posaient quelques secondes au sol puis repartaient pour une nouvelle série d'acrobaties. Parfois ils me frôlaient pour s'éloigner plus vite encore. Quelle liberté ! Je me voyais courant les chemins, mon filet à papillons à la main, à la poursuite d'un grand paon du jour. Seulement là, je ne bougeais pas du tout, j'étais tenu par ce sourire électrique qui, je le savais, était pour moi et rien que pour moi.

Une autre fois seulement j'ai ressenti une forme de paralysie émotionnelle du même ordre lors d'une première rencontre. C'était quelques années plus tard, à l'occasion de mon premier combat de Vale Tudo. La réunion était organisée par la famille Gracie à côté d'une gare, *estação Bangu*, dans le sud de Rio.

Le seul sponsor qui avait accepté d'associer son nom à cet événement était une entreprise de pompes funèbres. Ça avait l'air de faire marrer tout le monde sauf moi.

Un ancien entrepôt de café faisait office de salle de sport. L'entrée des artistes était à l'arrière du bâtiment, à l'opposé de celle réservée au public qui devait, comme pour mes compétitions de judo, se limiter aux proches des combattants.

L'intérieur de ce gros cube de béton d'environ cinquante mètres de long, trente de large et quinze de haut ne semblait divisé que par de grandes bâches bleues qui partaient du sol et montaient jusqu'à un enchevêtrement de câbles tendus, pas plus de trois mètres au dessus de nos têtes.

La solidité de l'ensemble ne crevait pas les yeux, et le seul intérêt de ce cloisonnement plastifié semblait être de dissimuler aux combattants la cage, et leur adversaire.

Chaque écurie avait un espace alloué d'environ vingt-cinq mètres carrés avec comme tout élément de confort deux bancs en bois. Nous étions six lutteurs pour représenter la famille Gracie et j'étais le seul novice.

Les visages fermés de mes cinq compagnons d'infortune me plongeaient dans un abîme de réflexions peu propices à l'exploit.

Le bleu des toiles plastiques nous renvoyait une lumière blafarde et le brouhaha sourd qui emplissait l'entrepôt semblait parcouru de grondements sauvages.

Les spectateurs étaient beaucoup plus nombreux que prévu, j'avais vraiment un don pour m'embarquer dans des galères pareilles.

Je cherchais un moyen pour me blesser à l'échauffement quand on est venu chercher le premier d'entre nous pour son affrontement.

La bâche bleue s'écarta et il disparut immédiatement.
Le présentateur commença alors sa lente mélopée. La rumeur montait derrière les toiles tendues, bientôt on n'entendait plus que la foule invisible qui hurlait, encourageait, conspuait, allant dans un sens, puis dans l'autre.
Quelques minutes plus tard, Lucio est revenu salement amoché mais victorieux.
Les deux combattants suivants n'ont pas reparu.
Le conditionnement psychologique n'était pas le point fort de notre équipe. Quand on est venu me chercher j'étais en pleine séance d'étirement (le trac avant un combat provoque toujours chez moi les même réactions, des picotements aux creux des genoux et des coudes que seuls de longs et sévères exercices d'assouplissement font disparaître, et des séries de bâillements à m'en décrocher la mâchoire)
Je me suis glissé entre les bâches et j'ai suivi le gamin chargé de m'escorter jusqu'à la cage. Il filait à vive allure à travers le labyrinthe de plastique bleu, parfois il se glissait dans une ouverture et nous débouchions dans un nouveau couloir bleu identique au précédent. Après pas mal de zigzags nous nous sommes retrouvés sous une espèce d'échafaudage un peu branlant, au milieu des poutrelles métalliques et des planches de bois, deux malabars m'attendaient. Ils m'ont fait signe de les suivre. Le gamin avait déjà détalé. J'accélérai mes mouvements d'échauffement du cou et emboîtai le pas de ma nouvelle escorte qui semblait avancer avec autant d'entrain que pour traverser un champ de mines. Je frappai légèrement

du poing gauche une chandelle en acier qui avait tout l'air d'un élément porteur de la structure, à ma grande surprise elle bascula lentement avant de heurter le sol avec fracas. Quand je me tournai à nouveau vers les deux balèzes, je vis tout de suite qu'ils m'en voulaient terriblement, surtout le plus grand qui se massait énergiquement le cuir chevelu. L'autre s'était tout de suite précipité pour remettre en place la poutrelle en roulant des yeux et en m'injuriant copieusement.

Heureusement, la petite porte grillagée n'était qu'à quelques pas ... j'allais enfin découvrir la cage. Le grand qui se frottait encore la tête aboya un truc du genre : « Toi tu bouges pas ! »

Derrière la petite porte, le speaker annonçait le premier combat international de Vale Tudo. Très vite l'édifice de planches se mit à trembler autour de nous, de plus en plus fort jusqu'à couvrir la voix de l'annonceur.

Le portillon s'ouvrit soudain et je fus poussé sans ménagement dans l'arène. Les deux brutes, visiblement pas mécontentes de se débarrasser de moi, jetaient des coups d'œil inquiets à la structure qui menaçait de s'effondrer sur eux à tout instant. Je les oubliai bien vite, juste le temps d'apercevoir sur le sol en terre battue un gros rond de lumière qui se jetait sur moi. Dans le vacarme qui m'entourait je réussis à comprendre quelques bribes de phrases qui tombaient des antiques haut-parleurs suspendus au plafond, tout là-haut. En fait, je n'entendis que les mots prononcés avec conviction par le maître de cérémonie.

— ... Gracie ... França ... Ooooo Elegaaaante !
Les sifflets se firent encore plus stridents. Quel gland ! *L'élégant* ... tu parles d'un nom de combat !
C'était une trouvaille d'Hélio Gracie. Il m'avait prévenu lors du dernier entraînement :
— Tu vas voir, je vais trouver un truc bien français.
C'était réussi, tout le monde se foutait de moi.
J'imaginais le mec derrière la porte en face de moi. Tu parles qu'il devait claquer des dents à l'idée d'affronter *l'Élégant !*
Il y eut au moins un effet positif : la foule tassée autour du grillage qui délimitait l'aire de combat cessa de m'insulter et de me siffler. Un joyeux brouhaha s'installa alors, entrecoupé d'éclats de rire tonitruants. Pour ma part, je restai planté là, bras ballants devant la petite porte qui s'était refermée derrière moi. Je savais bien que j'étais censé faire un peu le spectacle, mais l'entrée calamiteuse m'avait ôté toute velléité d'exubérance. Après tout, me dis-je, l'élégance c'est la discrétion. J'attendis donc la suite des événements sans esquisser le moindre geste.
C'était au tour de mon adversaire d'avoir les honneurs de la présentation. La qualité du son ne s'étant pas arrangée les préliminaires passèrent inaperçus jusqu'à un très dramatique ... DAAAA ... AAAARGENTINA, qui provoqua une bronca indescriptible. Des spectateurs grimpaient le long du grillage pourtant haut d'au moins cinq mètres comme s'ils voulaient en découdre leur ennemi préféré. C'était une véritable hystérie collective. Avec un peu de chance, la cage céderait et le combat serait annulé,

je me tournai vers le portillon par lequel j'étais entré. Il y en avait au moins deux qui semblaient avoir encore plus la frousse que moi, mes deux gardes du corps étaient encastrés dans le petit sas qui donnait sur le cercle de combat, prêts à bondir au moindre craquement suspect des tribunes au dessus d'eux.

Le speaker qui, en bon professionnel, avait attendu qu'un calme relatif soit revenu prononça alors avec emphase ... ELLLLLL MIIINOTAUUUUROO ! La scène suivante restera gravée dans ma mémoire longtemps après ma mort, j'en suis sûr. La porte grillagée d'en face à valdingué avec une violence inouïe et j'ai vu jaillir de la pénombre une paire de cornes grosses comme mes bras avec au moins cent-vingt kilos de muscles derrière. Les mecs accrochés au grillage tombaient comme des mouches, plus personne ne voulait prendre ma place, au contraire, sur les quelques visages qui accrochaient mon regard je pouvais lire cette espèce de soulagement étouffé que l'on voit habituellement chez les rescapés de catastrophes naturelles lorsqu'ils sont interviewés pour le journal télévisé de 20 heures. Bien sûr, j'ai fait demi-tour et je me suis dirigé vers le portillon, l'air de rien mais avec la ferme intention de détaler comme un lapin aussitôt que je serais à l'abri des regards. Je ne fus pas surpris de constater qu'on ne pouvait pas ouvrir la porte de l'intérieur et je n'essayai même pas d'amadouer les deux cerbères, je n'avais pas de gâteau à leur proposer. Un instant j'envisageai l'escalade du grillage, avec son poids il ne pourrait pas me suivre, mais les trognes enflammées de la meute qui nous entourait m'ôtèrent les derniers espoirs de fuite. J'avais la sensation de me retrouver au collège, dans la cours de récréation avant le grand tabassage, sauf que là j'allais prendre un peu plus que des coups de pied au cul.

J'ai mis un peu de temps avant de reconnaître le vieillard souriant qui, assis sur la première rangée de bancs, me faisait signe d'approcher, c'était Hélio. Il devait encore se marrer de sa blague. Quand je fus assez près pour l'entendre il me cria : « c'est un clown, un gros clown mais un clown quand même. Toi, tu es un combattant, alors tu le respectes, tu le fais courir et tu l'étrangles. »

Ben voyons !

Je me suis retourné et j'ai vu que deux nanas à peine vêtues avaient fait leur apparition, elles encadraient la chose monstrueuse que j'étais censé faire courir jusqu'à épuisement.

La foule s'était enfin calmée, l'issue du combat ne faisant aucun doute la tension avait fait place à une attente d'où sourdait l'angoisse et la honte.

Les deux filles avaient entrepris la décollation du Minotaure. J'observai avec attention le démontage de la structure. Ça devait peser une tonne à voir les efforts musculaires requis pour dessangler la bête. Une fois enlevées les peaux qui recouvraient l'ensemble, on imaginait bien l'accablement qu'un tel déguisement faisait subir à celui qui le portait. Quelle erreur grossière !

À ma grande surprise, le faciès enfin dévoilé de mon adversaire n'avait rien d'argentin. De long cheveux jaune-pisseux, collés par la transpiration peinaient à couvrir un crâne pointu; son visage était remarquablement inexpressif malgré un appendice nasal très développé; il avait certainement les yeux bleus, mais ils étaient trop petits pour une si grande tête. C'est l'absence de menton qui frappait le plus et aussi la couleur écarlate de son teint. On aurait dit le yéti à la sortie du sauna, ou un anglais en Espagne. À peine une minute plus tard, il était violet et j'avais remporté mon premier combat par étranglement.

Avec Clara ça ne s'est malheureusement pas passé aussi bien. Les premiers mois, j'étais comme tétanisé, figé dans une sorte d'immobilité extatique. Je me contentais de la regarder chaque seconde qui m'était donnée de le faire et dès qu'elle quittait mon champ de vision c'était pour entrer dans mon univers onirique. Là, j'entrais en action avec tant de vigueur que parfois les deux mondes se confondaient. Invariablement j'imaginais des situations dans lesquelles Clara était en grand danger et au prix d'efforts titanesques je lui sauvais la vie. Mystérieusement, une fois mon acte de bravoure accompli je disparaissais comme une sorte de héros solitaire, la laissant saine et sauve, éplorée sublime.

J'ai failli devenir fou, et je tiens à présenter mes excuses à mon adversaire de la coupe des Pyrénées Atlantiques 1978 que j'ai envoyé voltiger sur la table d'arbitrage avec rage. Dans mon délire, j'en avais fait un terroriste qui retenait Clara en otage, et si les arbitres n'avaient pas été présents je crois bien qu'il aurait dérouillé encore plus. Bien sûr, j'ai été

disqualifié et mon entraîneur n'a jamais voulu croire que je n'avais pas pris quelque chose avant le combat.
Par la suite, j'ai appris à mieux contrôler la porosité de la membrane qui sépare le réel de l'imaginaire dans mon esprit, d'autant plus facilement qu'elle est imaginaire, et que Clara, qui vivait un peu plus dans la réalité, en a eu marre d'attendre que je me réveille. Elle est sortie avec Mikel. Un vrai con lui, il n'avait rien d'imaginaire.
C'était le petit chef d'une bande de gros lourdauds qui se croyaient tout permis parce qu'ils faisaient partie de l'équipe locale de rugby.
Dans un bled pareil ça comptait. Ils étaient les stars du lycée, tout le monde voulait être de leurs amis.
Pas moi.
Du coup mon immobilité extatique s'est muée en immobilité afflictive, ce qui finalement revient à peu près au même.
Ma vie était devenue simple, le jour c'était lycée, judo ou planche à voile, et la nuit je devenais une sorte de héros tragique qui mourrait après avoir sauvé l'humanité, arrachant des torrents de larmes à Clara.
Et puis un jour de printemps, c'était pendant les vacances de Pâques, je tirais ma planche hors de l'eau quand de la plage j'ai entendu une voix féminine appeler mon nom.
Si je n'avais pas d'abord fixé mon matériel sur la remorque à bras qui m'attendait sur la grève, le petit groupe de filles qui faisait bronzette à l'abri du vent, au pied du long mur de retenue, aurait certainement été un peu moins bien disposé à mon égard, me

trouvant un peu trop prompt à répondre à leur appel. Je les observais du coin de l'œil en roulant la voile autour du mât, elles étaient cinq, mais après deux heures en mer j'avais des marais salants à la place des yeux. Impossible de les reconnaître sans m'approcher.

Je n'avais jamais parlé à cinq filles avant cela, et les rares fois où je m'étais trouvé dans l'obligation de parler à une seule d'entre elles, je m'étais ridiculisé.

Après avoir serré les sangles une troisième fois, j'ai pris la décision la plus importante de ma vie : j'ai ôté ma combinaison et je me suis dirigé vers les cinq naïades.

À mon approche, elles se sont un peu agitées, je ne voyais toujours pas grand-chose à cause des larmes qui m'emplissaient les yeux, mais j'avais la nette impression qu'elles se hâtaient de remettre leur haut de maillot.

Encore plus paniqué qu'elles, je ralentis mon allure. Je sentais déjà les joues me picoter après deux heures dans l'eau plutôt fraîche. Je n'avais pas besoin qu'on me mette des seins devant le nez pour que je devienne rouge comme un homard.

Le soleil d'avril me réchauffait rapidement, me plongeant dans un état dangereux, j'étais à la fois gagné par une délicieuse torpeur et de l'intérieur je sentais monter une énergie vitale qui allait bientôt s'avérer gênante.

Enfin parvenu à leur hauteur, je feignis l'épuisement et me laissai choir à plat-ventre sur le sable chaud. J'étais coincé pour un bon moment.

Je levai alors la tête et fis face aux quatre pairs d'yeux

qui m'étudiaient avec curiosité. C'étaient des filles de Première, je ne les connaissais pas beaucoup et je commençais à me demander pourquoi j'étais venu me planter là.

Sans réfléchir, je lançai : « Alors comme ça je ne suis pas le seul à être privé de ski ? »

Reconnaissantes de n'avoir pas eu à trouver une amorce de discussion, elles me firent toutes la gentillesse de rire. Toutes, sauf la cinquième devant laquelle je m'étais affalé et qui paraissait dormir, allongée comme moi sur le ventre. Mon regard dut s'arrêter une fraction de seconde de trop sur son dos nu, car tout de suite la plus espiègle des éveillées plongea la main dans le sable et le poing fermé, elle laissa s'échapper la pluie cristalline le long de la colonne vertébrale de la belle inconnue, de la nuque jusqu'au creux des reins. Elle poussa un profond soupir.

— C'est malin, je vais en avoir plein les fesses ! Elle se dressa, en appui sur les avant-bras, révélant une poitrine étonnante.

Je ne cherchai même pas à détourner le regard. Je n'avais jamais rien vu d'aussi beau. De vrais seins de femme, mais encore un peu pointus, assez lourds pour être animés de ce mouvement pendulaire qui me fascinait.

— Hé, Il y a une tête au-dessus ! Lança-t-elle gaiement, et nous avons tous éclaté de rire.

Elle avait le visage fin et un petit nez pointu que son épaisse chevelure noire venait chatouiller quand elle parlait avec animation.

— C'est ma cousine Layla, elle est en vacances chez moi, lança avec fierté la jeteuse de sable.
Je ne me laissai pas abuser par cette tentative de récupération, et condamné à rester sur le ventre pendant de nombreuses minutes, j'engageai la conversation avec ma nymphe bouclée.
Elle vivait du côté de Marseille, elle voyageait beaucoup avec ses parents mais maintenant elle commençait à vouloir partir toute seule, elle s'appelait Layla parce qu'elle avait été conçue sur une île au large de Ceuta qui s'appelle Al Yazina Layla et si elle avait été un garçon, elle se serait appelée Moussa parce qu'en face de l'île il y a sur la côte marocaine le Djebel Moussa qui formait avec Gibraltar les colonnes d'Hercule, mais elle était contente d'être une fille parce que Moussa elle trouvait ça moche.
— Moi aussi, je suis content que tu sois une fille, glissai-je habilement avec toute la subtilité de mes quinze ans.
Elle poursuivit ainsi pendant une bonne heure, elle en connaissait un rayon sur l'Antiquité, ses parents étaient soit profs d'histoire soit très vieux.
Le soleil descendait sur l'océan Atlantique, la température chutait rapidement. Layla s'est rhabillée avec lenteur et délicatesse. Je lui fis promettre de revenir le lendemain, je voulais lui présenter Albert. Elle a éclaté de rire une nouvelle fois en se cachant derrière ses lourdes boucles brunes.
Je n'ai compris que plus tard dans la soirée, ravi et terrifié, ce qu'elle avait imaginé.

J'ai attendu que le petit groupe ait disparu de la plage pour tirer ma remorque jusqu'à l'emplacement réservé aux planches, un bon kilomètre dans le sable mou, j'allais pouvoir reprendre mes esprits.

Le lendemain Albert a été super, il a comme d'habitude raconté sa vie et Layla buvait ses paroles. Un peu à l'écart, je la dévorais du regard, n'en laissant aucune miette.

Quand il a fallu la raccompagner chez sa cousine, nos mains se sont trouvées tout naturellement. Nous marchions lentement et sans un mot. J'étais persuadé qu'elle pouvait entendre mon cœur tambouriner joyeusement. J'ai porté sa main sur ma poitrine en souriant comme un enfant.

Elle a fermé les yeux et les lèvres à peine disjointes, elle s'est collée contre moi. Je n'avais plus le choix, et même si je m'étais entraîné la veille au soir, tout seul ça n'est quand même pas pareil. Heureusement, elle avait un peu d'expérience et je n'ai eu qu'à suivre la cadence imposée.

On a recommencé trois fois en chemin. J'avais la sensation de m'améliorer mais je n'éprouvais pas grand chose, si ce n'était un mélange de soulagement et de fierté à faire enfin partie du club de ceux qui avaient emballé une fille.

Je n'osais pas trop promener les mains sur son corps.
C'était encore trop tôt.
Mais ses seins m'avaient ensorcelé.

Avant qu'elle ne reparte pour sa Provence, j'ai réussi à la convaincre de monter sur ma planche. Je n'avais pas monté le mât, elle pouvait ainsi s'étendre de tout son long, sans trop de contact avec l'eau de l'Atlantique qui lui semblait glaciale.

Je la poussais le long du littoral, immergé jusqu'à la poitrine, couvrant son corps de baisers sans avoir à m'inquiéter de l'expression un peu trop spectaculaire de mon désir.

C'est Layla qui, à sa manière, m'a éveillé à l'écologie. Elle ne pouvait pas s'installer sur une plage si un bout de papier, un morceau de plastique ou une cannette de bière se trouvaient à portée de regard. Si je voulais la peloter, je devais d'abord l'aider à nettoyer l'étendue de sable qui nous accueillait.

Dans un autre registre, c'est à compter du jour où j'ai vu ses seins que ma frénésie masturbatoire a démarré. C'était après tout un moyen efficace de prévenir les pollutions nocturnes.

Elle est revenue sur la côte l'été suivant.

Albert devait partir quelques jours pour un reportage en Espagne. Il m'avait laissé les clefs du cabanon.

— Fais-en bon usage, m'avait-il dit avec un regard appuyé.

J'ai alors commencé ma quête de la capote.

Il était hors de question que j'aille affronter le regard du pharmacien chez qui nous allions pour les médicaments de ma mère. Sa fille était dans ma classe. Les deux autres praticiens de la ville étaient si vieux qu'ils refuseraient certainement de m'en vendre.

Dans les affaires d'Albert, je ne fus pas surpris de ne rien trouver.

Sans espoir, je me résignai à explorer la maison familiale et surtout l'armoire de la chambre du haut,

profitant d'une des très rares sorties de mes parents. Après un bon quart d'heure d'une fouille minutieuse, j'eus le choc de découvrir dans un petit carton du côté des affaires de ma mère une réserve abondante de préservatifs hollandais à peine périmés.
C'était inespéré, j'en avais même suffisamment pour m'entraîner à les enfiler. Quand je me suis senti assez sûr de moi, j'ai invité Layla a venir boire un panaché dans la cabine d'Albert, après avoir cadenassé mon matériel dans la zone que la mairie avait mise à la disposition des véliplanchistes. Nous étions de plus en plus nombreux, ça commençait à faucher pas mal.
Ça n'était pas un traquenard, je lui ai tout de suite dit que nous serions seuls. Elle m'a regardé dans les yeux l'air inquiet.
— T'es sûr que la panaché ça ne te rend pas violent ?
On s'est bien marré. Elle était vraiment cool Layla.
 Bon, question sexe, ce fut un peu comme pour le premier baiser mais en pire.
D'abord la lumière du jour traversait l'abri de part en part, on se serait cru dehors, sur la plage. Ça n'est pas tant que je ne voulais pas la voir nue, bien au contraire, mais je trouvais ma bite super moche, enfin pas que la mienne, toutes les bites en général, surtout en érection, et j'étais sûr qu'elle allait se marrer en voyant la capote hollandaise d'un blanc laiteux avec son petit réservoir ridicule. J'allais la pénétrer avec le grand schtroumpf, et encore, à condition que j'arrive à bander, ce qui était loin d'être le cas.
À quinze ans on ne peut pas rire de ces choses là.
Elle a dû remarquer qu'il y avait un malaise, il faut

dire que je lui tournais le dos depuis cinq minutes. Elle a alors pris les choses en main, mon maillot de bain a disparu comme par enchantement et elle m'a dit : « T'inquiète pas, je ne suis pas vierge ! »
Je n'y avais même pas pensé, quel naze ! J'étais à présent partagé entre le soulagement de ne pas avoir à gérer un truc un peu dégoûtant, et l'inquiétude de ne pas soutenir la comparaison avec celui ou ceux avec qui elle l'avait déjà fait.
Comme elle était déjà nue, je n'ai pas eu de souci pour présenter une érection satisfaisante. Elle s'est collée à moi et pour la première fois j'ai ressenti la douceur d'un corps de femme qui épouse le mien des pieds à la tête. Nous étions emboîtés l'un dans l'autre et nous échangions des baisers qui ne me laissaient plus indifférent. Elle enfonçait ses ongles dans mes épaules et j'espérais qu'elle y laisserait des traces visibles plusieurs jours.
— Tu veux que je te mette la capote ? Elle m'a chuchoté à l'oreille.
Comme un crétin, j'ai cru qu'elle sous-entendait que je ne savais pas l'enfiler moi-même. Alors j'ai fait l'habitué.
— T'inquiète pas, je gère ! Et j'ai déroulé le préservatif sur ma bite pleine de sable.
L'avantage c'est que la douleur m'a empêché de jouir trop vite, pour un débutant je me suis plutôt bien tenu. L'inconvénient c'était la douleur : une brûlure atroce à la base du pénis et puis la capote n'a pas résisté bien longtemps à l'abrasion et Layla a commencé à se plaindre d'un échauffement intime.

Quand j'ai retiré mon membre plus tellement viril de sa féminité brûlante, nous avons tous les deux poussé un cri d'horreur, j'avais la bite en sang.
J'ai vécu l'enfer pendant plus d'une semaine. Je passais une bonne partie de la journée à me passer de l'eau fraîche sur cette difformité purulente que je désinfectais plusieurs fois par jour, accentuant sans le savoir la brûlure initiale. J'enrubannais le tout dans du papier toilette avant de mettre un slip trop grand piqué dans le tiroir de mon père. C'est le seul moyen que j'avais trouvé pour pouvoir marcher sans trop grimacer.
Layla n'était pas trop frustrée. Elle avait pour sa part chopé une mycose, à cause du sable m'a-t-elle dit.
Ce fut le seul rapport sexuel entre nous. Layla a ensuite rencontré un étudiant à Marseille, c'est sa cousine qui me l'a dit. Elle n'est plus venue pendant les vacances et ça m'a rendu triste.
Je souhaite à tous les jeunes garçons de quinze ans qui abordent avec angoisse cette île mystérieuse de trouver leur Layla.
Je l'aime encore passionnément.
Ma vie est devenue encore plus simple. Lycée, judo et planche à voile. Question planche, je faisais partie des pionniers et comme je m'entraînais plus que tout le monde, j'étais devenu la petite vedette locale. Albert avait même fait un reportage sur moi avant de boucler la boucle et de rentrer à Namur. Au moment de quitter Saint-Jean-de-Luz, il a tenu à me payer ma licence de rugby, j'étais déjà assez occupé avec la planche et le judo, et en plus j'allais entrer en

Terminale, mais un cadeau d'adieu, ça ne se refuse pas, je lui ai promis de ne pas utiliser l'argent pour autre chose.

C'est le moment qu'a choisi Clara pour faire à nouveau irruption dans ma vie. Elle sortait toujours avec Mikel, il avait eu son bac et travaillait pendant les grandes vacances dans l'entreprise de jardinage de son père.

C'était une grosse boîte qui s'occupait de l'entretien de quasiment toutes les résidences secondaires de la côte basque, y compris en Espagne. J'avais entendu mon père dire que c'était un sale type qui terrorisait ses employés. Apparemment, il avait l'intention de céder l'affaire à son fils et il en assurait lui même la formation. Ce qui était sûr, c'était que Mikel avait de grosses prédispositions à devenir un enfoiré.

Clara, libre de ses journées, a commencé à fréquenter le spot des véliplanchistes. Bien entendu, j'avais toujours Layla en tête, et elle l'a tout de suite flairé. Elle prenait de gros risques en m'approchant ainsi, Mikel était du genre jaloux sanguin. Mais la pulsion était trop forte, elle ne pouvait se résoudre à oublier le plaisir de la fascination qu'elle avait exercé sur moi. Alors elle est entrée en action, et j'ai assisté avec amusement à un enchaînement virevoltant de techniques de séduction aux effets mesurés en raison de l'immunité que m'avait procuré le contact prolongé de la poitrine de Layla. Nos rencontres quotidiennes ne passaient pas inaperçues, et je voyais bien à certains regards obliques que quelque chose se préparait.

Même quand on y est préparé, l'irruption soudaine de la violence semble toujours un peu irréelle, l'action vous semble distante même quand vous en êtes le protagoniste.

En cette fin d'août 1982, alors que de lourds nuages noirs roulaient sur l'horizon, la seule planche qui avait affronté l'océan, bravant les coups sourds et désordonnés assénés par le vent, se rapprochait à vive allure de la plage déserte. C'était une journée de solitude glorieuse pour le jeune garçon qui, épuisé mais heureux s'apprêtait à désaccastiller, quand soudain, quittant les véhicules alignés au dessus de la plage déserte, un petit groupe d'hommes se laissa glisser le long du mur de remblai.

Avant qu'il n'ait pu comprendre ce qui se passait, le jeune homme fut plaqué au sol par deux molosses enragés. Le souffle coupé, il n'essaya pas de se dégager de l'emprise des deux brutes et au contraire il demeura inerte, attendant qu'ils desserrassent leur étreinte.

À l'approche du reste de la troupe, les deux hommes lâchèrent prise pour se remettre sur pieds, pensant leur mission accomplie. L'adolescent plein de ruse saisit sa chance et il fonça droit vers le large. Il se savait bon nageur et sa combinaison lui donnait un avantage certain sur ses agresseurs. Si d'aventure quelques-uns cherchaient à le suivre, il aurait tôt fait de les envoyer par le fond.

Ils étaient huit sur la grève, à prétendre hésiter. Ils le savaient, leur plan avait échoué. Le jeune garçon reconnaissait les silhouettes massives de ses ennemis,

mais il voulait s'assurer de leur identité, alors il s'approcha à nouveau du rivage, comme pour les narguer.
— Venez vous baigner, elle est bonne. Ça va vous détendre !
— Espèce de petite ordure, aboya Mikel, tu ne pourras pas te cacher toute ta vie. Je te jure que je te retrouverai !
— Je suis là, viens donc me rejoindre au lieu d'envoyer tes gros cornichons !
Furieux, les deux colosses qui l'avaient laissé fuir commencèrent à s'acharner sur la planche restée sur la plage. Ils étaient comme fous, excités par les cris d'encouragement éructés par leurs compagnons. Le jeune homme attendit un instant avant de mettre les mains en porte-voix, la brise de mer l'aiderait à faire parvenir son message aux vandales.
— Oh, Dominique, c'est la planche de ton frère que t'es en train de massacrer. Il me l'a prêtée ce matin !
L'effet fut immédiat, et quelques minutes plus tard, la bande piteuse repartait en voiture.

Ce n'est que quelques jours plus tard, à l'occasion de la rentrée scolaire, que j'ai pu revoir Clara. Elle semblait m'éviter, ce qui eut instantanément davantage d'effet sur moi que tous ses trucs de l'été.
J'essayai par tous les moyens de m'approcher d'elle, mais comme nous n'étions pas dans la même série, les opportunités étaient limitées.
J'augmentai les chances de rencontre en vidant les porte-craies des salles dans lesquelles j'avais cours. À

chaque début d'heure, je proposais gentiment mes services aux professeurs en manque de munitions. C'est ainsi qu'au détour d'un couloir, lors d'une de ces missions, je suis tombé nez à nez avec elle. Nous sommes restés interdits pendant deux bonnes secondes avant qu'elle ne réagisse, elle tenta alors de me filer entre les doigts.
— Ah non, tu ne vas pas te sauver comme ça, fis-je en la tenant fermement. Dis moi ce qu'il t'a fait pour que tu te caches comme ça.
Clara se débattait, et puis elle s'est mise à pleurer, ce qui n'est pas très fair-play.
Aucun garçon de cet âge ne peut résister à une jolie fille qui pleure.
Je la pris dans mes bras et lui caressai doucement les cheveux.
Au diable les craies ! Je voulais en avoir le cœur net.
Entre deux sanglots, j'appris alors que Mikel était devenu fou furieux en apprenant que nous passions des journées ensemble. Il avait menacé de me faire subir des choses atroces - je n'en sus pas davantage - si jamais elle cherchait à me fréquenter à nouveau. Elle a eu tellement peur qu'elle en a parlé à son père - une énorme brute très respectée, qui en plus de cela entraînait l'équipe de rugby locale - et que celui-ci a interdit à Mikel et à ses potes de me chercher des noises. J'aurais bien embrassé ce brave homme si Clara n'avait pas poursuivi en me révélant qu'il lui avait ensuite fortement conseillé de ne plus m'adresser la parole, pour ma propre sécurité.
C'était décidé, j'irais dès le mercredi suivant prendre

une licence et m'entraîner avec mes nouveaux camarades. Albert avait raison, tous les jeunes de mon âge m'appelaient le hollandais alors que je n'y avais passé que quelques mois, ça n'était pas normal. Je devais m'intégrer pour de bon et montrer par là même à Mikel qu'il ne m'impressionnait pas.
Bien sûr, je me gardai bien de dévoiler mes intentions à Clara, elle était suffisamment terrorisée comme ça.
Dire que l'accueil au club fut chaleureux serait exagéré. Passé l'effet de surprise, ce fut même carrément hostile. Heureusement, une poignée de joueurs qui venaient des villages environnants et qui ne me connaissaient pas empêchèrent que cela ne dégénère. J'essuyai malgré tout quelques crachats et pas mal de coups d'épaule dans l'intimité du vestiaire. Une fois sur le gazon d'entraînement, le père de Clara, qui passait son temps à gueuler sur tout le monde, a trouvé le moyen de me placer systématiquement dans un coin du terrain où le ballon n'arrivait jamais. Je me suis bien emmerdé. Le seul bon souvenir de cette première séance, c'est quand j'ai remporté le concours un peu stupide de celui qui tient le plus longtemps les pieds à dix centimètres du sol. Le spectacle de la trogne haineuse des perdants valait à lui seul la somme dépensée pour ma licence, d'autant plus que c'était le fric d'Albert. J'étais encore allongé sur le dos, en phase de récupération, quand l'énorme masse s'est penchée sur moi, j'ai vu ses moustaches s'agiter.
— Tu n'as pas idée de l'endroit où tu mets les pieds p'ti gars, viens pas nous attirer des emmerdements.

J'ai insisté pendant quelques semaines, j'ai même été convoqué à deux matchs, mais je n'ai pas beaucoup joué. En plus, quand j'entrais sur le terrain, c'était pour me retrouver 14, à attendre en bout de ligne un ballon qui n'arrivait jamais. Mikel a bien essayé deux ou trois fois de m'envoyer à l'abattoir en balançant des chandelles bien étudiées pour que je me fasse couper en deux, mais je m'en suis bien sorti. Alors il a arrêté. Il a dû avoir peur que je gagne le respect des autres.
Et puis un soir, mon père est rentré à la maison. Ça faisait pas mal de temps que je ne l'avais pas vu, j'étais dans la cuisine en train de gratter la casserole dans l'évier. Je m'étais fait des coquillettes au fromage, je savais qu'après c'était le bagne, mais c'était trop bon. Ça faisait partie des choses auxquelles je ne savais pas résister.
Je crois qu'il est tout de suite entré dans le vif du sujet, c'était son style.
— Le rugby, c'est terminé ! Si tu me désobéis encore une fois, je te retire du lycée et tu me suis dans le camion.
Je n'ai rien répondu. De toute manière ça ne m'avait pas mené bien loin. On m'appelait toujours le hollandais, et puis au fond je m'en foutais pas mal.
Clara était toujours sous l'emprise de Mikel qui était toujours aussi con.
Et puis le bac approchait.
Et puis je l'ai eu.
Ma mère qui avait pas mal décroché ces derniers mois m'a dit l'air ravi : « C'est très bien mon grand ! Tu vas

pouvoir conduire le camion de Papa maintenant ? »
Je me demandais bien ce qu'ils avaient tous les deux à vouloir me mettre dans ce foutu camion !
Elle ne s'exprimait plus qu'en néerlandais et globalement pour ne rien dire de sensé. Quand mon père était présent, je devais faire l'interprète entre un basque muet et une hollandaise délirante, autant de conversations un peu surréalistes qui se terminaient invariablement en engueulades, alors j'ai décidé de traduire à ma manière et les choses sont allées beaucoup mieux entre eux.
Pour fêter le bac, toute la petite bande des planchistes avait décidé de faire un feu de camp sur la plage. J'avais fait parvenir un petit mot à Clara pour l'inviter à passer nous voir dans la soirée si elle en avait l'occasion. J'étais sans trop d'illusions, et à vrai dire je ne m'attendais plus du tout à la voir quand complètement ivre, je me lançai dans la traversée de l'Atlantique à la nage, à poil et sans assistance.
J'étais déjà loin du bord, je commençais a ne pas me sentir très bien, alors je me suis mis sur le dos, et là je me suis senti comme aspiré par l'espace. La nuit m'apparaissait comme un gouffre sans fond dans lequel nous tombions tous à la poursuite des étoiles, c'était sidérant. Je suis resté de longues minutes à faire la planche, et puis j'ai eu froid.
Quand je ralliai enfin le rivage, cela faisait bientôt quarante-cinq minutes que j'étais parti pour ma première mondiale. C'était la panique sur la plage, surtout que le courant m'avait fait dériver à cinq cent mètres du feu de camp. J'étais transi et épuisé, j'avais

la tête prise dans un étau qui se resserrait à chacun de mes pas. Je n'étais plus qu'à une cinquantaine de mètres de la flamme qui me guidait lorsqu'un petit animal affolé déchira l'obscurité et me renversa. Le choc ne fut pas très violent, mais dans mon état, une puce de sable m'aurait terrassé sans peine. Je mis un certain temps à réaliser que la bestiole était assise à califourchon sur mon torse, elle était occupée à me distribuer une série de gifles plutôt anecdotiques. Je parvins, non sans mal, à attraper ses poignets, mais elle n'était pas calmée pour autant. Pendant un temps qui me parut une éternité, en raison de ce satané mal de crâne, j'essuyai une pluie d'injures et puis soudain, le silence.

J'ai lâché prise. Clara s'est penchée sur mon visage, elle m'a embrassé le front, les yeux et puis les lèvres.

Elle m'insultait toujours mais plus gentiment, je commençais à émerger lentement du brouillard qui obscurcissait mes pensées quand Clara s'est relevée d'un bond en poussant un petit cri. Elle venait de réaliser que j'étais nu. Elle est restée debout près de moi, à attendre le reste de la bande, secouée de temps à autre par un petit rire nerveux.

Les vacances avaient commencé sur les chapeaux de roues, mais je ne voulais pas courir le risque de tout faire foirer une nouvelle fois. Dès la journée suivante et après avoir dormi toute la matinée, je pris mon courage à deux mains.

Nous habitions un peu à l'écart, à l'est de la ville, le long du chemin de Chantaco et notre voisin le plus proche était le vieux Goikotxea. Il avait une baraque toute pourrie, mais il possédait plus de terres que n'importe qui sur la commune.

Moi, ce qui m'intéressait c'était sa mobylette.

Je lui avais déjà emprunté quelquefois pour aller dans la campagne, les jours où il n'était pas chez lui. C'était simple, il suffisait de débrancher le compteur kilométrique avant de partir et de le brancher à nouveau au retour.

Cette fois, c'était un peu plus compliqué. Il était là ... et il y avait Adolph.

La bécane était rangée sous un appentis jouxtant le côté droit de la maison. Symétriquement, à gauche on pouvait deviner un empilement de planches de récupération qui semblaient jetées là, en vrac. C'est de là que pouvait venir le danger.

Je me glissai sans bruit entre les fils de fer barbelés qui séparaient nos terrains, un œil sur le piquet où était fixée la chaîne qui disparaissait sous le tas de bois. Il y avait tellement d'agitation autour de la petite mare creusée un peu à l'écart, en bout de terrain, que j'étais raisonnablement confiant quant à la réussite de mon entreprise. En plus, je dois l'admettre, Adolph n'était plus tout jeune, et il n'effrayait plus grand monde. J'étais quand même reconnaissant aux oies et aux canards de me venir en aide. Je n'eus aucun mal à sortir le vieux Peugeot 104 orange de sa remise en toute discrétion. Je n'avais à vrai dire qu'à le pousser dans l'herbe sur une distance d'à peine quinze mètres pour atteindre un portillon qui donnait sur le chemin de terre qui menait aux champs. Pour se protéger de la chaleur de l'été, le père

Goikotxea avait fait comme tout le monde, il avait fermé tous les volets, je pouvais donc agir en toute tranquillité.

Quelques minutes plus tard, je fonçais à travers la campagne en chantant à tue-tête. Je me sentais libre et invincible.

Encore un peu plus tard, je sifflotais en essayant de trouver une manière d'amadouer le père de Clara.

J'entrai dans le petit village d'Urrugne, au sud de Saint-Jean, à faible vitesse et le plus silencieusement possible.

Je décidai finalement de planquer la mobylette un peu à l'écart de la rue et de surveiller un instant les allers et venues dans la propriété.

Une heure avait passé et j'étais toujours indécis quant à la marche à suivre, quand soudain elle est apparue. Vêtue comme un garçon de ferme, elle était occupée à charger plusieurs gros sacs de toile sur la galerie de la camionnette garée devant la haute bâtisse de torchis blanc à la façade ceinte d'un balcon de bois rouge. C'est ce balcon qui m'inquiétait, je m'attendais à y voir surgir les grosses moustaches paternelles à tout instant.

Je tentai alors d'attirer l'attention de Clara en jetant des cailloux dans sa direction, quand enfin son regard croisa le mien, elle se décomposa instantanément. Elle paraissait terrorisée par mon apparition. J'étais un peu déconcerté.

L'index levé devant les lèvres tant désirées, mais surtout ses grands yeux noirs écarquillés, me figèrent sur place. Je commençais à me demander si je n'avais pas rêvé la scène de la plage dans mon délire éthylique. Elle se tourna vers la maison et se frictionna énergiquement le visage des deux mains, je l'entendis crier quelque chose à son père, puis elle approcha à grands pas du muret derrière lequel j'étais caché.

Je n'eus pas le temps de me réjouir bien longtemps. De grosses larmes couraient sur ses joues, la respiration saccadée, elle lâcha trois fois : « Va-t'en, je t'en prie, va-t'en ! »

Elle repartit aussi vite qu'elle était venue, me laissant complètement désemparé. Je n'avais qu'une certitude : j'étais dans l'obligation de rester. Tout le reste m'échappait.

L'après-midi était bien avancé, je commençais à avoir faim et je ne comprenais plus très bien ce que j'attendais derrière le muret. J'avais répété la scène une bonne vingtaine de fois dans ma tête, et je me sentais prêt à affronter Big Moustache. Je me levai, cœur battant, et fis un premier pas en direction de la demeure imposante. Un vrombissement, d'abord léger, me fit braquer les yeux vers la route d'accès. Je marquai une pause, tentant d'identifier la menace. Trois cents mètres plus haut, au détour d'un virage, je vis surgir un cortège de voitures que je connaissais bien. Je replongeai dans ma planque.

Quelques minutes après leur arrivée, les huit gros bras de l'équipe de rugby étaient déjà à bord du minibus. Je me demandais bien ce qu'ils allaient faire, la saison était terminée, on avait même retiré les poteaux pour refaire la pelouse.

Clara est sortie de la maison avec son père. Avant de monter à l'avant du véhicule, elle a jeté un regard furtif dans ma direction. Je ne pense pas qu'elle m'ait vu. J'allais me résigner à les voir partir quand Mikel et Dominique ont bondi hors du van et se sont précipités vers moi. Accroupi derrière le muret, je saisis une grosse pierre, bien décidé à me défendre avec acharnement. À l'instant même où j'allais me dresser sur les jambes et expédier mon missile vers le premier crâne venu, j'entendis Mikel crier : « Arrête Doumé, tu vas pas pisser à Bayonne ! »
Ils urinèrent donc de concert, à cinq mètres de moi, en échangeant des propos crasseux, et puis ce gros crétin de Dominique a lancé : « Tu savais que Clara serait du voyage ? »
— Non, il ne m'a rien dit, elle ne va peut-être pas rester tout le stage.
— Je te rappelle que tu as promis de la partager l'autre soir, c'est peut-être l'occasion idéale.
— Arrête tes conneries, j'étais complètement bourré !
— Explique ça à la bande, tu vas voir la réaction ! T'étais bien content quand ...
— Ta gueule j'ai dit ! Et puis si tu as envie de te faire tuer par son père, c'est ton problème. Allez, magne-toi, ils nous attendent !
Quand la camionnette a démarré, je n'ai pas réfléchi une seconde, j'ai couru jusqu'à la mobylette du père Goikotxea, je l'ai enfourchée et j'ai suivi le nuage de poussière qui filait vers la frontière. J'étais plein gaz, je ne voulais pas les perdre.
J'ai réussi à maintenir le contact visuel jusqu'à Ascain,

après j'ai dû m'en remettre à mon intuition.

À Sare, j'ai eu la chance, je passais le long de l'église quand je les aperçus en contrebas sur la route de Lehenbiscaye. J'ai foncé, tête baissée, pour offrir moins de résistance à l'air. On arrivait vraiment dans la pampa, la frontière ne devait plus être très loin. Le vieux 104 Peugeot commençait à renâcler quand la pente se faisait trop forte. Je parvins quand même à le hisser au sommet d'une colline boisée, exténué d'avoir pédalé pendant toute la montée pour soutenir la vieille mécanique. J'avais dû perdre pas mal de terrain, et pour corser le tout il y avait un embranchement.

J'avais le moral dans les chaussettes. J'étais à deux doigts d'abandonner et puis je me suis dit : « Jon, si tu laisses tomber maintenant, tu t'en voudras toute ta vie ! »

Alors je me suis engagé vers la gauche, ça descendait davantage. La route était un peu sinueuse, je faisais attention mais elle se transforma subitement en un chemin de terre, et je manquai de déraper.

Merde, je m'étais certainement trompé, mais je ne me voyais pas me retaper une ascension à la force du mollet dès maintenant. Aussi, je poursuivis ma route, m'enfonçant plus profondément dans le bois sombre, je commençais à ne pas avoir très chaud, ça sentait la belle galère. Le sentier était toujours assez large pour permettre le passage d'un fourgon, mais ça devenait limite, et puis il a eu ce virage à angle droit sur la gauche.

Je n'ai pas tout de suite réalisé que j'avais atteint le

bout du chemin, et puis j'ai dû me rendre à l'évidence, j'avais échoué dans la cour d'une ferme à l'abandon. La végétation avait pris ses aises et les trois bâtiments, d'aspect encore solide, disparaissaient presque entièrement derrière de gros buissons serrés.

L'excitation de la découverte me fit presque oublier la raison de mon périple.

Je cédai à la curiosité et, après avoir appuyé la mobylette contre l'arbre le plus proche, je me dirigeai vers ce qui avait dû faire office de hangar à matériel. C'était curieux, on voyait encore les traces de roues sur le sol herbeux. La haute porte coulissante était en bonne état et je fus surpris de constater qu'aucune chaîne n'en empêchait l'ouverture. Je saisis la grosse poignée en fer et poussai de toutes mes forces.

L'espace d'une seconde j'ai aperçu trois minibus, dont celui que j'avais suivi tout l'après-midi, et puis les coups ont commencé à pleuvoir. J'ai réussi à reculer de quelques mètres, mais avant que je comprenne dans quoi j'avais mis les pieds, un choc très violent sur la tête – certainement un coup de crosse de fusil – m'expédia à terre pour de bon.

Je me réveillai trempé et entouré d'une vingtaine de personnes encagoulées. Je repérai tout de suite ceux du rugby. Ils étaient un peu en retrait, mais je ne voyais pas la silhouette fluette de Clara.

On m'avait assis au pied d'un arbre, les mains liées dans le dos.

C'était bien ma veine, j'étais tombé sur une colonie de vacances de L'ETA.

Un homme s'est approché, appuyé sur un gros bâton

de berger. Il était plus vieux que les autres, ses mains étaient ridées et calleuses.
— Tu sais qui nous sommes, petit ? La voix collait parfaitement aux mains.
— des genres de scouts ?
Au moins trois cagoules ont étouffé un petit rire, c'était un bon début.
Le coup de massue qui s'est abattu sur ma clavicule gauche était beaucoup moins drôle. Le vieil homme toisait du regard ceux qui avaient eu la faiblesse de pouffer. Finalement ils allaient me détester.
Il a levé son bâton une nouvelle fois, je n'avais plus du tout envie de rigoler.
— Oh non, putain ... ça vous sert à quoi de me taper dessus ? J'ai fait d'une voix blanche.
Je m'apprêtais à rouler d'un côté ou de l'autre pour essayer d'esquiver le coup quand le père de Clara est intervenu. Il portait aussi une cagoule, mais avec son gabarit hors norme, il aurait aussi bien pu se déguiser en citrouille. Tout le monde le reconnaissait.
Derrière lui, je voyais dépasser la silhouette fluette qui m'avait mené jusqu'ici. Je lui adressai mon plus beau sourire, elle disparut à nouveau de l'autre côté de la masse paternelle. Il prit alors la parole avec son autorité habituelle.
— Tu as vu des choses dangereuses pour beaucoup de monde ce soir, y compris du monde que tu connais bien. Nous devons nous assurer que tu ne parleras pas. Il n'y a pas trente-six solutions : soit on te liquide, soit tu t'en vas.
— OK, je m'en vais !

Je ne voulais pas lui laisser le temps de trouver un truc un peu tordu. Il hocha la cagoule, un peu dépité.
Je vis Clara s'éloigner lentement et disparaître entre deux buissons.
— Tu as deux jours pour quitter la région, ne reviens jamais !
Dix minutes plus tard j'étais au guidon de la bécane du père Goikotxea et je rentrais à la fois soulagé et inquiet à la maison.
J'ignorais que mes parents étaient déjà dans le secret et qu'ils avaient organisé mon départ.
J'ignorais qu'Albert m'attendait à Namur et qu'il m'avait dégoté un job au Club Med.
Et j'ignorais que j'ignorais encore beaucoup de choses.

10

12 février – Beaucoup de bruit pour rien

Dramatis personnae :

Marc Jansen, l'agent immobilier, un acheteur et sa femme.

Scène :

Marc Jansen travaille à son bureau, les cheveux en bataille et en jogging troué.

M. Jansen :

Qu'est-ce donc ? C'est curieux, j'entends des voix chez moi !
Qui peut bien venir troubler ma tranquillité ?
Ainsi vêtu, je ne puis être que moqué.

[l'agent immobilier et un couple de clients entrent]

Ah, c'est le fâcheux qui doit vendre cet endroit.
Nulle-part pour me cacher sinon ce tambour.

[il se glisse à l'intérieur d'un support du plateau de son bureau]

L'agent immobilier :

Alors ? Qu'en pensez-vous, ça sort de l'ordinaire ?

L'homme :

Ah, heu, oui, c'est très heu ...

La femme :

                 ... mon mari est terre à terre,
Il n'aime que la pierre, le bois et le velours.

M. Jansen : [*à part*]

Pourquoi perdre son temps avec ces paysans ?

L'homme :

Dites-moi, je vous prie, qu'est-ce donc que ceci ?

L'agent immobilier :

Chaque chose en son temps, venez d'abord ici.
Cuisine toute équipée ...

La femme :

                 ... cela n'est pas bien grand

L'agent immobilier :

En ce bas-monde, rien ni personne n'est parfait !

M. Jansen : [*à part*]

Vas-y traître, dis adieu à ta commission.
Attends voir un peu que nous nous rencontrions !

L'homme :

Et cette chose étrange, là-bas. Dites-moi ce que c'est.

L'agent immobilier :

C'est ... une espèce de bureau. Une pièce dans la pièce.

L'homme :

Un bureau ? On dirait une soute à charbon,
Une grotte, une caverne, un blockhaus, voire une prison.
N'est-ce pas ma chérie ? Je vois que tu acquiesces.

La femme :

Pas du tout. J'apprécie l'originalité.

[*elle entre dans le bureau*]

L'agent immobilier :

[*il effectue un geste rassurant en direction du mari pendant qu'il s'adresse à la femme*]

Je savais bien que vous aimeriez ces audaces.

L'homme : [*il lève la tête vers la chambre mezzanine au dessus du bureau*]

Je ne dormirai pas dans ce nid de rapace !

La femme : [*à l'intérieur du bureau, elle observe une photo sur une étagère*]

Oh, mon Dieu ! Qui est donc cet homme ensanglanté ?

[*l'agent et le mari accourent, affolés*]

L'agent immobilier :

Ah ! Je vois que vous avez trouvé mon vendeur !

L'homme : [*il s'approche de la photo*]

Quel horrible individu ! Tueur ou boucher ?

L'agent immobilier :

Apparemment combattant dans ses jeunes années.

La femme :

Quel beau corps musclé, il a dû faire un malheur !

M. Jansen : [*à part*]

Cette femme à du goût. Que ne puis-je en voir un bout !

[*il se contorsionne dans sa cachette*]

Ah, ça y-est, je l'ai ! Fine, élégante et racée.

La femme :

Vous avez remarqué cette odeur de café ?

L'homme : [*il renifle bruyamment*]

Avec ce nez bouché je ne sens rien du tout.

L'agent immobilier : [*il pointe du doigt une tasse sur le bureau*] [*à voix basse*]

Mon Dieu, là, regardez ! Elle est encore fumante.

[*ils lèvent tous lentement les yeux vers le plafond*]

L'homme : [*à voix basse*]

Vous avez raison, il se trouve dans la maison.

[*il montre la photo d'une main tremblante*]

Partons vite, ce monsieur n'a pas toute sa raison !

[*il sort du bureau précipitamment, bousculant sa femme au passage*]

L'agent immobilier : [*il le suit mais s'arrête à la sortie du bureau*] [*à part*]

Il nous écoute sûrement. Il faut que j'argumente.

La femme : [*restée seule à l'intérieur du bureau elle replace ses cheveux en se regardant dans un miroir. Elle semble très contrariée par le comportement de son mari*] [*à part*]

Dommage que la rime en « on » ne soit plus de mise
Je n'aurais pas eu tant de mal à la placer
Au bout de ce vers qui finit rapetissé
Vingt années ont passé. Grises. Comme je le méprise !

L'agent immobilier : [*il parle fort en se tournant vers la chambre mezzanine*]

D'aspect extérieur, c'est une construction classique
Mais quand on y pénètre c'est plus excentrique.

L'homme : [*la main posée sur la poignée de la porte de sortie*]

Elle doit être à l'image de celui qui l'habite.

L'agent immobilier : [*tout bas*]

L'homme parfois se laisse aller quand sa femme le quitte.

[*fort*]

C'est juste. Elle est anguleuse ...

L'homme :

                                   ... mais déstructurée !

L'agent immobilier : [*plus fort*]

Lumineuse et largement ouverte ...

L'homme :

                                             ... mais glacée !

L'agent immobilier: [*il se fâche*]

Moderne ! C'est de l'architecture industrielle !

La femme : [*toujours dans le bureau, elle écrit quelque chose sur une feuille de papier*] [*fort*]

Mon mari la déteste. Moi, je la trouve très belle.

M. Jansen : [*à part*]

Vivent les femmes ! Encore une que j'aurais pu aimer !

L'homme : [*à l'agent*]

Ça suffit, je n'aime pas me faire empaumer. Sortons pour de bon ! Allons voir de vraies maisons ! Celle-là est très loin de ce que nous recherchons.

[*il sort*]

L'agent immobilier : [*très fort en s'approchant de la chambre*]

J'ai fait tout mon possible, mais il est inflexible.

La femme : [*sortant du bureau l'air désabusé*]

Il ne m'en a jamais donné de preuve tangible.

[*l'agent et la femme sortent ensemble*]

M. Jansen : [*il sort de sa cachette*]

Quelle mauvaise pièce viennent-ils de me jouer !
Cet agent immobilier me fait de la peine.
Son manque de subtilité fait un peu pitié
Il montre ma maison pour vendre la prochaine.
Voilà bien une stratégie de maquignon
Qui est utilisée dans tant d'autres domaines
Qu'il faut l'accepter et se faire une raison :
Perdant cette fois mais gagnant l'autre semaine !

[*il se tourne vers le bureau et saisit la feuille laissée par la femme*]

Qui a déposé cette feuille de papier ?
Un billet ? L'écriture est fine et aérienne.

[*il lit*]

Merci, mille fois merci. Vous m'avez libérée
C'en est fini de l'existence que je mène
Car, à l'instant, en visitant votre maison
Ma vie s'est muée en une histoire ancienne
J'aimerais tant ...

[*il s'interrompt et lit en silence la fin, il plie la feuille et la met dans sa poche*]

            ... ne pas céder à l'indiscrétion.
De la fin je ne dirai rien. Elle est mienne.

[*il s'assoit à son bureau*]

Pourquoi faut-il que le monde soit si compliqué ?
Une scène ? Certes, mais sans conclusion
Shakespearienne
Acteurs égarés, puis harmonie retrouvée
Mais ni mariage à célébrer ni Amen.
Une harmonie nouvelle : la séparation

[*il se lève et tend l'oreille vers la porte*]

Des pas, encore quelqu'un qui se promène.

[*il se dirige vers la porte et l'ouvre*] [*fort*]

Finie la comédie. Maintenant de l'action !

[*il sort*]

11

22 février - Desperate husbands

J'aurais pas dû venir. J'avais décidé de m'emmerder tout seul à la maison, et puis le téléphone a sonné. C'était Claude, le citron informatique du lycée.
— On fait une soirée chez Olive, je passe te prendre chez toi ?
Je ne m'y attendais pas, et puis c'était une occasion de revoir Sarah, alors j'ai dit oui.
Dans la voiture j'ai vite regretté ma décision.
— Tu vas voir, ça va être sympa, on se fait une contre-soirée entre mecs.
— Une contre-soirée ? fis-je livide.
— Ouais, nos femmes font une soirée *Desperate Housewives* alors on contre-attaque ! Il jubilait, les yeux perdus dans l'obscurité qui nous engloutissait sans relâche, les mains positionnées exactement à dix heures dix sur le volant.
— Mais j'ai rien à voir la dedans, moi ! Je n'ai pas de femme et si j'en avait une, elle ne ferait pas des soirées nazes comme ça. J'étais vert.
Pizza surgelée, salade et eau pétillante. C'était surréaliste, presque drôle. On allait certainement

avoir droit à une tisane avant d'aller au lit.
Côté discussion, c'était comme la cuisine, ça manquait cruellement d'inspiration. *Faut-il sortir de l'Europe ?* Ça nous fait au moins une heure d'habitude, mais ce soir là, le cœur n'y était pas.
Michel, que je n'avais jamais vu auparavant mais qui avait l'air assez marrant, a essayé d'annexer la Wallonie et Claude voulait vendre la Corse, mais comme nous étions tous d'accord, ça manquait de rythme.
J'ai bien tenté la régionalisation de notre système éducatif, comme ça on pourra copier la Finlande sans avancer l'excuse de la différence d'échelle. Claude, qui en a marre de s'occuper des cent-cinquante ordinateurs du lycée avec seulement deux heures de décharge (c'est pour ça que je l'appelle le citron informatique, comme tous ceux avant lui, on le presse jusqu'à ce qu'il ait donné tout son jus et après on en prend un autre) était sacrément remonté.
— Il faut arrêter le suréquipement. Tous les lycées sont tout neufs et bourrés d'informatique grâce aux conseils régionaux, mais l'état ne suit pas au niveau des personnels et on se retrouve avec des classes de trente-trois élèves et en plus du matériel à gérer.
— Parle pour toi, fit Michel (en fait je venais d'apprendre qu'il était prof de maths dans un collège du coin et qu'il était aussi le mari d'une collègue de lettres classiques qui venait d'arriver au lycée) Jacqueline a des groupes de sept à douze élèves. En plus les hellénistes c'est de la crème !
— C'est la crème, fis-je sans lever les yeux du

Télérama.
— Pardon ?
— Tu es prof de maths, mais quand même, fais attention ! On ne dit pas c'est de la crème, on dit c'est la crème.
— T'en es sûr ?
— Prends le Petit Robert, il est sur l'étagère derrière toi.
— Non mais vous vous êtes regardés un peu ! On dirait une réunion du club de scrabble à l'heure du pisse-mémé ! lança Daniel qui n'avait encore rien dit de la soirée. Il était cadre commercial dans une boîte de pompes à chaleur, marié à une collègue d'espagnol que je n'aimais pas trop.
Michel qui en avait assez de boire de l'eau n'a pas laissé passer l'occasion.
— Je te ferais remarquer que si on boit de la flotte depuis le début de la soirée, c'est parce que tu es là. Alors ne viens pas nous le reprocher maintenant !
— Je ne vous ai rien demandé ! De toute façon c'était couru d'avance, quand tu picoles personne ne t'invite parce que t'es con et quand tu ne picoles pas personne ne t'invite parce que t'es chiant !
— Sauf que toi t'arrives à faire les deux à la fois !
— OK, je m'tire, vous allez pouvoir ouvrir les bouteilles.
Seul Claude a esquissé un mouvement pour le stopper dans son élan. Ils sortirent tous deux du salon. À peine deux minutes plus tard, Claude est revenu seul, un peu dépité. Michel était radieux, il interpella Olivier, qui derrière le bar de sa cuisine

américaine disposait la vaisselle sale dans la machine. Il semblait insensible à tout ce qui se déroulait autour de lui.
— Olive, on va pouvoir ouvrir le Chablis !
Claude tenta maladroitement de justifier la réaction de Daniel.
— Il n'a pas tout à fait tort au fond.
— De quoi tu parles ? marmonna Michel.
— On est là, à boire de la Badoit et à lire le dictionnaire pendant que nos femmes regardent des conneries à la télé en buvant du vin et en détaillant avec précision les différentes parties de nos anatomies.
— Arrête d'être parano ! Elles regardent des conneries, c'est vrai ! Mais je ne pense pas qu'elles en soient à comparer la taille de nos bistouquettes, fit Michel soudain inquiet.
— Non seulement ça, mais elles passent aussi en revue nos habitudes en matière d'hygiène corporelle, renchérit Claude.
— Olive, pas de verre pour Cloclo, je suis sûr qu'il prend des médocs ! beugla Michel.
— Je ne voudrais pas te faire de la peine, ajouta Claude, mais j'ai un enregistrement de leur dernière réunion à la maison, et ...
— Quoi ? J'envoyai voltiger le Télérama sur la pile de magazines, tu espionnes ta femme ! Claude chercha désespérément un soutien auprès de Michel et d'Olivier. Putain Claude, tu délires à plein tuyau ! Qu'est ce que tu imagines ? Qu'elle devrait louer tes nombreuses qualités et dire quel homme parfait tu

fais ! Elle passerait pour une sacrée godiche aux yeux de ses amies.
Michel sembla se rallier à ma cause.
— C'est vrai que si on se mettait à raconter des trucs sur nos femmes, on dirait tout sauf la vérité !
J'enfonçai le clou.
— Il faut faire confiance à l'autre, sinon il n'y a plus de couple.
— C'est facile à dire pour toi, lança Olivier depuis la cuisine.
— Pas plus pour moi que pour un autre - j'aurais pu ajouter espèce de connard mais je ne l'ai pas fait - tout est facile à dire, c'est quand il faut faire que ça se complique.
— On dit ce qu'on veut et on fait ce qu'on peut, lâcha Michel fataliste.
Le chablis ramena un peu de sérénité autour de la table basse du salon et c'est à l'unanimité que nous qualifiâmes la série *Desperate Housewives* de nullité, même si aucun d'entre nous n'en avait jamais vu plus de dix minutes.
Ensuite, la discussion glissa doucement vers la critique des derniers films sortis au cinéma, ce qui nous conduisit fort logiquement à énumérer tous les chefs-d'œuvre que nous avions adorés depuis que nous fréquentions les salles obscures. Il n'y avait pas là matière à conflit.
La seconde bouteille nous permit d'aborder le cas souvent épineux des gros navets, mais surtout des films célébrés par la critique, que nous avions détestés. Là encore un consensus mollet semblait

s'installer. On se serait cru à une réunion de la section locale du PS. Heureusement, j'avais gardé le meilleur pour la fin.
— Bon, je ne jugerai pas le film en lui-même parce que j'ai quitté la salle au bout de vingt minutes. Mais je crois que ma pire expérience cinématographique c'est *Short Cuts*, de Robert Altman.
Je laissai passer le concert de protestations, les explications techniques, le coup des ficelles qui se nouent et tout ce que l'on peut dire à qui n'aime pas un film que l'on adore quand on veut lui démontrer que c'est parce qu'il n'a rien compris. Ils n'étaient que trois, mais le chablis aidant, ils auraient pu tenir jusqu'au petit matin.
J'ai finalement réussi à plaider ma cause. J'ai un peu exagéré mon état de fatigue ce soir là. Mais la salle était réellement comble et je m'étais retrouvé au premier rang, sur la gauche, à cinq mètres de l'écran géant.
J'avais décroché dès les premiers plans. J'avais mal aux yeux. Je piquais du nez toutes les deux minutes et quand je relevais la tête, j'avais l'impression qu'on avait changé la bobine et que je regardais un autre film.
Je suis sorti, je n'en pouvais plus. J'avais l'impression de me retrouver dans le même état que le jour des obsèques de mes parents. Une juxtaposition de séquences floues et saccadées qui m'étourdissaient jusqu'à la nausée.
Quand enfin je me tus, le silence s'installa durablement. C'est Claude qui le rompit le premier pour

proposer un départ imminent.

Ça arrangeait tout le monde, il faut dire que j'avais un peu cassé l'ambiance.

Dans la voiture, je sombrai rapidement dans un demi-sommeil provoqué par le ronronnement du moteur et le monologue monocorde de mon conducteur. Lorsqu'il m'a déposé devant chez moi, Claude n'a pas pu s'empêcher de conclure : « Une œuvre d'art que personne ne verrait, ça ne serait pas une œuvre d'art. »

J'avais déjà un pied en dehors du véhicule et je lui tendais la main. Il s'en saisit prestement et refusa de la rendre tout de suite. Malgré la fatigue, je parvins à contenir l'agacement qui tentait de m'envahir. Enfin il me libéra et je m'extirpai au plus vite de sa voiture.

Lorsque je vis les petites lumières rouges disparaître au coin de la rue, je poussai un profond soupir. Je restai quelques minutes seul, dans le noir. Je n'avais plus du tout envie de dormir. Je respirais amplement. Je me sentais bien.

12

1ᵉʳ mars – Baston

C'est comme cela que j'imagine un accident cérébral. Un voile se déchire silencieusement, lentement, puis très vite. Juste le temps de se rendre compte, mais pas le temps de comprendre.

Ça m'est arrivé hier soir, j'étais en vadrouille avec des polonais que j'héberge depuis quelques jours – ils encadrent un groupe d'élèves qui ont passé la semaine au lycée – Nous devions rejoindre un petit groupe de fêtards dans un bar assez branché, jet-set de région. Femmes blondes et oranges en bottes, et partenaires masculins plus âgés.

Quand je suis entré, j'ai tout de suite senti qu'il allait se passer quelque chose de désagréable. Tina Turner hurlait : « *What's love got to do with it ?* » ce qui n'annonçait rien de bon.

J'ai repéré le petit groupe avec lequel nous devions fusionner derrière un pilier en fonte très ouvragé et purement décoratif à en croire la légère secousse qui le parcourut quand je le frappai machinalement du plat de la main. L'ambiance était très festive et mes polonais furent enchantés de se faire embrasser par

les femmes présentes. La soirée était déjà un succès.
De mon côté, j'avais sans en avoir l'air, réussi à m'asseoir exactement où je voulais.
— Voyons voir, avec qui es-tu venue ce soir ? glissai-je à l'oreille de ma voisine de table avec une discrétion ostentatoire.
— Personne ! Mauvaise langue ! C'était ton tour ce soir, et je vois que tu as changé un peu de goût !
J'avais été ravi de repérer Diane dans l'assistance mais la savoir non accompagnée me rendait soudain inhabituellement nerveux. Elle dut le sentir car elle posa immédiatement sa main sur la mienne.
— On n'a qu'à faire comme d'habitude. C'est si bien d'habitude !
J'aurais dû lui demander de m'épouser tout de suite. Je suis sûr que rien de ce qui s'est passé par la suite ne serait arrivé, et que rien de ce qui était déjà arrivé n'aurait eu d'importance. Mais j'ai fait comme d'habitude. Nous avons passé trois heures sans nous soucier des autres à discuter de tout et de rien, insensibles aux remarques du reste de la bande. Je n'ai même pas prêté attention aux deux gamines blondes et oranges accoudées au comptoir qui étaient entourées de VRP en goguette. Pourtant, elles n'arrêtaient pas de lancer des coups d'œil dans notre direction et elles passent trois heures par semaine à se remaquiller pendant mon cours.
Diane et moi n'avions jamais, jusqu'à ce soir, réussi à passer une soirée ensemble sans que l'un des deux au moins ne soit accompagné. Cela ne nous empêchait pas d'entrer en fusion presque instantanément et

d'oublier temporairement le reste du monde. Quand il me fallait quitter ses yeux noirs le retour sur terre était souvent pénible, mais le voyage en valait la peine. Cette fois, personne pour nous battre froid.
Diane était bien plus audacieuse que je ne l'imaginais, elle approcha ses lèvres de mon oreille pour sceller le sort de mes deux polonais.
— Débarrasse-t-en vite fait et viens chez moi.
Je jetai un coup d'œil à l'autre bout de la table. Ça n'allait pas être aussi simple.
— Je ne peux pas les abandonner dans cet état, ils n'arriveront jamais à retrouver le chemin de la maison.
J'ai vu à son regard qui s'assombrissait davantage que je devais trancher tout de suite.
— Nous te raccompagnons jusque chez toi, ensuite je les mène à la maison et je te rejoins une demi-heure plus tard. Comme ça je suis sûr que tout se passera bien.
Elle fit mine de bouder, mais je sentais bien qu'une demi-heure de préparation n'était pas pour lui déplaire.
La mise en route fut un peu laborieuse. Les polonais s'étaient mis en tête d'embrasser toutes les femmes du bar mais ça ne faisait pas rire tout le monde, à commencer par moi. Une fois à l'extérieur, il était un peu plus de onze heures, ils ont décidé d'entamer un récital. J'ai dû encore une fois refréner leur ardeur, ça devenait un peu lourd.
Diane n'habitait pas loin du bar mais les deux zigotos nous ralentissaient péniblement. Ils étaient main-

tenant à cinquante bon mètres derrière nous, en pleine discussion animée.
— C'est à gauche maintenant ! Elle me tira prestement par la manche. Dès que nous eûmes disparu au coin de la rue, elle m'attira à elle et m'embrassa de tout son corps. Je n'ai ressenti cela qu'une fois dans ma vie, c'était comme un évanouissement à l'envers. Je pense avoir été amoureux.
Et puis je les ai vu arriver. Trois silhouettes compactes au milieu de la rue. L'appartement de Diane n'était qu'à une centaine de mètres. Les ombres se sont déployées de façon à couvrir l'espace, comme des chasseurs qui traquent le gibier. Nous pouvions les distinguer à présent, ils n'avaient rien des habituels loubards du soir qui insultent les couples apeurés juste pour le plaisir. Ils semblaient plus âgés, sans excentricité vestimentaire d'aucune sorte.
Je serrai doucement la main délicate et fraîche que je venais de capturer. J'avais fait mon choix, ce serait celui du milieu.
Ils n'avaient toujours pas dit un mot. Encore dix mètres. Je sentais la peur de Diane au bout de ses doigts. Ils tremblaient comme les grillages des arènes de Vale Tudo il y a vingt-cinq ans. Ma démarche n'était plus la même, j'entendais mon cœur battre, lent et fort, comme le tambour de Pepe avant notre entrée dans la cage.
Nous nous sommes croisés sans heurt. J'ai tout de suite senti la main dans la mienne se détendre. C'est trop tôt, ai-je pensé. Et puis je me suis souvenu que nous avions deux polonais à la traîne. Je me suis

tourné d'un coup, pour tomber nez à nez avec les trois hommes qui avaient fait demi-tour en silence dans l'intention certaine de nous surprendre.
— Qu'est ce que tu regardes, vieux bâtard ?
C'était le plus décidé des trois, celui du milieu, qui avait réagi le plus promptement.
Au moment où la paume de ma main droite a heurté son menton, mon regard a semblé se dissocier de mes yeux.
La suite m'est apparue d'en haut, les sons étaient altérés, plus sourds. J'observai à distance l'affrontement en contrebas.
Le plus costaud, à ma gauche, regardait encore son complice quand mon front s'est écrasé sur son nez. Le craquement m'a semblé curieusement lointain, je me suis collé à lui, mon pied droit sur son pied gauche et l'ai fait tomber en pivotant. La cheville n'a pas tenu, le cri a cessé quand la tête a heurté le trottoir.
Je me suis dégagé aussi vite que possible, mais le troisième adversaire avait déjà commencé à me donner des coups de pied dans le ventre. Au lieu de me redresser, j'ai plongé vers lui, l'épaule gauche en direction du genou de sa jambe d'appui. Le choc fut violent, je fauchai son autre jambe en effectuant un balayage à l'aide de la jambe droite. Il s'affala à plat ventre, à quelques centimètres de son complice inconscient. Je me vis alors lui tomber dessus, le genou entre les omoplates. Je saisis son poignet droit, tournai, et levai d'un coup sec. Je répétai l'opération à gauche et lui assénai un violent coup de poing au visage pour faire cesser ses hurlements.

Le premier adversaire était toujours sonné du coup au menton mais il s'était redressé. Du tranchant de la main je le frappai au cou et l'expédiai entre deux voitures en stationnement.

C'était fini.

J'ai eu l'impression de sortir d'une longue phase d'apnée, quand on apprécie l'inspiration mais que l'on regrette la solitude des profondeurs.

Ça râlait de partout. J'avais un peu mal à l'épaule et aux mains, quand j'inspirais j'avais mal sur le côté droit.

Je ne comprenais pas pourquoi j'étais retombé là-dedans, vingt-cinq ans après. Je sentais cette rage me parcourir comme avant. Avant qu'Ute ne parvienne à m'apprivoiser, à tuer ce qu'elle aimait en moi. Je commençais à reprendre pied dans la réalité, mes deux polonais semblaient complètement dégrisés. Leur regard allait de l'un à l'autre des corps allongés sur le trottoir, je n'aimais pas les coups d'œil qu'ils me lançaient à intervalle régulier.

Je me tournai lentement vers Diane sans trop d'illusions.

— Bon, OK, j'ai un peu sur-réagi. Mais ne me regarde pas comme si je m'étais transformé en araignée géante !

— Mais regarde-toi, tu es couvert de sang !

J'avais une furieuse envie de lui sauter dessus.

13

25 mars – Pâques à St-Jean de Luz

La journée a commencé par un curieux coup de téléphone. J'étais dans la salle à manger de l'hôtel, bien décidé à battre mon record d'ingestion de petit-déjeuner quand le petit toussotement s'est fait entendre (une idée d'Andreas lors de ma dernière visite en Allemagne) j'ai bondi sur mon sac pour éviter la quinte de toux embarrassante.
— Monsieur Jansen ?
— Lui-même.
— Mairie de St-Jean, service état civil et des cimetières.
— Je vous écoute.
— Nous aimerions éclaircir un point concernant votre intervention pour la prolongation de la concession numéro HG308.
— ...
— Voilà, quelle relation entretenez-vous avec les défunts ?
— Hé bien, heu ... disons que jusqu'à maintenant je n'ai pas entretenu grand chose ... mais je suis leur fils.
— Ah ... vous ne portez pas le même nom ?
— J'ai changé de nom il y a longtemps maintenant.

J'ai tous les papiers avec moi.
— Bien, bien, bien ...
— ...
— On se voit donc demain à 14h00.
— C'est en effet ce qui était prévu.
J'ai ensuite mis une bonne demi-heure à engloutir les céréales, viennoiseries, confitures et produits laitiers au menu du petit-déjeuner de l'hôtel, le tout arrosé d'un demi-litre de café et de plusieurs verres de jus d'orange.
Il était presque dix heures quand je suis sorti faire un tour en ville. Je l'ai en horreur. Je ne m'y suis jamais senti chez moi.
Mes pas m'ont tout naturellement guidé vers le cimetière Aïce Errota. Quand j'ai aperçu le long mur blanc je me suis soudain rappelé à quel point la luminosité m'avait blessé les yeux le jour de l'enterrement. J'ai marqué une pause, je n'avais gardé quasiment aucun souvenir de l'inhumation et là, je venais de revivre une sensation que j'avais étouffé pendant vingt-cinq ans, simplement à la vue du mur d'enceinte du cimetière.
J'hésitai longuement avant de reprendre ma progression. Quand je me décidai enfin à avancer, ça n'était pas de gaieté de cœur, mais je n'avais guère le choix, je ne pouvais pas ne pas y aller.
Il me fallut un bon quart d'heure pour trouver la tombe de mes parents, ce dont je n'étais déjà pas très fier, mais quand j'aperçus la dalle grisâtre assiégée par une armée compacte d'herbes folles et sauvages, quand je ne pus même pas lire leur nom tant la

mousse avait envahi le quart inférieur du monument – certainement souvent plongé dans l'ombre des autres, plus éminents, qui l'entouraient – alors là, j'ai vraiment eu honte, et pas qu'un peu. Je suis resté de longues minutes à contempler l'œuvre du temps sur l'édifice, vingt cinq années de résistance obstinée en attendant la défaite inéluctable. J'ai fait le compte de tous mes renoncements, toutes mes fuites en avant et en arrière, toutes les lâchetés conscientes qui avaient saupoudré mon existence inqualifiable.
Quelle vie de merde !
J'entrepris alors de désherber à la main la friche déshonorante. J'étais plus déterminé que jamais à abandonner cette existence dépourvue de finalité et à partir loin de tout cela pour retrouver une vie simple et vraie.
C'est à cet instant que le curieux petit camion orange a fait son apparition. Il a stoppé à ma hauteur et deux hommes en sont sortis : un jeune qui s'occupait à sortir les outils de la benne, et un plus âgé, le conducteur, qui s'est planté à côté de moi, face à la tombe de mes parents.
— Vous vous donnez du mal pour pas grand chose monsieur, on vient faire le ménage !
— Ah bon !
— Hé oui, il faut faire de la place pour les autres ! On n'est jamais tranquille, même mort les jeunes vous poussent dehors !
— Non mais, attendez un peu ! j'étais interloqué, Vous ne venez pas vider le caveau ?
Je voyais le plus jeune approcher, une grosse barre à

mine à la main. Il n'était pas là pour désherber.
— Si, mon bon monsieur, poursuivit mon interlocuteur sur le même ton badin.
J'expliquai alors aux deux profanateurs professionnels la raison de mon séjour dans leur charmante commune, et comme l'enveloppe pliée dépassait de la poche de ma veste, je pensai même à leur montrer le courrier envoyé par la mairie pour enfoncer le clou.
— C'est à cause des élections, ils nous font sortir les gens du cimetière pour qu'ils aillent voter, crut bon d'ajouter l'ouvrier municipal, décidément incapable de la fermer.
— Hé dites-donc, ce sont mes parents là-dedans !
— Pardon mon bon monsieur, mais vous savez, à force de travailler ici ...
— ... on est un peu comme les chirurgiens ! conclut gravement le jeune, appuyé sur la tombe voisine. Son aîné hochait la tête comme le font les indiens, certainement agité par des émotions contradictoires.
— Bon, maintenant qu'on est là, on va nettoyer. C'est ce qu'on fait, de toute façon, quand les concessions sont renouvelées.
— OK, je vais faire un tour, il doit bien y avoir un fleuriste dans le coin ?
— Vous pouvez pas le rater, c'est juste devant l'entrée du cimetière.
Vingt minutes plus tard, j'approchai prudemment du petit camion orange un pot de chrysanthèmes à la main. Les deux fossoyeurs étaient debout près du caveau ouvert, ils semblaient très satisfaits. Je stoppai à bonne distance, ne perdant rien des regards de

conspirateurs qu'ils échangeaient.
— Venez voir, c'est incroyable ! lança avec enthousiasme le plus jeune.
— C'est sûr que ça n'arrive pas souvent, renchérit l'autre.
J'observais à distance le trou noir au bord duquel les deux hommes se tenaient, je les voyais jeter des coups d'œil vers le fond puis me dévisager avec insistance. Je ne pouvais esquisser le moindre geste, je me sentais aussi dur, froid et lisse que le marbre.
— Approchez donc, venez voir, vos parents sont dans un état de conservation remarquable ! Ils sont intacts !
Je restai immobile pendant plusieurs secondes, puis ce fut à mon tour de dodeliner de la tête de manière énigmatique. Je ne savais pas quoi faire. Et puis j'ai compris leurs regards, la surprise qui avait dû être la leur en voyant les visages. Celui de mon père surtout, je lui ressemblais, et j'avais maintenant son âge.
Les pensées se bousculaient, j'avais du mal à me rappeler mes parents vivants, et je n'étais pas sûr de vouloir conserver à jamais le souvenir d'un couple de cadavres. Je n'étais pas prêt non plus à me reconnaître dans les traits, figés par la mort, de mon père. Non, je ne voulais pas les voir.
Je laissai les deux hommes achever leur travail et je m'éloignai à grands pas en criant : « Je repasserai demain ! »
Ce n'est qu'en entrant dans le hall de l'hôtel que j'ai réalisé mon étourderie. J'avais toujours le pot de fleurs à la main. Le réceptionniste ne sembla même

pas le remarquer quand il me tendit l'enveloppe blanche sur laquelle on avait écrit deux noms : Jon Otchoa et Marc Jansen.
L'écriture était nerveuse. Le message, bref, tenait plus du sismogramme que de la prose. Je déchiffrai non sans peine les mots suivants : *rejoins-moi demain à 10h00 au Paris*. Malgré l'absence de signature, je n'avais aucun doute quant à l'identité de l'auteur de ces mots que j'avais espérés, que j'avais redoutés aussi.

Je plongeai vingt-cinq ans en arrière. Tout le monde avait quitté le cimetière, je m'étais écarté de la tombe toute fraîche de mes parents pour laisser les maçons sceller la dalle tranquillement. Mes pas m'avaient mené jusqu'à l'endroit le plus haut de ces lieux, et bien naturellement je m'étais tourné vers l'océan.
C'est le moment qu'avait choisi Clara pour venir à ma rencontre sans que personne ne le sache. La vue du jeune orphelin, au milieu des tombes, le regard perdu dans l'immensité céruléenne, aucune fille de vingt ans n'aurait pu résister à cela. Elle m'est tombée dans les bras, en larmes, elle était proche de l'évanouissement. Nous sommes sortis du cimetière, enlacés, ne sachant lequel des deux soutenait l'autre.
La curieuse médication du docteur Millou avait des effets étonnants. Je passais quasi-instantanément d'un état de détachement total, proche du sommeil, à une sensation d'angoisse vertigineuse qui n'en finissait pas de grandir, jusqu'à ce que je replonge dans une espèce de transe amorphe.
Je racontais, tant bien que mal, à Clara mon

quotidien au Club Med quand, sans prévenir, et sans que cela n'affecte mon récit, les larmes ont inondé mon visage.

Clara était bouleversée.

Ça m'est arrivé au moins trois fois dans la soirée tandis que nous dînions à Bayonne. Ce qui s'est passé ensuite n'a même pas fait l'objet d'une discussion. Je ne me rappelle pas avoir éprouvé quelque chose en entrant dans la maison familiale cette nuit là. L'électricité était coupée, mais nous n'en avions pas besoin pour arriver jusqu'au canapé du salon. Après, ce qui s'est passé a dû être mémorable, malheureusement la seule chose dont je me souvienne c'est précisément la page blanche de mon esprit au petit matin.

Clara avait disparu.

Je ne me sentais pas si mal que cela, un peu creux, mais pas si mal.

Quand je suis sorti de la maison, un jeune chien avec de longs poils fauves grattait la portière de la 4L. Je cherchais un petit caillou au sol quand j'ai entendu le père Goïkotchea appeler : « Adolph, ramène-toi par là ! »

Je devais faire vite, il me fallait rendre la voiture avant de prendre le train pour Paris, et ensuite m'envoler pour Rio.

Mon cerveau ralenti me glissait des idées pour faire venir Clara au Brésil. J'y réfléchirais plus tard, à tête reposée.

J'allai chercher mes affaires dans la maison et fis un détour par la salle de bain. j'avais besoin de me passer un peu d'eau sur le visage avant de prendre la route. J'eus la désagréable surprise de constater que, tout comme l'électricité, l'eau avait été coupée, m'interdisant du même coup l'accès aux toilettes. Après tout, ça me donnerait l'occasion de m'arrêter prendre un café.

Malheureusement, c'était sans compter sur l'assise un peu droite de la 4L, au bout de dix minutes de route, j'avais comme un point de côté tellement j'avais besoin de pisser. Pas question d'attendre un café, et puis j'allais bientôt atteindre la RN10, je devais m'arrêter tout de suite mais une camionnette me suivait d'un peu trop près, j'allais faire signe au conducteur de doubler mais il a anticipé mon geste et a rapidement disparu au loin.

J'avisai un petit chemin encaissé qui débouchait sur la droite, à une centaine de mètres devant moi, juste avant une grande courbe. C'était l'endroit parfait ... pour avoir un accident : Une 4L identique à la mienne déboucha du chemin au moment même où j'amorçais mon virage. Je pilai d'un coup et donnai des coups de volants désespérés. Dans l'autre véhicule, le vieil homme au volant ne sembla même pas remarquer ma présence, en revanche la jeune fille assise à ses côtés regardait dans ma direction, un o en guise de bouche. C'est un miracle que nous ayons pu nous croiser sans heurt.

Ils prirent la direction de la RN10 et je pus enfin soulager ma vessie avec ravissement.

Je me rappelle le claquement sec et fracassant, et aussi l'effroyable grincement. J'avais la main posée sur la poignée de la portière. Je suis resté figé un long moment, et puis le tumulte des oiseaux paniqués m'a tiré de cette prostration.

Je me rappelle le ruban adhésif jaune moutarde qui ceignait l'espèce de boîte à gâteaux qui dépassait de sous le siège du conducteur. Je l'ai aperçue en ouvrant la portière, mais c'est en la posant sur le siège passager que j'ai vu l'inscription glaçante : *DANGER SEMTEX®*

Je me rappelle enfin la vision d'horreur quelques centaines de mètres plus loin, sur la RN10. L'amas de tôles blanches broyées sous la cabine déformée d'un énorme camion. Des voitures étaient stationnées sur le bas côté. Un homme, blême, avait entrepris de faire la circulation pendant que d'autres s'affairaient autour des véhicules accidentés, mais tous les regards semblaient éviter l'épicentre du choc. C'est l'aile arrière-droite, presque entière, qui m'a fait réaliser qu'il s'agissait de la 4L que j'avais croisé quelques minutes auparavant, et puis j'ai vu l'huile exsuder de la ferraille. j'ai fermé les yeux, mais c'était trop tard. Jamais je n'oublierai la couleur de l'huile.

Il était déjà dix heures et j'approchais du café de Paris avec autant d'enthousiasme que la veille devant le caveau familial. Je n'étais pas sûr de vouloir replonger dans cette époque, mais j'étais tout de même curieux de voir Clara. Et puis j'allais peut-être y voir un peu plus clair.

J'avais prévu de me rendre ensuite au cimetière pour y déposer le pot de fleurs acheté la veille. Ça me ferait une bonne excuse pour disparaître au cas où je ne souhaiterais pas m'éterniser en sa compagnie.

Le café de Paris est un bar plutôt chic, à la moquette épaisse et propre, et au mobilier un peu vieillot mais de qualité. Je repérai immédiatement la silhouette filiforme de Clara, assise à l'écart, au fond de la salle. Elle occupait deux tables à elle seule : une pour le sac de marque et le manteau coordonné, et une autre sur laquelle était déployé un thé prétentieux avec toutes ses petites gamelles en inox. Elle tripotait fébrilement un téléphone dernier cri, me laissant ainsi le temps de l'observer sans retenue.

Je regrettais déjà d'être venu, je sentais s'évanouir le souvenir délicieusement douloureux de son sourire lumineux. J'étais juste devant elle à présent et je pouvais voir, malgré un maquillage impeccable, combien les années avaient durci son visage.

Elle a alors levé les yeux sur moi, puis son regard a glissé vers le pot de chrysanthèmes que je tenais fermement dans la main gauche. Elle a sursauté si fort que j'ai failli tout lâcher par terre. Elle semblait frappée de stupeur. J'ai pensé que c'était à moi d'engager la discussion.

— Désolé, les fleurs ne sont pas pour toi !

Elle ne m'écoutait pas, elle paraissait vaguement horrifiée.

— Tu t'es laissé pousser la barbe ?

— Décidément, on ne peut rien te cacher ! Bon, alors on ne s'embrasse pas.

Je tirai une chaise de sous la table et m'assis en face d'elle, la fixant du regard. Elle devait me trouver

minable avec ma barbe et mes cheveux longs.
— Mon père est mort l'année dernière, a-t-elle commencé d'une voix hésitante et en regardant le pot que j'avais installé près de son sac.
— Je te présente mes condoléances.
Je ne voyais rien d'autre à ajouter, j'attendais qu'elle dise merci pour embrayer. Elle garda le silence quelques secondes en tripotant son téléphone, et puis après avoir balayé la salle des yeux comme pour s'assurer que personne ne pouvait nous entendre, elle se pencha vers moi et souffla : « Pourquoi es-tu revenu maintenant ? »
Je n'avais pas tous les éléments pour comprendre le sens exact de sa question.
— Je suis en vacances.
— Ne fais pas l'idiot, tu ne reviens pas ici par hasard ? fit-elle avec davantage de nervosité.
Je n'étais pas d'humeur à me faire traiter d'idiot, alors je me suis levé et je suis parti, sans un regard en arrière. Ça lui clouerait le bec.
J'avais bien parcouru cent mètres quand j'ai entendu le bruit sec des talons sur le trottoir, je ne me suis pas retourné, même quand elle a appelé mon ancien nom. Elle m'a rattrapé alors que j'attendais que le piéton passe au vert pour traverser le boulevard Thiers.
— Espèce d'idiot, tu as oublié tes fleurs !
Et vlan, elle m'a flanqué le pot de chrysanthèmes dans les bras. Je n'ai pas pu m'empêcher de sourire.
— En voilà un qui refuse son sort obstinément ! Écoute, je crois qu'on a pas mal de choses à se dire.

Viens avec moi au cimetière, on pourra discuter et je pourrai me débarrasser de lui une bonne fois pour toutes.
Nous pouvions apercevoir le long mur blanc à deux encablures. Clara ne perdit pas de temps.
— On voudrait seulement savoir si quelqu'un d'ici t'a demandé de revenir maintenant, c'est tout !
Le piéton est passé au vert, nous avons traversé le boulevard côte-à-côte. J'ai attendu que nous arrivions sur le trottoir d'en face pour répondre le plus sincèrement possible.
— J'ai reçu le même courrier qu'il y a quinze ans. Ça venait de la mairie de Saint-Jean. Pour le renouvellement de la concession au cimetière. Alors j'ai téléphoné pour prendre rendez-vous pendant les vacances de Pâques, et voilà !
J'ai sorti l'enveloppe pliée du fond de ma poche de veste et la lui ai tendue en gage de bonne foi. Elle semblait toujours perplexe. Elle jeta un rapide coup d'œil à la prose du service état civil et cimetières et me la rendit aussi sec. Le mur blanc n'était plus très loin à présent, elle se fit plus directe.
— Tu n'es pas ici pour les élections ?
— Quelles élections ? Tu veux parler des municipales de Saint-Jean ?
Je ne pus m'empêcher de pouffer. Clara n'apprécia pas vraiment mon hilarité contenue. Elle pointa du doigt une rangée de panneaux en acier galvanisé qui se trouvaient de l'autre côté de la rue, et lança un peu sèchement : « Tu n'étais peut-être pas au courant ? »
Parmi les trombines placardées, figées dans un sourire

douloureux, j'ai reconnu celle de Mikel. De grosses lettres blanches sur fond bleu m'apprirent qu'il était le maire sortant. Il avait beaucoup grossi.
— Il a beaucoup grossi !
Clara poussa un soupir où se mêlaient agacement et contrariété.
— Il a beaucoup changé aussi. C'est pour ça que ton retour ici, juste après la mort de mon père, ça l'inquiète.
Je commençais à comprendre dans quel marigot je venais d'échouer. Nous n'étions qu'à quelques mètres de l'entrée du cimetière. Je me tournai à l'opposé, vers l'océan, et contemplai avec abandon l'immense ardoise aux reflets irisés.
Si je n'avais pas eu en main ce satané chrysanthème je serais parti immédiatement. Au lieu de cela, je me suis engouffré dans l'allée centrale bordée de monuments funéraires tristement semblables. Clara me suivait, l'air soucieux. Elle avait quelque chose dans le regard qui me rappelait son père le jour de l'enterrement de mes parents, quand j'avais demandé à les voir une dernière fois. Un mélange de peur et de colère.
En approchant de la tombe, je tentais d'assembler les différentes pièces du puzzle mais il y en avait trop de mal taillées. Tout cela ne collait pas.
Je déposai délicatement le pot de fleurs au pied du tombeau et reculai de quelques pas.
Mes parents n'avaient pas pu effacer les traces d'un terrible accident pendant leur vingt-cinq années de rigidité cadavérique. Le père de Clara, allongé un peu

plus loin, ne pouvait plus répondre à mes questions, mais je voulais comprendre.
— Tu ne veux pas savoir ce que j'ai fait de ton cadeau ?
Elle a mis quelques secondes à abandonner ses rêveries.
— Je suis désolée, mais je ne me souviens pas t'avoir fait un cadeau. Il s'est tout de même passé vingt-cinq ans depuis que ... , heu, et puis je suis mariée avec Mikel depuis vingt-deux ans, nous avons deux enfants. La vie efface bien des souvenirs, tu sais ? Et toi, tu es marié, tu as des enfants ?
Je n'ai pas jugé bon de répondre à ses questions, je voulais savoir. Rien de plus.
— Comme tu le sais maintenant - grâce aux employés de ton mari - je ne m'appelle plus Jon Otchoa mais Marc Jansen. Ça n'est pas par coquetterie, mais parce qu'il y a vingt-cinq ans, après avoir passé la nuit avec toi j'ai eu droit à une surprise.
Dix minutes plus tard, j'avais terminé mon récit et Clara était effondrée sur un banc du cimetière. Elle était secouée de soubresauts et reniflait à profusion. Je n'apprendrais rien, mais j'étais soulagé de savoir qu'elle ignorait tout de ce qui s'était passé.
Quand elle s'est sentie mieux, nous nous sommes dirigés vers la sortie, silencieusement. Elle s'appuyait légèrement sur mon bras. Je trouvais cela agréable. Soudain, elle a stoppé net devant une large dalle de marbre noir sur laquelle je ne voyais aucune inscription. Elle semblait tendue. Sa main a serré la mienne jusqu'à me faire mal. J'ai compris que c'était

la tombe de son père. Nous sommes restés un long moment à la contempler, chacun habité par ses pensées. Elle s'est alors tournée vers moi, déterminée mais sereine.
— Je connais quelqu'un qui va pouvoir nous apprendre beaucoup de choses.
Un quart d'heure plus tard, nous débouchions dans un chemin que je connaissais parfaitement. Ça n'avait pas beaucoup changé, c'était juste un peu plus petit qu'avant. Clara commençait à se détendre. C'est elle qui avait suggéré que nous prenions mon véhicule pour ne pas attirer les regards. Elle redoutait que les administrés de son mari ne reconnaissent sa voiture et elle souhaitait que notre expédition soit la plus discrète possible.
L'expression de son visage, quand elle m'a vu surgir au coin du cimetière, au volant de ma méhari orange, n'a pas fini de me faire rire.
La bicoque du père Goïkotxea semblait figée dans le temps. Le tas de bois me faisait l'effet d'un mikado abandonné il y a plus de vingt-cinq ans. Perdu dans mes souvenirs, je n'ai pas vu la boule de poil attaquer mon pneu. Heureusement, le choc n'a pas été très violent et j'ai pu stopper la voiture avant d'écraser cet imbécile de chien. C'était une espèce de bâtard noir et blanc, un mélange de ratier et de berger. Et à la vue des crocs qu'il exhibait généreusement, c'était aussi une belle saloperie. Je me raclai la gorge avant de rugir : « Va coucher Adolph ! »
Il battit en retraite prudemment. Clara profita de la situation pour sauter à terre et frapper à la porte

bringuebalante. Je l'avais suivie et je protégeais nos arrières à l'aide d'un vieux journal roulé serré que je brandissais l'air menaçant.
La porte s'est enfin ouverte sur un vieil iguane aux yeux tout blancs. Le père Goïkotxea n'avait pas changé, quand j'étais enfant il faisait déjà peur.
— Tiens, tiens, ma petite Clara ! C'est gentil de venir me voir, mais qui c'est ce hippy ?
Comment faisait-il pour y voir quelque chose avec des yeux aussi opaques ? Clara ne semblait pas du tout impressionnée, elle était visiblement une habituée des lieux. Elle cria : « C'est Jon Otchoa, vous vous rappelez, c'était votre voisin ! »
— Tu parles si j'me rappelle, il me piquait tout ! Qu'est ce que c'est que tous ces poils, t'es recherché par la police ?
Clara m'avait prévenu qu'il faudrait essayer de l'amadouer avant de lui poser des questions. Je fis donc l'effort de rire un peu avant d'articuler puissamment : « Vous avez toujours votre moby-lette ? »
— Dis-donc gamin, arrête de te foutre de ma gueule ! Je suis pas encore un débris, si tu veux brailler tu vas dans la prairie au bout du chemin !
Clara me fit signe de me taire et entreprit de lui raconter sa semaine. Dès qu'elle commettait l'erreur de mentionner le nom d'un habitant du canton, le père Goïkotxea se lançait dans l'arbre généalogique de la famille. Il était incroyable, physiquement on lui donnait facilement deux cent-cinquante ans, mais il avait gardé une mémoire d'apothicaire.

Je commençais à douter de l'efficacité de l'approche de Clara quand, à ma grande surprise, le vieux lézard a lâché : « Bon, et si vous me disiez ce qui vous amène ? »

Clara s'est tournée vers moi, l'air interrogateur. Je lui ai fait signe de poursuivre sur sa lancée, je me sentais gagné par une étrange torpeur.

Elle n'y est pas allé par quatre chemins, et à peine deux minutes plus tard le père Goïkotxea savait tout ce que nous savions.

Il a poussé un long soupir en hochant la tête de droite à gauche. Il semblait hésiter. Clara devait savoir ce qui faisait obstacle aux confidences du vieillard. Elle le regarda droit dans le blanc des yeux et déclara : « Je n'ai guère connu ma mère mais je connaissais très bien mon père. Il a fait des choses terribles au nom d'une cause que je considère archaïque, mais je n'avais que lui ... »

Le vieux Goïkotxea se racla la gorge plusieurs fois avant de disparaître à l'intérieur de la maison. Clara me tira par la manche et nous le suivîmes dans son antre.

Le rez-de-chaussée était en fait une pièce unique au sol en terre battue. Au fond, un évier en émail blanc faisait office de cuisine. À droite une cheminée démesurée dissimulait la porte de l'escalier très pentu qui menait vraisemblablement à la chambre. Notre hôte semblait toujours plongé dans un abîme de réflexions quand il nous fit asseoir autour de la petite table carrée qui occupait le centre de la pièce.

Il soupira encore une fois avant de commencer.

— C'est de l'histoire ancienne tout ça, et ici on n'aime pas trop réveiller les morts. Mais après tout, c'est votre histoire, pas la mienne. C'est à vous de la porter maintenant.

Une demi-heure plus tard, nous avons quitté le père Goïkotxea complètement sonnés. Clara n'essayait même plus de se cacher dans la méhari, elle était silencieuse, le regard perdu au loin.

De mon côté, je déployais de gros efforts pour rester concentré sur la conduite, mais le récit de l'ancêtre m'avait fortement ébranlé.

J'ai déposé Clara au bas du cimetière, à deux pas du centre-ville. Avant de descendre, elle s'est tournée vers moi, les yeux encore rougis par cette apnée dans le passé. Elle voulait me dire quelque chose mais le souffle lui manquait.

J'ai saisi sa main et l'ai serrée entre les miennes. Je n'étais pas plus inspiré qu'elle, alors j'ai haussé les épaules en essayant de sourire et puis j'ai glissé : « Le monde est le même que ce matin. »

Je l'ai observée s'éloigner. Elle avait la démarche un peu saccadée du naufragé qui retrouve la terre ferme. Elle a marqué une pause devant une affiche collée de travers sur la vitrine d'une mercerie désaffectée, et puis elle a disparu dans le flot des passants.

J'ai quitté Saint-Jean aussitôt mon rendez-vous à la mairie expédié. J'avais besoin de m'éloigner au plus vite pour prendre la mesure de ce que le père Goïkotxea avait révélé. J'utilisai les quelques heures d'autoroute pour rassembler les pièces du puzzle. Le résultat était un tableau bien sombre dans lequel mon père était une sorte de membre historique de l'ETA qui utilisait son camion pour transporter du matériel sensible à travers l'Europe. Quand il s'est installé au Pays-Bas pour se planquer quelque temps, c'est le père de Clara qui a pris en main l'organisation sur le plan local. Je suis né. Clara est née, et sa mère est décédée quelques mois plus tard, d'une rupture d'anévrisme apparemment. Anton Geesing est devenu champion du monde de judo et nous sommes arrivés à Saint-Jean-de-Luz.

Le père de Clara a perdu les pédales quand il a rencontré ma mère pour la première fois - c'est vrai que sur les photos de Hollande elle était très belle - et il n'a eu de cesse ensuite d'envoyer mon père le plus loin possible pour des missions toujours plus périlleuses. Il en a profité pour se rendre à la maison et harceler ma mère, allant certainement jusqu'à la menace, pour la contraindre à s'offrir à lui.

Je ne pouvais m'empêcher de penser à ma mère, si belle autrefois, et méconnaissable quelques années plus tard. Elle avait certainement voulu nous protéger, en se laissant aller ainsi, pour repousser les avances de ce colosse moustachu répugnant.

Dire que la gratitude de mon père à son égard avait été de la comparer à une baleine !

Il a fini par apprendre la vérité et il a décidé de se venger. Mais comme l'adversaire était puissant, il devait agir avec prudence et par personnes interposées. C'est pour cela qu'il a changé de camp. Dans les années soixante-dix il a renseigné le Bataillon basque espagnol sur l'identité de certains membres de l'ETA, et puis au début des années quatre-vingt quand le GAL a pris le relais, il a commencé à distribuer les adresses de planques d'armes. Il faut dire qu'entre temps, je n'étais pas passé très loin de l'exécution sommaire dans une cour de ferme, et je vivais un exil forcé au Brésil.

De son côté, le père de Clara a rapidement compris qui était la taupe, et il s'est arrangé pour que les renseignements de mon père ne soient pas trop préjudiciables pour le mouvement. Il y voyait un intérêt tactique, mais il devait certainement éprouver pas mal de remords. Il avait détruit ma mère et sa famille. C'est peut-être pour cela qu'il n'a pas fait liquider mon père plus rapidement, et c'est aussi pour cela qu'il m'a un peu protégé à quelques reprises.

Mais avec le GAL, tout est devenu plus compliqué, et les nerfs étaient à vif. L'ETA utilisait le GAL pour liquider les taupes, et le GAL inondait l'ETA de fausses informations pour les inciter à s'entre-déchirer. Mes parents ont été liquidés sur une route de campagne. On a retrouvé leur voiture au fond d'un fossé, c'est tout ce que l'on sait.

C'est Clara qui a demandé pour le Semtex dans la 4L. J'avais compris, et je ne voulais pas l'accabler.

Le père Goïkotxea a vu les gars qui sont venus cette nuit là.

— C'était ton idiot de mari et ses copains, a-t-il soufflé tristement à Clara. Je n'avais pas idée de ce qu'ils faisaient. Je n'aurais jamais pu imaginer qu'ils puissent faire cela, surtout un jour pareil.

Après réflexion, je ne pense pas que le Semtex était

censé exploser. Ils avaient dû lancer les membres du GAL sur ma piste, et l'explosif était juste une manière de prouver que le renseignement était valable. La confiance n'a pas de prix dans ce milieu là.
Je dois la vie à une envie de pisser.
Deux personnes sont mortes à ma place.
Je mène une existence normale.

14

28 mars – Vandales

Sur la route du retour, les révélations de ces dernières heures venaient se télescoper furieusement dans mon esprit. Ma vie me faisait penser à un record du monde de chute de dominos : une mise en place interminable qui débouche sur un effondrement en chaîne.
Mon téléphone a toussé, c'était Lolo, mon voisin, je devais rentrer au plus vite, c'était urgent.
Quelques heures plus tard, je le trouvai sur le pas de ma porte, l'air catastrophé.
— Ne t'inquiète pas, fis-je faussement détendu, je n'ai pas grand chose à voler, les gitans ne s'intéressent pas aux bouquins.
Il ne répondit pas. Il avait déjà vu l'intérieur avec la police. Il tenait une clef entre le pouce et l'index.
— J'ai posé un verrou à la va-vite pour que ça ferme à nouveau.
Avec ma valise à roulettes à côté de moi, j'avais l'impression d'être un touriste à qui on remettait les clefs du bungalow.
— Merci de t'être donné tout ce mal.

La clef refusait d'entrer dans le trou de la serrure.
— Ah oui, c'est vrai, Je l'ai monté à l'envers ! C'est vraiment nul mais je n'y pense toujours qu'après avoir serré la dernière vis. D'ailleurs chez moi ...
Je ne l'écoutais plus, je venais de pénétrer dans l'entrée. La porte coulissante était ouverte sur mon intérieur dévasté. Je compris immédiatement que je n'avais pas été victime de véritables cambrioleurs. Les murs étaient couverts d'insultes, les tableaux étaient tailladés et la sculpture que Hélène avait faite pour mon anniversaire gisait au sol en plusieurs morceaux.
J'avais peu de doutes quant à l'identité des auteurs de cette action punitive. Ça prenait des proportions démesurées. J'allais devoir précipiter les choses.
La plupart des murs étaient à repeindre, les tapis à jeter, les meubles à décaper. En montant dans la chambre, je fus surpris de voir qu'il n'y avait pas de peinture, en revanche je devais changer de matelas, acheter deux oreillers et une nouvelle table de chevet. On avait joué du couteau ici. Bizarrement, en bas, le bunkereau semblait intact.
— Ça va ? fit Lolo dont j'avais oublié la présence.
Je ne répondis pas tout de suite, je commençais à visualiser l'action. Un mec avec une bombe de peinture, un autre avec un couteau, ... il devait y en avoir un troisième. Un mauvais pressentiment me fit allumer mon ordinateur.
— Ça va ? répéta Lolo en me tapotant l'épaule.
— J'avais l'esprit tourné vers l'écran de mon PC, mais je m'entendis répondre d'une voix lointaine.
— Ça va ... les tableaux, ça fait chier. La sculpture je

crois que je vais pouvoir la recoller, ... voilà j'en étais sûr ! Ces connards ont formaté mon PC.
— T'avais fait des sauvegardes ?
— Pas tout, pas grand chose d'ailleurs !
Bah, c'est la vie : on fait toujours la même chose, mais on essaie de faire mieux à chaque fois !
— Alors là, je t'admire !
— Pourquoi donc ?
— À ta place, je serais dingue !
— C'est à cause du processus d'émulation à l'intérieur du couple.
— Pardon ?
— Quand tu vis seul, et qu'un problème de ce genre se présente, tu zappes la phase un peu dramatique qui consiste à établir quel est celui des deux qui souffre le plus. Tu passes directement à la phase : qu'est ce que je vais faire pour que ça ne me coûte pas trop cher ? Et après seulement tu penses aux représailles.
— Tu sais qui c'est ?
— Grosso modo.
— Qu'est-ce que tu vas faire ?
— Je n'en sais rien, je suis encore à la phase une.
— Qu'est-ce que tu vas faire ?
— Appeler mon assurance, faire repeindre les murs, porter les tableaux chez le galeriste qui me les a vendus. Il y a peut-être un moyen de les rafistoler ...
On peut tout rafistoler.
J'allais avoir du pain sur la planche.

15

14 avril - Olivier

J'ai fait mon entrée en salle des professeurs à dix heures. Au lieu du brouhaha habituel et de la bousculade devant la machine à café, c'était le calme plat. À y regarder de plus près, c'était carrément sinistre. Bien sûr, j'aurais dû me taire et attendre un peu, mais quand j'ai vu l'air compassé de Legrand, debout au milieu des collègues affligés, je n'ai pas pu me retenir.
— Belle ambiance ! Monsieur Legrand n'a pas eu sa mutation ?
Hormis Groussard, le prof de sport, qui sortit précipitamment en réprimant tant bien que mal des grognements difficiles à traduire, tout le monde me fit comprendre que j'avais vraiment raté une occasion de me taire. La grande majorité des paires d'yeux qui me fixaient avec réprobation étaient rougies par le chagrin. D'une voix blanche, le proviseur a parlé.
— Monsieur Roche s'est tué en voiture ce matin.
Ma première pensée fut pour Sarah. Deux enfants et un moulin dans la cambrousse. Ensuite, j'essayai de visualiser Olivier mort, en vain. Rien à faire, je n'y

parvenais pas. Il faut dire que tout le monde avait les yeux braqués sur moi, attendant certainement que je manifeste mon émotion d'une manière un peu plus dramatique. Il n'en n'était pas question. C'est monsieur Legrand qui rompit le silence un peu lourd.
— Monsieur Jansen, vous voulez bien m'accompagner deux minutes ?
Nous avons traversé l'établissement sans échanger un mot, je n'arrivais pas à fixer mon esprit sur quelque pensée que ce soit. Il faisait beau, le hall était désert, tous les élèves étaient sortis pour la récréation. C'était un curieux jour pour mourir.
Le bureau de la secrétaire était grand ouvert, à notre passage je la vis plisser les yeux. Je hochai la tête instinctivement et le regrettai dans l'instant. Elle arborait ce petit sourire méchant dont elle a le secret. C'était tellement déplacé que j'en fus choqué. La jubilation qu'elle affichait rendait sa noirceur plus éclatante encore. C'était décidément quelqu'un que je détestais avec passion.
En tout cas, je me suis dit qu'ils devaient avoir quelque chose de sérieux contre moi pour qu'elle se réjouisse de manière aussi ostentatoire un tel jour. Je pensai immédiatement aux trois loubards d'avant Pâques.
Je suivis le proviseur dans son bureau. Au moins cette fois aucune délégation outragée ne m'y attendait.
— Asseyez vous ! lança-t-il négligemment. Il se laissa choir dans son fauteuil, visiblement éprouvé par la tâche ingrate qu'il venait d'accomplir en salle des professeurs. Il n'eut même pas l'air surpris de me voir

toujours debout derrière la chaise qui faisait face à son bureau de ministre.
— Je vous en prie ! finit-il par marmonner.
Il grimaçait plus qu'il ne souriait, mais visiblement il était beaucoup moins nerveux qu'à l'accoutumée. Je me demandais bien ce qu'il pouvait avoir d'urgent à me dire en privé un jour pareil. Il savait certainement qu'Olivier et moi étions en bons termes.
Legrand sortit une enveloppe de grand format d'un tiroir et la posa devant lui. Il me fixait sans que son visage ne trahisse d'émotion particulière. J'avais l'impression d'être chez le notaire. Il plongea la main droite dedans et en sortit quatre photos qu'il disposa devant moi.
— Vous pouvez m'expliquer tout cela ?
Un seul coup d'œil me suffit pour voir qu'il s'agissait de corps nus. En y regardant d'un peu plus près, je vis que ça me ressemblait fortement.
— Tiens, tiens ! fis-je, sans réussir à m'y intéresser vraiment. Pour tout dire, j'étais en train de penser à Sarah et à ses enfants. En fait, je ne pensais pas vraiment, je voyais défiler des bribes de vies où s'entremêlaient Sarah et Ute, les enfants, mes parents, tout cela se mélangeait sans que je puisse rien y faire. *C'est Olivier qui est mort, pas moi*, j'essayais de reprendre le contrôle de mes esprits.
— C'est tout ce que vous avez à dire ? Soupira Legrand d'un air faussement navré.
Le temps a marqué une pause. Son visage s'était figé en une moue molle où se disputaient mollement le soulagement et l'auto-satisfaction.

Mon regard tomba sur le coupe-papier doré qui n'avait probablement jamais servi, c'est sa secrétaire qui ouvrait toutes les lettres qui arrivaient sur son bureau. Il y avait certainement quelque intention d'affirmation de son autorité à exhiber cette longue lame effilée avec laquelle il jouait souvent comme un lanceur de couteau. *Quel con !*
Je pris une grande inspiration et parvins à me glisser à nouveau dans le rôle qui était le mien. C'était reparti. Je pris soin de ne pas changer de registre, mais au fond de moi j'avais décidé de mettre fin à cette comédie au plus vite.
— C'est plutôt à vous de me dire où vous avez trouvé ces cochonneries. Vous devriez avoir honte, surtout un jour pareil !
Il lui fallut quelques secondes avant de réagir, puis il sembla s'étrangler.
— Vous ... vous êtes heu ... vous êtes un vrai malade ! Jamais, jamais vous n'entendrez raison !
— Venant de vous ? Ça me surprendrait, en effet.
Il prit rapidement une teinte violacée.
— C'est *vous*, espèce de malade, qui avez envoyé ces horreurs depuis votre e-mail académique.
Il agitait des papiers devant lui, ça faisait un peu d'air, c'était agréable. Il reprit aussitôt, les secouant de plus belle.
— Les services *spécialisés* du rectorat sont formels. Ça vient de chez vous !
Pendant qu'il éructait, j'observai les tirages avec un peu plus d'attention. Il ne fallait pas être un expert du rectorat pour remarquer qu'il y avait du

Photoshop là-dessous.
J'aurais dû lui parler du cambriolage, de l'ordinateur formaté, des problèmes rencontrés depuis le début de l'année avec mon gang de barbares ... de mon ras-le-bol d'être entouré de faux-culs. Mais c'était trop tard. Je le méprisais trop, c'est peut-être ce qui le sauvait.
Je quittai son bureau. Le moment était peut-être mal choisi, mais je n'avais qu'une idée en tête, c'était retrouver Sarah. Je fus saisi de vertiges. Je m'étais levé trop brusquement. En appui sur le chambranle de la porte, j'entendis l'autre m'annoncer la visite d'ici quinze jours de l'IPR, destinataire d'un envoi similaire.
C'était peut-être l'occasion que j'attendais.
J'y penserais plus tard ...
Non, c'était l'occasion que j'attendais.
Je devais appeler Günter et Vito tout de suite.

16

17 avril – Le Monde Flottant

[bip] ... *je voulais juste te remercier ... j'ai eu ton message mais tu sais, ... avec les enfants ... c'est pas facile.* [longue respiration] ... *Ils n'arrêtent pas de pleurer depuis deux jours. D'après le médecin, c'est plutôt bon signe !*
La mère d'Olivier n'a pas supporté la nouvelle ... ses sœurs sont arrivées hier, pour l'entourer. Ça me laisse un peu de temps pour m'occuper des démarches administratives ... C'est idiot, mais moi, ça me fait du bien ! Ça banalise complètement la situation ...
C'est horrible à dire, mais je n'ai pas encore eu le temps d'éprouver du chagrin ... et je suis crevée [sanglots vite étouffés] ... *j'ai jamais aussi bien dormi ! Ça en revanche, ça inquiète le docteur !* [petit rire nerveux] ... *il faut le suivre celui-là !*
[pause] ... *Bon, je voulais aussi te remercier pour la lettre ... j'ai un peu de mal à parler de tout ça maintenant et puis ...* [petit rire] *il y a des passages allusifs que je n'ai pas trop compris ! Mais ça m'a fait du bien de te lire ... et puisque tu le proposes ...* [bip ... bip]

[bip] ... *Konnichi wa ! J'te rappelle que je passe te prendre à dix-sept heures trente pour l'expo ! Sayônara !* [bip ... bip]

Oh non, j'avais complètement oublié Cricri et le vernissage ! J'avais à peine un quart-d'heure pour me doucher et me changer.
Je ne devais pas lui laisser le temps de sortir de la voiture. Je n'avais pas du tout la tête à inventer un mensonge pour justifier la vacuité de mon intérieur. Hormis mon lit, tous les meubles - y compris ceux qui avaient été dégradés par les vandales - avaient été enlevés, la veille, par deux camions Emmaüs.
Une forte odeur de peinture fraîche flottait encore dans l'air malgré une aération quasi-constante des lieux. Seuls les placards muraux étaient encore encombrés des quelques cartons qui devaient me suivre à Rio.
Cricri fut très surprise de me voir faire les cent pas au coin de la rue.
— Ouah, c'est la perspective de voir des estampes japonaises qui te rend ponctuel ? Je te rappelle quand même qu'il ne faut pas s'attendre à des trucs érotiques !
— Ah bon, alors je reste ici ! fis-je l'air faussement contrarié.
Je me rappelai soudain le carton d'invitation pour deux personnes qu'elle m'avait agité sous le nez au moins deux mois auparavant. Il y était effectivement question d'estampes, mais le thème était cruellement

d'actualité : fantômes et démons.
— Allez, viens ! Ça va nous changer les idées !
— Tu trouves toujours les arguments pour me convaincre, fis-je en m'asseyant à ses côtés. Je n'avais pas l'intention de lui parler d'Olivier. En plus je venais de réaliser avec stupeur que c'était certainement la dernière soirée que nous passions ensemble. J'osai à peine la regarder. Alors qu'elle se lançait avec enthousiasme dans de multiples explications techniques sur la xylographie chinoise puis japonaise, je me sentis doucement disparaître.

J'ai toujours été un expert en évasion de l'esprit. C'est au collège que j'ai peaufiné ma technique : ennui mortel en cours, embarras devant un groupe de filles, humiliation au beau milieu de la cour de récréation ... pfuit, j'allais voir ailleurs le temps que ça se passe. Souvenirs heureux ou malheureux, rêveries diverses, fantasmes en tout genre, tout était bon pour fuir la réalité du moment.

Dix minutes ont passé sans moi.

Le retour à la réalité fut assez brutal. La lumière blanche et crue du parking souterrain dans lequel Cricri avait un emplacement à l'année était tout simplement épouvantable. Les voitures sinistrement alignées à intervalles réguliers semblaient figées dans une même lueur glacée. L'ensemble avait des allures de morgue mécanique.

L'escalier étroit et abrupt qui menait à la sortie me parut interminable. Une petite procession s'était formée qui grimpait au rythme des plus lents. J'entendais râler derrière moi.

— C'est vraiment l'enfer ce parking, les ascenseurs sont toujours en panne !

Tout le monde y alla de son commentaire et bientôt j'eus l'impression d'être au cœur d'une manif d'usagers mécontents. Heureusement, une très forte odeur d'urine, dans la dernière volée de marches, fit taire les plus enragés.

Une fois à l'air libre, la petite troupe se désintégra immédiatement, oubliant les promesses d'actions collectives vaillamment lancées pendant l'ascension.

Cricri me saisit par la main et m'entraîna bien vite à l'écart.

Nous marchions d'un bon pas vers l'esplanade du musée. J'éprouvais une gêne inhabituelle, ne sachant plus trop quelle attitude adopter. J'avais passé les dernières heures à finaliser l'organisation de mon coup d'éclat : vérification du matériel, minutage des opérations, coups de téléphone à l'étranger. J'avais déjà un peu la tête ailleurs mais avant de changer d'horizons je devais traverser la période éprouvante durant laquelle j'allais voir pour la dernière fois les gens qui faisaient mon quotidien, qui m'entouraient, que j'aimais ou que je n'aimais pas.

Cette existence prenait fin et c'est seulement maintenant que m'apparaissaient clairement tous les fils qui me reliaient aux autres. Autant d'attaches que j'allais rompre brutalement.

L'imposant bâtiment se profilait à présent dans le ciel déjà plus sombre. Sur les trottoirs, parmi les passants habituels, on repérait facilement les petites grappes endimanchées qui, carton en main, se rendaient à

l'inauguration de l'exposition.
— On va pas être tout seul ! fis-je en découvrant la petite foule massée au pied du large escalier de pierre qui mène à l'entrée du musée.
— C'est Halloween ? ricana méchamment Cricri en prenant sa place dans la file d'attente, au milieu de ce qui ressemblait à une manifestation pour la revalorisation des pensions de retraite.
À l'intérieur, l'effet était encore plus saisissant. Je me tournai vers mon accompagnatrice dont le naturel était parfois embarrassant.
— Essaie d'être ...
— Soirée fantômes ! Ils se sont tous donnés rendez-vous ici ma parole !
— ... discrète !
Il régnait un tel brouhaha dans le hall d'accueil que personne n'avait dû entendre. Je lui fis quand même comprendre du regard que je n'appréciais pas vraiment ses saillies drolatiques. Cela faisait quelques années maintenant que je n'affectionnais plus les moqueries qui prenaient pour cibles les plus âgés.
À gauche de la billetterie, une volée de trois marches permettait d'accéder à une vaste salle dans laquelle trois longues tables chargées de petits-fours et de bouteilles étaient placées sous la surveillance des employés du traiteur dont les camionnettes alignées sur l'esplanade avaient alimenté la plupart des discussions dans la file d'attente.
En face, en parfaite symétrie, un espace identique avait été aménagé en salle de conférence. Une bonne centaine de chaises, toutes occupées, couvraient la

surface froide du marbre. Au fond, un pupitre surmonté de deux micros était le terrain d'affrontement sur lequel l'adjoint au maire en charge de la culture et le conservateur du musée des Beaux-Arts avaient choisi d'en découdre. Ils rivalisèrent d'extravagances et de superlatifs pour présenter les œuvres exposées avant de s'effacer et de laisser la parole à un vieil homme au teint spectral qui parut glisser derrière le lutrin profane. Sa bouche semblait figée en un rictus d'angoisse et pourtant la salle fut traversée par un filet de voix d'outre-tombe qui fit taire les plus bavards.

Ce vieillard cacochyme était un remarquable exemple de caméléonisme. Il avait fini par se fondre dans son environnement quotidien et se confondre avec l'objet de toute une vie de recherche : *Puissance de l'irrationnel et pouvoir des esprits, spectres, fantômes et autres ectoplasmes sur les vivants.*

Il se lança dans l'énumération des différentes histoires du folklore japonais qui avaient été illustrées par les artistes exposés dans les deux salles suivantes. Très vite, la litanie des démons, créatures fantastiques, déités shintô et autres personnages exotiques me plongea dans un état fort agréable de semi-hypnose. C'était comme une berceuse intelligente.

— Allez, réveille-toi, on va les voir avant l'invasion des morts-vivants !

Je fis donc, à sa suite, le tour de l'assistance – aussi discrètement que possible – pour atteindre le long couloir qui permettait de rejoindre l'entrée de l'exposition temporaire : *Esprits d'Estampes, un monde flottant.*

La première gravure semblait de facture assez simple et Cricri se contenta de pointer le dégradé de noir qui constituait le fond sur lequel se détachait l'horrible crâne de Kohada Koheiji gravé dans le bois de cerisier par Hokusai. Elle m'expliqua rapidement la technique d'application de l'encre au tampon sur la plaque de bois pour obtenir des dégradés aussi subtils et passa à l'estampe suivante.

Pour ma part, je m'attachai à lire le commentaire qui, une fois n'est pas coutume, permettait à un ignorant d'en apprendre un peu sur le sujet exposé.

Il y était écrit que *les histoires de fantômes – hyaku monogatori – étaient très populaires bien avant le règne du Shogun Tokugawa, quand le Japon était déchiré par les guerres. Les deux siècles et demi de paix et l'unification du pays se firent au prix de lois très strictes régissant la liberté d'expression, la propriété et le comportement. La censure faisait rage et les auteurs ou les illustrateurs subissaient une répression impitoyable quand ils étaient surpris en flagrant délit de critique sociale ou politique.*

Dès 1787 les réformes Kansei avaient fortement mécontenté la société d'Edo en réglementant de manière très stricte les échanges économiques avec l'étranger et en fixant un plafond à ce qu'un individu était en droit de posséder. L'administration chercha également à étendre son emprise sur le surnaturel, de peur que la propagation de croyances irrationnelles ne provoque des mouvements collectifs incontrôlables. Jusqu'au début du dix-neuvième siècle, des décrets furent passés interdisant la publication de récits surnaturels pouvant déclencher l'hystérie collective.

Katsushika Hokusai a donc réussi à tromper la censure en représentant le fantôme de cet homme assassiné par l'amant de sa femme qui vient observer le couple endormi en écartant de sa main squelettique le voile de la moustiquaire avant de se venger en provoquant leur mort.

Métaphore de la société d'Edo, dirigée par une classe de guerriers qui étranglait la société civile dans un gant d'acier. Les victimes invisibles, car hors champ, de Kohada Koheiji deviennent celles du gouvernement Tokugawa dont la violence démesurée s'exerce pour faire respecter des lois aussi irrationnelles que les hyaku monogatori qu'il cherche à interdire.

— Hé, si tu passes une heure devant toutes les pancartes on n'est pas sorti de l'auberge ! Viens voir un peu, j'ai deux ou trois trucs à te montrer.

Au pas de course, j'eus droit à une avalanche de termes techniques qui m'empêchèrent d'apprécier comme il se devait les œuvres ainsi décortiquées. *Sous la vague au large de Kanagawa* - l'une des planches les plus célèbres de la série des trente-six vues du mont Fuji - je fus submergé d'informations sur la qualité du papier ainsi que sa composition et la manière de l'humidifier pour exécuter des raccords invisibles.

Moi, je voulais juste ressentir le mouvement monstrueux de l'océan qui magnifiait l'éternelle immobilité du mont Fuji. J'avais cru apercevoir au creux de la vague scélérate la main décharnée du fantôme squelettique de Kohada Koheiji, mais déjà Cricri m'entraînait vers une autre estampe où un jeune homme, un ruban rouge à la main, paraissait stupéfait de se trouver face à une jeune femme qui semblait dédoublée. Un peu comme si l'imprimeur n'avait pas fait attention aux kentô[1] pour placer le papier au bon endroit. Je laissai mon cicérone parler tout seul et lus le panneau qui racontait une histoire peu commune. Il y était question d'un jeune homme qui avait trouvé un tansaku[2] écrit par une jeune femme. Fou d'amour à la simple lecture de ce poème, il implora une divinité en charge de ce genre de problèmes. Miracle, la jeune fille lui apparut alors et ils se marièrent immédiatement. Ils vécurent ainsi pendant plusieurs semaines avant que le jeune homme ne soit contraint de partir en voyage d'affaires. Il marchait dans une petite ville dans laquelle il se rendait pour la première fois quand le serviteur d'un grand seigneur local le pria de bien vouloir se rendre dans la demeure de son maître. Le jeune homme ne pouvait refuser une telle invitation et lorsqu'il se trouva face au daimyo[3], celui-ci lui conta une histoire incroyable : La Déesse de l'Amour était venu en personne lui annoncer la venue du jeune homme dans sa ville. Il devait lui offrir sa fille en mariage.

---

1 Kentô : encoches réalisées pour servir de repérage aux différentes planches gravées
2 Tansaku : ruban de couleur sur lequel sont inscrits des poèmes.
3 Daimyo : seigneur

La jeune femme qui lui était destinée fit sont entrée dans la pièce et il reconnut immédiatement son épouse, quoiqu'elle lui sembla subtilement différente. Il l'épousa une seconde fois pour de bon.
J'étais encore sous le choc de cette histoire d'amour hors normes quand Cricri s'exclama.
— Diane ! Ça alors, je ne savais pas que tu chassais le fantôme !
L'espace d'une fraction de seconde je suis devenu Hanagaki Baishu, le jeune homme de l'estampe. Cette petite résistance de l'esprit à reconnaître une personne qui surgit dans une case qui n'est pas censée être la sienne. Ce léger décalage entre ce que les yeux voient et ce que le cerveau accepte.
— Diane, ma voisine du dessus. Marc, un copain.
Nous n'étions pas plus inspirés l'un que l'autre pour débloquer la situation. Heureusement, un homme d'une trentaine d'années, complètement chauve et imberbe, fit sont apparition dans le tableau. Il passa le bras autour des épaules de Diane comme pour en réclamer la propriété et se présenta comme son fiancé. C'est amusant comme ce mot fait maintenant sourire !
Il a bien dû donner son nom, mais j'avoue que je n'y ai pas prêté attention. Bien sûr, je pourrais en inventer un, bien ridicule, l'air de rien, mais ce serait malhonnête de ma part. D'ailleurs, mis à part son incapacité à laisser plus de quinze mètres de liberté à son amie, il m'a paru de bonne compagnie une fois évacué le sujet de sa maladie et des effets de la chimiothérapie.

Diane nous a invités à prendre un verre chez elle. La conférence venait de prendre fin et les plus rapides s'engouffraient déjà dans les deux salles de l'exposition temporaire. Ça allait vite devenir insupportable. La foule et les fantômes ne font pas bon ménage.

Hanagaki Baishu est revenu me hanter à l'instant même où je pénétrai dans l'appartement de Diane. L'architecture des lieux était en tout point similaire à celle de l'appartement de Cricri, situé juste en dessous. À cela, rien d'anormal. Ce qui m'ébranla davantage, c'est l'étrange gémellité de la décoration. Tout était un peu différent, mais étrangement semblable : les teintes choisies, le style du mobilier, les cadres sur les murs.

Je les regardai toutes les deux, debout dans l'entrée, en train de parler à voix basse d'un habitant de l'immeuble dont le passage dans l'ascenseur pouvait se sentir longtemps après.

Je n'avais jamais remarqué à quel point elles se ressemblaient physiquement. On aurait dit deux sœurs tout à la joie des retrouvailles. Elles étaient tout simplement belles, naturelles et belles.

— Tu m'accompagnes sur le balcon ? lança le fiancé que j'avais déjà complètement évacué.

— Tu crois que c'est raisonnable ? répliquai-je avec beaucoup d'humour.

Je ne voyais pas bien l'intérêt de poser les pieds sur cette étroite bordure de béton dont la seule utilité semblait de servir de support à un garde-corps en fonte de très belle facture, quoiqu'un peu trop chargé en motifs floraux à mon goût.

Les deux ensorceleuses avaient disparu dans la cuisine. Je me résignai donc à le rejoindre au bord du vide. La nuit était tombée depuis peu, mais de gros nuages noirs et lourds épaississaient l'air ambiant. C'était comme un orage sans orage.

Il était imprudemment assis sur le bord du garde-corps et fumait de manière ostentatoire une cigarette.

— T'as le droit de fumer ? fis-je, surpris.

— Le seul avantage à être dans mon état, c'est que je peux tout me permettre ! répondit-il un peu trop rapidement.

Ça manquait cruellement de naturel.

Ça sentait le truc préparé à l'avance.

Quel genre de mec pouvait encore essayer d'épater la galerie dans une situation pareille ?

Pendant qu'il entamait le monologue *de ce que la maladie m'a enseigné*, je plongeai mon regard dans la rue en contrebas. Je ne me souvenais pas avoir jamais regardé par la fenêtre lors de mes visites à l'étage inférieur.

Je n'étais pas revenu dans le quartier depuis mon altercation avec les trois voyous et machinalement, je cherchai des yeux l'endroit exact où l'action s'était déroulée. Les balcons de l'immeuble adjacent et les auvents des commerces du rez-de-chaussée faisaient obstacles. Je levai alors les yeux vers les façades qui nous faisaient face. Soudain, je fixai mon regard sur la série de panneaux d'affichage vitrés qui occupait toute la largeur du deuxième étage d'un bâtiment situé à une trentaine de mètres sur ma gauche. C'était

le cinéma d'art et d'essai qui venait de fermer malgré de nombreuses actions pour le soutenir.
Starbuck Café, H&M, et une autre marque que j'ai oubliée allaient s'y installer prochainement.
Toujours est-il que, sur la surface lisse d'un des panneaux de verre, j'ai aperçu le reflet de la vitrine devant laquelle j'avais réagi un peu violemment. J'ai tout de suite ressenti quelque chose d'étrange. Du coup, je me suis exclamé : « C'est dingue, c'est exactement le point de vue que j'avais quand ça s'est passé ! »
— Pardon ?
C'est vrai, je l'avais encore oublié celui là !
— Je te préviens, c'est un peu bizarre. As-tu déjà eu l'impression de sortir de ton corps et de te regarder agir depuis une position extérieure ?
— Oui, bien sûr !
— Ah bon, OK ! Et bien figure-toi que je me suis vu faire un truc d'ici, alors que je n'avais jamais mis les pieds ici avant !
— Si tu avais déjà mis les pieds ici, ça ne changerait pas grand-chose au côté bizarre de la chose.
La discussion qui a suivi fut très intéressante et finalement je crois que ça lui a fait du bien de parler d'autre chose que de sa maladie.
Nous avons ensuite rejoint les deux femmes au salon et la soirée s'est déroulée comme dans un rêve : aucun désaccord, beaucoup de rires, un peu d'émotion et rien sur la maladie.
La porte s'est refermée sur le visage souriant de Diane que je voyais aussi pour la dernière fois.

— Je suis trop jalouse ! Comme ça, tu t'es battu pour la défendre il y a un mois et demi ? lança sans attendre Cricri.
— Je pense que j'aurais été obligé de me battre même si elle n'avait pas été là ! fis-je négligemment.
— Ouais, ouais, c'est ce qu'on dit ! N'empêche que si son mec n'était pas aussi bizarre, j'aurais demandé des explications à l'apéro !
— T'es folle !
— C'est Diane qui m'a demandé de ne pas en parler devant lui. Je suis sûre qu'elle en a peur ... en plus t'as vu à qui il ressemble ?
— Heu ..., il me fait un peu penser à Pierluigi Collina, mais tu ne dois pas le connaître.
— Qui c'est ?
— Un ancien arbitre de football.
— Trop drôle ! Bon, alors tu vois pas ... quel sens de l'observation !
— Allez, vas-y, dis-le ! Trop de suspense ça n'est pas bon pour mon cœur.
— Le premier fantôme qu'on a vu ! Celui qui regarde le couple qu'il va zigouiller à travers la moustiquaire !

J'ai mal dormi. J'ai passé la nuit à réfléchir à ma disparition programmée et quand je n'en pouvais plus, je fixais le plafond et imaginais Diane couchée avec le fantôme de Kohada Koheiji.

17

19 avril - Enterrement

J'ai ressorti le costard noir de sa housse. Si j'avais écouté Vito j'aurais dû choisir entre short ou jean, ça fait maintenant quinze jours qu'il sature ma boîte mail pour que je me rende dans la région parisienne chez un certain Tio Nene pour y récupérer mes papiers et pour y déposer tout ce que je veux expédier à Rio.
Doc n'est pas au courant pour la fausse identité, il ignore également tout des mouvements d'argent. Il l'apprendra bien assez tôt. Je ferai de mon mieux pour aborder le sujet en douceur, mais je redoute un peu sa réaction même si je me dis qu'il a pas mal baroudé, et depuis vingt ans qu'il travaille avec les jeunes des favelas, il a dû en voir d'autres. Il sait que travailler avec Vito réserve toujours son lot de surprises.

Le contraste entre ma tenue funéraire et la Méhari orange dans laquelle je me glisse pour la dernière fois est pour le moins éclatant. Je me dis que tout compte fait, je porte aussi le deuil de ma voiture puisque j'ai rendez-vous avec l'acheteur immédiatement après l'enterrement d'Olivier. Ça me fait beaucoup de peine de m'en séparer mais je n'ai pas trop le choix. C'est la journée idéale pour rouler en Méhari, il fait très chaud et il n'y a pas un nuage en vue. Je jette un coup d'œil à ma montre, bien sûr je suis en retard. Je démarre vite et file vers le village où a lieu la cérémonie.

Mon père disait souvent, quand on part en retard, on n'arrive pas en avance. Il avait raison.

Aujourd'hui, la route offre une curieuse résistance au mouvement. Tous les feux rencontrés semblent animés de la volonté de ralentir ma progression en passant systématiquement au rouge à mon approche. Les piétons, d'ordinaire plus prudents, abusent inconsciemment de leur priorité sur les passages qui leur sont réservés. Le trafic routier est plus dense qu'à l'accoutumée et pour couronner le tout, le nombre de petites voitures colorées arborant le panneau *auto-école* tant redouté dépasse l'entendement. C'est un festival de cafouillages, d'hésitations, de calages, de redémarrages bondissants et de virages mal négociés. C'est bien parce que je me rends à un enterrement que je parviens à refouler les envies de meurtre qui m'assaillent, mais le coup de grâce m'est asséné par une déviation pour cause de travaux qui m'expédie sur un chemin départemental que je n'ai jamais emprunté. Je serai en retard.

Quand enfin j'arrive à l'entrée du village, une surprise m'attend. Il y a autant de voitures garées sur les bas-côtés qu'un jour de vide grenier. Je poursuis ma route avec détermination jusqu'au moulin où je trouve assez facilement un bout de prairie pour stationner ma méhari. J'ai quand même vingt minutes de retard, ça n'est pas rien ! J'ai encore cinq minutes de marche à pied pour arriver à l'église, la lourde porte de bois sera fermée, le loquet métallique de dix kilos va faire un bruit d'enfer quand je vais essayer de le bouger et puis la porte va certainement grincer plus fort que le lit de Cricri (c'est pour ça que je l'appelle Cricri, elle s'appelle Laurence) et tous les visages vont se tourner vers moi, et ça je ne veux pas. Pas comme ça en tout cas. Je ne suis pas très fier de moi, mais je plonge la main droite dans la boîte à gants à la recherche du vieux bandage qui m'avait servi quand je m'étais tordu la cheville en jouant au foot avec des copains il y a quelques mois. La pommade a laissé une coloration jaune un peu dégueulasse, si j'enroule ce truc là autour de mon front je vais choper des boutons. En plus avec ma tignasse ça va faire tellement ridicule que je risque de ne pas faire crédible. Il manquerait plus que les gens se mettent à se marrer en me voyant ! J'opte donc pour le bras gauche que je mets en écharpe de manière assez spectaculaire. Je suis plutôt satisfait du résultat et je dirige mes pas vers le centre du village. Les rues sont désertes, l'église doit être bondée. La chaleur est étouffante, je marche très lentement pour ne pas ruisseler de sueur dans mon costume. En vue de l'édifice, je me mets à boiter presque naturellement. Après tout, pourquoi pas ? Si on me questionne je n'aurai qu'à répondre que je suis tombé d'un

escabeau, ça arrive à tout le monde ces trucs là.
C'est beau une église de village, avec son petit muret, la pelouse qui l'entoure et les vieilles pierres tombales de guingois qui imposent le silence. Comme prévu, la double porte de bois est fermée, mais sur le battant de gauche une porte dans la porte permet une entrée inaudible. La fraîcheur est saisissante et la différence de luminosité avec l'extérieur est telle que je ne distingue presque rien dans cette obscurité catholique. Je profite du départ d'un chant repris avec ferveur par l'assemblée pour m'avancer le plus discrètement possible vers la rangée de bancs la plus proche.
Il existe peu d'églises dont le sol se trouve en contrebas par rapport à l'entrée, celle-ci en fait partie. Personne ne me voit ni ne m'entend chuter lourdement sur les dalles de pierres trois marches plus bas. Avec seulement la main droite disponible, je ne peux pas amortir grand-chose, d'autant plus que je m'affale sur le côté gauche. C'est l'épaule qui prend l'essentiel du choc mais pour faire bonne figure la tête heurte le pavé avec application.
Je reste étendu un bon moment, tout le monde chante les louanges du seigneur à tue-tête pendant que je cherche à reprendre mes esprits.
C'est finalement avec le côté gauche tout endolori que je réussis à poser les fesses sur un bout de banc du dernier rang.
Malgré mon retard, j'ai droit à la lecture des évangiles et à une homélie assommante où il est bien sûr question de bâtisseurs. Comme si retaper le moulin avait été l'œuvre de sa vie !

Pour ma part, je maudis celui qui a eu l'idée saugrenue des trois marches à l'entrée de l'église.
Comme en classe, le rang du fond rassemble les malgré-nous bavards et turbulents. Ça chuchote sans cesse, c'est un sifflement persistant et insidieux. Très vite je ne peux plus me retenir, je dois sortir pour aller pisser.
Une fois soulagé, je reste là, à contempler le cœur du village écrasé par la chaleur. Je masse énergiquement mon temporal gauche, j'ai une belle bosse dissimulée sous mes longs cheveux bouclés, ça n'est pas trop grave, j'ai eu de la chance sur ce coup là.
Je contemple avec incrédulité ce bâtiment anachronique. Qu'est-ce qui pousse les gens à s'entasser là-dedans pour entendre des leçons de morale à deux balles ? Comment peut-on ressasser à longueur de siècles des paraboles qui permettaient de maintenir les culs-terreux du moyen-âge dans l'asservissement ? Je suis sûr que quasiment personne ne prête attention aux paroles du curé, c'est l'église qui rassemble tout le monde, et partout dans le monde c'est pareil, plus personne n'écoute les religieux, ils resservent toujours le même plat jusqu'à l'indigestion. Si l'enseignement des mathématiques se limitait à l'apprentissage des tables de multiplication je ne pense pas que les collègues parviendraient à maintenir l'intérêt des élèves très longtemps. En fait, c'est le bâtiment qui fédère, il donne l'impression d'avoir toujours été là. C'est le résultat d'un long travail collectif qui défie le temps. Des beaux esprits l'ont conçu, des techniciens hors-pairs l'ont réalisé et des travailleurs opiniâtres et

courageux l'ont bâti. Partout dans le monde on peut ressentir cette émotion particulière devant un édifice de ce type et la religion n'a rien à voir là-dedans, d'ailleurs ce sont les ponts qui fascinent les bâtisseurs de nos jours.

On devrait remplacer le curé par un orchestre qui jouerait des morceaux en rapport avec la vie du défunt, et au lieu de lire et de commenter les évangiles, on devrait lire des extraits d'œuvres tirées d'un répertoire un peu plus vaste. Il y a quand même eu quelques bouquins publiés depuis la première édition du Nouveau Testament. Un petit discours sous la forme d'un éloge funèbre par un proche et de quoi se sustenter. Voilà, on aurait là un beau moment à partager, et surtout on aurait plaisir à se rappeler cette journée, alors qu'en l'état actuel des choses on passe deux heures entre emmerdement et affliction, et le cerveau a vite fait d'éliminer toute trace de cela.

Sur le parvis le vent est nul et l'environnement essentiellement minéral, j'ai l'impression d'être dans un four à pain. Avant d'être complètement déshydraté, je pénètre à nouveau dans l'église, plus sobrement cette fois.

La cérémonie tire à sa fin, à peine ai-je retrouvé ma place que le curé donne le signal du départ. Les cloches se mettent alors à sonner le glas, et le cercueil descend la nef sur les épaules de quatre employés des pompes funèbres qui par un heureux hasard sont tous à peu près de la même taille.

On ne se bouscule pas pour suivre le cercueil, chacun semblant attendre le dernier instant pour plonger dans la fournaise.

Quand la longue boîte de bois blanc est placée dans le corbillard, les membres de la famille semblent un peu désorientés, ils errent en grappe autour de la mère d'Olivier qui n'a plus rien de vivant.

Je n'ai que quelques pas à faire pour m'approcher d'elle, mais je m'attends à la voir s'effondrer d'un instant à l'autre et je n'ai pas du tout envie d'être mêlé à cela. Alors lâchement, et aussi pour jouir de la fraîcheur de ces vieilles pierres un peu plus longtemps, je fais la queue derrière quelques robustes villageoises pour signer le registre mis à la disposition des amis de la famille par l'entreprise de pompes funèbres. Je ne me fais pas trop d'illusion quant à la notoriété future des mots que je vais y inscrire. Qui voudra en effet se plonger dans la lecture d'un recueil aussi mortellement sinistre ?

Quand mon tour arrive, je jette un coup d'œil sur la prose de ceux qui m'ont précédé, espérant y trouver un peu d'inspiration, en vain. La seule pointe d'originalité, hormis les huit manières différentes d'orthographier *condoléances*, est si extravagante que je suis à deux doigts de la crise de fou rire. C'est signé *Pierrot* : « *Ta twingo est cassée mais ne t'inquiète pas, ton âme fonce vers le seigneur.* »

Je cherche malgré tout un moyen de filer la métaphore, mais derrière on s'impatiente alors je perds un peu les pédales et je regarde avec consternation ma main droite écrire : « *Grâce à tes enfants tu es toujours parmi nous.* »

Je me sens mal tellement j'ai honte d'avoir écrit un tel

poncif gnan-gnan. J'hésite un instant, les soupirs redoublent d'intensité dans mon dos. Je signe *Michel* et je m'enfuis de l'église.

Le cortège est déjà en route vers le cimetière, la chaleur est suffocante et j'ai tellement de choses à faire à la maison qu'un départ anticipé m'effleure l'esprit. Mais je n'ai pas encore vu Sarah, et la seule raison pour laquelle je suis venu, c'est elle ... J'emprunte donc le chemin du cimetière en traînant la patte gauche. La lente procession macabre est trop pénible pour les vieux qui s'arrêtent çà et là, le long de la route, à la recherche d'un peu de fraîcheur. On dirait une étape de montagne du tour de France.

Quand je rejoins enfin le peloton de tête, le corbillard est vide et le curé a déjà expédié son petit rituel, il fait moins le malin en plein cagnard. D'un geste de la main, il signifie à l'un des croque-morts que c'est à lui de jouer.

D'un ton presque guilleret, l'employé des pompes funèbres qui semble être le seul à ne pas souffrir de la chaleur, explique à la masse sombre et immobile qui lui fait face comment il envisage la suite des événements.

Quand enfin il arrête de parler, personne ne bouge.

Je me trouve un peu à l'écart avec les vieux, les fumeurs et ceux qui passaient là par hasard. Je me positionne dans l'ombre d'un cyprès. À quelques mètres de moi, entre deux tombes un peu décrépites, le caveau est ouvert et le cercueil repose au dessus du gouffre sombre, en équilibre sur deux bastaings.

Le maître de cérémonie tire la mère d'Olivier par la

manche et lui colle une espèce de goupillon en acier inoxydable dans la main. C'est une vieille toile posée sur des piquets qui fait face au cercueil et effectue un petit zig-zag du poignet avant d'être absorbée à nouveau par le cercle familial.

C'est à cet instant que je réalise la présence d'une multitude de mouches au dessus du petit groupe en deuil. Les quelques jours de chaleur intense et soudaine ont favorisé l'éclosion d'une myriade de drosophiles qui assaillent sans relâche les malheureux qui se seraient bien passés de cet accablement supplémentaire.

Je vois enfin Sarah, enserrée dans le cercle étouffant d'une famille qui n'est plus vraiment la sienne. Elle tente de rassurer Tom qui paraît effrayé par l'attaque des muscidés. Éva est plus grande, elle doit avoir dix ans maintenant, elle semble étonnamment distante. Elle ressemble déjà beaucoup à sa mère.

Le goupillon saute de main en main à présent et le cimetière se vide rapidement.

C'est au tour de Sarah de passer devant le cercueil, je détourne le regard plus par gêne que par pudeur. Pourquoi faire subir autant d'épreuves à ceux qui restent ? Pourquoi punir les vivants ?

Tous ces rituels sont dégueulasses, d'un côté on fait tout pour te culpabiliser d'être en vie et de l'autre l'Église interdit le suicide. À part pourrir l'existence, je ne vois pas l'utilité de la manœuvre.

Ça y est, elle s'approche de moi en tenant par la main ses deux enfants. Elle est tragiquement magnifique. Je crois avoir fait les preuves de mon incapacité à

comprendre les femmes, mais je mettrais ma main au feu qu'il y a de la colère dans ses yeux noirs.
Elle s'arrête à mon niveau, elle est simplement beaucoup trop belle au vu des circonstances, je me sens terriblement muet. C'est pourtant à moi de dire quelque chose, alors j'ânonne un consternant : « Ça va ? » qui me donne envie de m'arracher la langue.
Je baisse le regard et renvoie aux enfants leur sourire triste. Sarah pose la main sur mon épaule gauche endolorie, je tressaille un peu.
— C'est gentil d'être venu, me dit-elle doucement.
Je suis au bord des larmes, je prends quelques profondes inspirations.
— J'aimerais tellement t'aider ... je m'en veux tellement.
Du bout des doigts elle touche mes lèvres.
— Tu n'y es pour rien, tu n'as rien à te reprocher. Sa main tremble.
— Tu sais bien de quoi je parle ! Je passe machinalement la main dans les cheveux du petit garçon qui regarde vers la tombe de son père.
Je m'agenouille à ses côtés. Il observe avec attention le travail des fossoyeurs. L'un d'entre eux est descendu dans le caveau et seule sa tête dépasse du sol.
— Le monsieur, il va rester avec papa ?
Sarah ouvre la bouche à plusieurs reprises, mais sans parvenir à produire un son, elle est à bout. La main droite toujours dans les bouclettes brunes du petit garçon, je lui réponds avec franchise.
— Non, le monsieur va ressortir quand il aura fini son travail.

— Mais alors, Papa il va être tout seul là-dedans ?
— Non, bien sûr que non, il y a déjà son papa dans le trou, ton papy. Il ne va pas être tout seul.
J'entends des sanglots dans mon dos, je me tourne vers Éva qui tremble de tous ses membres. Sarah la serre fort dans ses bras, et la petite laisse échapper :
— Moi, je suis sûre qu'il aurait été mieux avec Doogy !
Sa mère lui offre un de ces sourires rassurants dont les enfants raffolent.
— Olivier est mieux avec son papa, quant à Doogy nous lui apporterons des fleurs tout à l'heure, quand tout le monde sera parti.
Les enfants semblent ravis à l'idée de fleurir la sépulture de leur chien mort il y a trois mois et enterré dans le jardin familial.
Nous quittons le cimetière pour le moulin, je me tourne une dernière fois en arrière, les fossoyeurs ont entrepris de faire descendre le cercueil à l'aide de sangles passées dans les poignées. Ils le présentent presque à la verticale avant de le laisser sombrer dans l'obscurité du caveau.
La mort est un naufrage.
Le soleil impitoyable a asséché les organismes et la collation servie au moulin prend rapidement une tournure plus festive que prévue. Je deviens vite la vedette de la journée, mes bandages offrent en effet un sujet de conversation adapté aux circonstances tout en évitant d'affronter la réalité de la mort d'Olivier. Tout le monde y va de son anecdote, la chute d'escabeau est un véritable phénomène de société ou ce sont tous de fieffés menteurs.

Je dois rentrer chez moi pour finaliser la vente de ma voiture, je traverse le parc, enfin moi j'appelle plutôt ça une prairie, en allant de groupe en groupe à la recherche de Sarah. Je dois la revoir avant mon coup d'éclat, ça n'est pas possible autrement. Alors que je passe à proximité d'un petit groupe de villageois victimes du rosé de Provence, je surprends un échange un peu vif entre deux messieurs rougeauds.
— Tu déconnes à plein tuyau, va pas raconter des conneries pareilles à sa mère !
— Tu dis ce que tu veux, mais c'est Pierrot qui me l'a dit, les gendarmes croient que c'est un suicide mais comme elle a déjà perdu son mari, ils ne veulent pas l'accabler avec ça. En plus, ce con de curé il aurait fait des histoires !
Je m'éloigne au plus vite, j'ai la tête qui tourne. Est-ce qu'on mène tous une vie de merde ? J'ai un problème avec le suicide, ça me fout en rogne. Comment peut-on faire ça à ses enfants ? Je suis sérieusement ébranlé, je vais rentrer et j'appellerai Sarah plus tard.
Je coupe à travers la propriété pour rejoindre mon véhicule, j'aperçois de loin un gamin au volant. Ça arrive souvent, ils ne peuvent pas résister, elle ressemble tellement aux voitures en plastique dans les supermarchés que tous les enfants en sont fous. Très vite je reconnais la tignasse de Tom, sa mère n'est pas loin, elle se tient sur le bord de la route, une voiture vient de partir. Elle approche, je soulève Tom dans mes bras et je le lui tends avec mon sourire le plus convaincant.
— Tiens, je crois que ça t'appartient ! J'évite de croiser

son regard, je dois mettre de l'ordre dans mes idées avant de l'affronter. Je m'installe au volant et insère la clef dans le neiman.
Elle pose son fils à terre, et les deux mains sur ma portière elle se penche vers moi.
— Je crois qu'on a des choses à se dire, non ?
J'acquiesce sans un mot, je voudrais bien glisser une petite formule sympa qui fait plaisir, mais j'en suis incapable. Elle me souffle : « Passe me voir après-demain, les enfants seront chez mes parents. »

18

20 avril - 3 + 2

— Qu'est-ce que c'est ?
— Lis, tu comprendras.
Sarah m'a tendu une enveloppe grise d'un format inhabituel. Plusieurs feuillets blancs en sortaient. Une série de tableaux, des chiffres un peu partout, quelques commentaires en anglais. J'étais fatigué.
— Bon ..., écoute, je sature un peu en ce moment. Tu sais, je suis prêt à tout pour t'aider, surtout maintenant, mais il faut que tu me dises les choses. J'en ai marre des devinettes.
Elle était si belle. Le drame qu'elle venait de vivre avait presque imperceptiblement transformé quelque chose dans sa manière de placer les épaules en arrière. Cette infime inflexion de l'équilibre scapulaire, que j'étais le seul à observer, modifiait tout son être. Cet acte dérisoire de résistance au malheur, ces quelques millimètres de tension musculaire supplémentaires se répercutaient sur l'ensemble et accentuaient une cambrure, étiraient davantage le cou, relevaient à peine le menton. C'est cet équilibre encore plus instable qui m'avait déjà hypnotisé le jour des

obsèques d'Olivier. Son regard avait changé aussi, comme si la variation microscopique de l'axe vertical de son port de tête avait suffi pour faire glisser vers le fond quelques silences. D'ailleurs elle restait muette.
— Bon, écoute ... quand je te regarde, je n'ai pas besoin de mots, commençai-je maladroitement. Je te vois. Je remarque des détails parfois insignifiants : une mèche de cheveux plus courte, un cil sur la joue ... tiens, la marque rouge sur le mollet quand tu décroises les jambes. Non, ne frotte pas ! Il faut deux minutes et dix-huit secondes pour qu'elle disparaisse complètement.
Sarah esquissa un sourire un peu gêné, mais il y avait du plaisir aussi. Je poursuivis sur ma lancée : Je ne sais pas comment te dire ça, surtout aujourd'hui, mais bon voilà, j'ai découvert des trucs sur moi cette année et ... j'ai compris ce qui me rendait plutôt inapte à la vie de couple.
Tu vois, on m'a tellement caché de choses quand j'étais enfant que je ne comprends pas toujours très bien ce que je ressens. Je n'ai jamais appris à le faire.
Mes parents n'étaient pas du genre à exprimer leurs sentiments. C'est un peu ça qui les a tués, d'ailleurs. Alors j'essaie de me pencher sur la question, mais c'est un peu laborieux. Aujourd'hui, ce que je réclame, c'est de la confiance !
Je me souviens quand tous les jours je devais te dire ce que j'aimais en toi, c'était éprouvant. À force de dire à l'autre pourquoi on l'aime, on passe son temps à l'épier pour trouver du nouveau tous les jours, et ça devient de plus en plus difficile. À la fin, on a

l'impression d'être en contrôle continu, c'est l'enfer !
Je crois que j'ai enfin compris que même en amour, on est seul. Ce que j'aime en toi, tu n'en as même pas conscience, c'est mon secret, et c'est mieux comme ça.
Sarah m'enveloppait de son regard sombre, elle me reprit l'enveloppe des mains et la posa sur la table basse qui nous séparait.
— C'est le résultat d'un test de paternité.
— ...
— Olivier a subi une opération chirurgicale l'été dernier.
— Ah bon !
— Personne n'était au courant, même pas sa mère ! Ça concernait les parties génitales, tu connais les hommes, il ne voulait pas rendre ça public.
J'aurais voulu dire que je connaissais assez peu de femmes qui parlaient volontiers de leurs ovaires pendant le dîner mais Sarah semblait décidée à ne pas se laisser interrompre.
— Avant l'opération il a dû faire une batterie de tests et d'examens. Un soir, il m'a annoncé qu'il était stérile.
— Hmm !
— Nous avions déjà deux enfants et nous n'en voulions pas davantage. J'ai essayé de lui faire comprendre qu'un homme n'était pas essentiellement une machine à reproduire mais j'ai senti que quelque chose se cassait en lui. Il est devenu taciturne et le vingt-deux septembre il est devenu distant, absent même.
Hier, en classant ses papiers, je suis tombée là-dessus.

Il a dû la recevoir le vingt-deux, elle a été postée aux États-unis le seize septembre.
— Oui, ça colle !
— Dire que ce salaud a osé envoyer des échantillons d'ADN des enfants et les siens pour une vérification de paternité !
— Attends un peu, tu veux dire que ça n'est pas Olivier le père des enfants !
— Non, bien sûr que non !
Sa franchise était désarmante. Je ne pus m'empêcher de penser à quel point elle ressemblait à Ute. *Merde, et si mes enfants ...*
— J'ai toujours su qui était le père de mes enfants comme j'ai toujours su que nos problèmes de procréation ne venaient pas de moi. Mais, va faire entendre raison à un homme sur ce sujet !
— Mais alors, le vrai père, il est au courant ?
— Je le croyais sincèrement, mais les hommes sont étranges. Enfin, pas tous, mais toi, tu es vraiment spécial !
— Tu n'es pas en train de me dire ce que je crois que tu me dis ?
— Si.
— Merde alors ! Pourquoi tu me dis ça maintenant ?
— C'était délicat de t'en parler avant. En plus j'étais persuadée que tu avais compris depuis le début.
— Mais, ça n'est pas possible ! Je ne pouvais empêcher les souvenirs d'affluer. Je revoyais nos deux corps fondus en un. Le plaisir coupable plus dévastateur que tout ce que nous avions éprouvé alors que nous vivions ensemble.

Bon, passe encore pour Éva, je me souviens qu'on a continué à fricoter après notre séparation, même quand tu étais avec Olivier. Je n'étais pas tellement pour d'ailleurs.
— Quoi ?
— Non, non, ne t'énerve pas. Bien sûr que j'étais super-pour, c'est juste que je culpabilisais pas mal.
— Et moi alors, tu crois que je ne culpabilisais pas ? J'aimais Olivier pour des tas de raisons qui m'appartiennent, et tu as raison de dire qu'il ne faut jamais partager ce que l'on ressent. Ça tourne alors à la catastrophe. Je l'aimais mais je voulais des enfants et j'ai très vite compris que pour lui, le problème ne pouvait venir que de moi. C'est dans la tête me disait-il, il faut que tu te détendes. Sa mère en remettait une couche, elle m'apportait des tisanes et des remèdes de bonnes-femmes pour favoriser la fécondité. J'en ai eu assez et je suis venue te voir, je voulais être sûre. Tu avais déjà fait tes preuves et si par bonheur ça marchait je savais que je serais heureuse d'avoir ton enfant. Et ça a marché parfaitement.
— Merde alors ! Toute cette période durant laquelle j'ai pensé que tu ne pouvais pas te passer de moi ! Mais pour Tom ? Tu as dû utiliser quelqu'un d'autre pour Tom ?
— Ne sois pas odieux ! Tu as besoin que je te rafraîchisse la mémoire ?
Elle était magnifique, elle jouait l'offensée avec un aplomb inébranlable.
— Tom est né le premier septembre.
— Ah oui, c'est vrai. Un enfant du réveillon !

— Précisément, tu ne te rappelles pas le réveillon de la Saint-Sylvestre deux-mille-deux ?
— Tu parles ! Je ne me souviens même pas de l'endroit où j'ai passé le dernier !
Alors, c'était où ?
— Ici !
Je balayai du regard le vaste séjour. Je connaissais cette pièce par cœur, j'étais venu si souvent que tout se confondait.
— Mais Olivier, il était là ?
— Il était malade comme un chien. Pour ne pas être gêné par la soirée il était allé dormir chez sa mère dans la dépendance. J'étais coincée, ça faisait plusieurs semaines que nous cherchions à avoir un deuxième enfant. C'était l'occasion ou jamais ! Ça n'a pas été trop difficile de te convaincre, tu n'as jamais bien tenu l'alcool.
— Même à jeun, je n'ai jamais su te résister. À quoi bon ! Bien, je ne peux pas nier que Tom me ressemble davantage qu'à Olivier ... tu me prends un peu de court, je suis déjà bien engagé dans un projet qui n'est pas très compatible avec la vie de famille.
— Je ne te demande rien !
— Je sais, ça n'est pas dans tes habitudes. Merde, tu es quand même gonflée ! Je vais réfléchir à tout ça de mon côté, laisse moi un peu de temps pour y penser. Je vais bientôt avoir besoin qu'on m'héberge quelques jours, si tu veux bien de moi, on pourra essayer d'avancer sur mon rôle à venir.
— Ne te sens surtout pas obligé ...
— Arrête un peu ces conneries maintenant et écoute

moi ! Ces deux gamins tu leur dois la vérité, et le plus vite possible. Plus tu attends et plus ils se construisent une identité bancale. Tu ne pourras pas leur cacher la vérité indéfiniment, et si tu ne leur dis pas, c'est moi qui le ferai. Maintenant, le mieux serait que nous le fassions tous les deux, mais ça va pas être simple. Ça va même être un peu compliqué.

Je n'étais plus très sûr de mes aptitudes à déchiffrer les réactions de Sarah. J'avais quand même la faiblesse de penser que l'esquisse de sourire et la légère décrispation des épaules signifiaient que ma réaction la soulageait un peu.

Dans la voiture, j'engageai un CD de Bob Marley et je mis un peu de watts. Je ne voulais pas penser à la suite.

De retour à la maison je me dirigeai vers le téléphone qui se trouvait à présent posé à même le sol. C'est incroyable ce que la maison faisait plus grande une fois vidée de ses meubles. J'aurais dû la faire visiter vide, j'aurais pu demander davantage. L'agence immobilière avait laissé un message qui confirmait la signature dans deux jours.

Il était temps !

19

26 avril – Mission impossible

Journée portes ouvertes. Grand moment de déprime au lycée. Toutes les matières tiennent leur baraque à frites avec une mauvaise volonté éclatante. L'hostilité envers les malheureux visiteurs est si palpable que l'on voit les familles progresser en grappes serrées comme des chrétiens dans l'arène.

À force de longues négociations, j'ai obtenu de mes collègues l'installation de notre stand en salle 106. C'est quand Josiane a avancé qu'en fond de couloir nous ne verrions personne que la majorité s'est rangée à mes côtés.

Claude, notre cyber-collègue, a ressorti l'animation powerpoint formidablement chiante des années précédentes qui dissuade même les plus courageux.

Au pire, nous devinons une tête dans l'embrasure de la porte, avec certainement un petit sourire gêné sur les lèvres. Il ne faut surtout pas croiser le regard, mais continuer à corriger son paquet de copies en poussant de grands soupirs courroucés. Immanquablement, la tête disparaît et les pas s'éloignent.

Un peu avant onze heures, j'ai enfin entendu les semelles de cuir claquer sur le sol. Il était temps ! Je devais le bloquer avant qu'il ne mette un pied dans la salle. Je posai mon stylo et avançai d'un pas décidé vers la porte. Claude ne sembla même pas remarquer mon départ. Une fois dans le couloir, je m'étirai énergiquement et baillai ouvertement, puis me tournant vers la gauche je fis mine d'être surpris par l'arrivée du petit groupe encravaté au milieu duquel se pavanait Legrand. On aurait dit Chirac au salon de l'agriculture. Je n'eus pas trop à forcer mes talents d'acteur pour afficher mon air le plus goguenard.
— Tiens, tiens, fis-je avec désinvolture. J'aurais bien aimé ajouter un truc du genre, c'est la première fois que vous venez ici ? Mais il ne m'en laissa pas le temps.
— Tout va bien ?
— Pour l'instant je me contrôle.
— Ah Ah Ah ..., bien messieurs je crois que nous allons poursuivre notre chemin avant que monsieur Jansen n'explose ! À bientôt cher ami !
— À lundi matin, cher ami !
— Ah oui, c'est vrai, j'avais oublié, fit-il sans conviction.
— Moi non, répliquai-je aussitôt sans réussir à afficher un regard aussi menaçant que je l'aurais souhaité. De toute façon, le petit groupe avait déjà tourné les talons pour s'engager dans l'escalier qui conduisait à l'étage. La voie était libre.
J'allai chercher mon sac dans la salle et me tournai vers mon compagnon d'infortune pour la matinée.

— Hé, Claude ! Hé oh, c'est moi, lève la tête !
Il fit l'effort de lever le menton, mais les yeux étaient toujours rivés sur la copie à peine rougie.
— Je te laisse une demi-heure tout seul, j'ai des trucs à faire. Tu n'auras qu'à partir quand je reviendrai, je fermerai la boutique.
Il hocha la tête machinalement.
Je traversai le couloir et me positionnai devant la porte qui faisait face à la salle 106. J'attendis les quelques secondes nécessaires. La sonnerie de onze heures retentit en même temps que je tournai le passe général dans la serrure. Je me glissai rapidement dans la petite pièce de repos des personnels d'entretien. Comme elle était dépourvue de fenêtre, j'avais pris soin de prendre avec moi une lampe torche. Je l'allumai et dirigeai le faisceau lumineux vers le sol. Je fermai la porte le plus doucement possible et actionnai le verrou. Voilà, j'étais tranquille maintenant. Je pointai ma lampe vers la petite table qui occupait le centre de la pièce et y posai la clef qui faisait tant défaut à Nicole depuis deux jours.
Nicole était certainement la CPE la plus freestyle de l'Éducation Nationale. Elle perdait ses clefs trois fois par jour. En général on les retrouvait sur une table de la salle des profs, sur un bord de lavabo, sur son plateau de cantine, sur le dessus de la machine à café, ou ailleurs.
Jeudi dernier, quand j'ai vu son trousseau abandonné sur le bureau du documentaliste je n'ai pas hésité une seconde.
Ça me fait un peu mal au cœur de la voir errer

partout à la recherche de son bien. Ce matin, au café, elle était livide et elle commençait à demander autour d'elle si personne n'avait aperçu son jeu de clefs. Perdre le passe général, c'est une faute grave. Heureusement, dans une demi-heure tout va s'arranger !

Le sac dans une main et la torche dans l'autre, je me dirige vers la porte métallique entrouverte qui donne sur l'escalier. Je descends sans hésitation les quelques marches qui mènent au vide sanitaire.

Je suis sûr de ne pas y trouver monsieur Bourkache pour qui les portes ouvertes *sidicouneries* et donc je me dirige directement vers le fond où est entassé tout son bric-à-brac.

<u>Phase numéro un</u>.

Je pose mon sac sur le bureau le plus accessible et en sors le premier téléphone. Je le mets en marche et vérifie l'état de la batterie, la qualité de la réception et l'intelligibilité du message pré-enregistré. C'est parfait, je le savais, j'ai déjà vérifié tout ça hier. Cette fois, je fais glisser le premier tiroir pour y déposer le téléphone, au moins il ne va pas s'ennuyer, il y a un sacré bazar là-dedans, des téléphones mais aussi des I-pods et des calculettes. J'hésite un instant, mais je ne dois pas me laisser distraire. Je lance mon mobile au fond du tiroir et le ferme pour de bon.

<u>Phase numéro deux</u>.

Je sors du sac une bobine de scotch de travaux ultra résistant et les huit petits gâteaux de Semtex que j'ai préparés hier soir.

J'avais vaguement espéré sortir un bloc de béton de

son confinement, mais non, la conservation avait été parfaite et pour tout dire, l'élasticité du matériau m'effrayait.

Le premier des huit petits paquets entourés de film plastique, pour éviter le dessèchement de dernière heure, est positionné au sommet du pilier nord-est, tenu par deux tours de ruban adhésif.

Le deuxième est placé à la base de ce même pilier. Tous les autres sont positionnés de la même manière, équipant ainsi les quatre piliers est du bâtiment principal. L'opération n'a pas pris plus de dix minutes. Je suis largement dans les temps.

<u>Phase numéro trois</u>.

Huit sachets de congélation pour huit ensembles détonateur - câbles électriques. J'enfonce à huit reprises la tige métallique dans la matière explosive en prenant soin de tirer les fils de façon ordonnée.

Ensuite, je n'ai qu'à connecter les fils au boîtier de raccordement et ce même boîtier au deuxième téléphone mobile un peu trafiqué tiré de mon sac.

Toute l'opération n'a duré en tout et pour tout que dix-huit minutes alors qu'il m'a fallu plusieurs années pour acquérir les connaissances nécessaires à la réalisation de détonateurs et à la transformation de téléphones en petits assistants dévoués.

Avant de rendre la 4L à la mère du docteur Millou, je m'étais arrêté à la gare de la Rochelle pour y déposer l'explosif dans une consigne à bagages. Ce n'est qu'une fois de retour au Brésil et après allègement de mon traitement que je m'étais interrogé sur la pertinence du lieu de stockage.

À cette époque, pas mal de militaires en retraite venaient faire de la plongée au Club Med, c'est un capitaine argentin qui m'a dessiné sur une serviette en papier la manière la plus simple de fabriquer un détonateur pour n'importe quel type d'explosif de type plastic.
— C'est archaïque, fiable et n'importe quel couillon peut le fabriquer, c'est une invention des terroristes communistes !
Un chimiste britannique m'a appris que le Semtex avait une durée de vie d'environ vingt-cinq ans mais qu'un adjuvant allait bientôt être ajouté pour limiter à deux ans sont délai d'utilisation.
— C'est à cause des terroristes qui piquent tout ce qu'ils trouvent, sur les chantiers de démolition, sur les sites d'exploitation minière, enfin partout où ça pète !
Au moins, mes différents experts m'avaient rassuré, ça ne pouvait pas exploser tout seul et donc la gare de la Rochelle ne risquait rien. De retour en France, je ne me suis pas tout de suite occupé de cela, j'avais tant de choses à faire. Et puis un matin, en écoutant la radio, j'ai entendu parler des chiens renifleurs d'explosifs, alors je suis vite allé chercher le container orange couvert de mes empreintes digitales avant qu'un chien ne le fasse. C'est aujourd'hui que la cohabitation prend fin et ça me fait quelque chose.

20

28 avril - Boum

Sarah m'a déposé devant le lycée à sept heures trente.
J'avais passé la journée de la veille au volant de son vieux break volvo pour enfin apporter tous mes cartons chez Tio Nene - qui ne m'attendait plus - et récupérer mon passeport brésilien.
En dehors de cela, nous avions passé les quatre jours précédents au moulin, secrètement seuls. La séparation était forcément douloureuse.
Elle avait peur de rester, mais n'avait pas d'autre choix pour l'instant.
J'avais peur de partir, mais ne pouvais rien faire d'autre.
Sarah regardait avec inquiétude le sac de toile dans lequel on pouvait deviner quelque chose de volumineux, assez lourd et tubulaire. Pour la rassurer, je l'ouvris avant de sortir de la voiture.
— Tu vois, ça n'est qu'un vélo pliable ... mais pas n'importe lequel : c'est un Bromton !
Allez, arrête de faire cette tête là ... si tout marche comme prévu tu auras de mes nouvelles très rapidement.

— Pourquoi refuses-tu de me dire ce que tu vas faire ?
Ses mains n'avaient pas quitté le volant. Elle regardait loin devant comme si nous étions toujours en mouvement, guettant tout danger potentiel.
— Parce que tu trouverais facilement des arguments indiscutables pour me dissuader d'agir. Mais on a déjà parlé de tout ça hier soir : tant que je n'aurai pas bouclé la boucle, je ne pourrai pas passer à autre chose. Je ne peux plus revenir en arrière.

Il est neuf heures. Monsieur Simontachi entre dans la salle 102 accompagné de Legrand. Sa poignée de mains est molle et froide. Sans un mot, il emboîte le pas du proviseur qui, comme à l'accoutumée, s'installe au fond de la salle en plein milieu. Les voilà donc tous les deux en position, parfaitement placés pour observer une trentaine de nuques au travail.

Mes terreurs sont sages comme des images. Font-ils corps avec leur meilleur ennemi, celui qui partage leur ennui quotidien ? Éprouvent-ils un semblant d'empathie envers celui qui d'un coup se trouve à leur place ? Pensent-ils être eux-mêmes les objets de l'inspection ? Se sentent-ils coupables de la situation ? Même Grandin lève la main pour répondre ! J'ai honte de cette mascarade, tout le monde joue la comédie. Les élèves en font des tonnes pour donner l'illusion d'une participation extrême, les deux tontons flingueurs du fond fourbissent leurs armes en griffonnant sur leur bloc-note.
Neuf heures dix-huit minutes. C'est parti pour le Powerpoint. D'un clic de souris je lance l'application,

l'écran blanc interactif prend vie, son et lumière. Les élèves glissent le long de leur siège pour se caler dans une position intermédiaire, mi-assis, mi-allongés.

Dans deux minutes trente-huit secondes ils sauront que je ne reviendrai pas. Je glisse vers le fond de la classe pour me porter à hauteur de Legrand et Simontachi. Ils ont, comme les élèves, les yeux rivés sur l'écran. Les stylos sont posés sur la table et je peux voir à présent la grille d'observation de l'inspecteur, on dirait un QCM. Le proviseur à écrit deux lignes et puis c'est tout. Dans la marge, l'esquisse de ce qui me semble être un bateau me trouble. Je me penche à son oreille et souffle, « je vous les confie. »

La porte n'est qu'à trois mètres, je me coule dans le couloir et couvre à vive allure les cinquante mètres qui me séparent de la galerie réservée au personnel. Je m'y engouffre sans un regard en arrière. Je trottine en direction du local technique, pousse les battants de la double porte coupe-feu et tourne tout de suite sur la gauche. Mon sac est là, posé au sol, à proximité de la porte de sortie. Je m'en saisis et passe les bras dans les sangles.

Je suis dehors et il me reste deux minutes. J'enfourche mon Bromton vert pomme et m'élance vers le portail grand ouvert pour permettre aux véhicules de livraison d'accéder à la cantine.

Ça y est, je suis dans la rue. Je dois monter sur une centaine de mètres pour atteindre le boulevard, après je n'ai qu'à le suivre pour arriver à la gare. Deux kilomètres tout plats et cinq cents mètres de descente pour finir. Je n'ai parcouru que vingt mètres et déjà les cuisses me brûlent. La douleur me fait du bien, j'accélère encore. La tête me tourne mais le feu est au vert, je dois l'atteindre avant qu'il ne passe au rouge. Je débouche sur le boulevard juste à temps, direction la gare. Je souffle comme une vieille locomotive à vapeur au bord de l'explosion. Je jette un coup d'œil à ma montre. Plus qu'une minute trente. La circulation est très fluide sur le boulevard, il est neuf heures vingt, tout le monde est déjà au travail. Je reprends ma respiration en pédalant tranquillement, le plan d'action de la journée se déroule dans mon esprit. Ça semble imparable ... un crissement de pneus immédiatement doublé d'un coup de klaxon vengeur me remet les pieds sur les pédales. Merde, j'ai grillé un feu ! Je réalise soudain que tout peut foirer en moins de temps qu'il ne le faut pour le dire. Dans trente secondes tout va commencer et je n'ai plus droit à l'erreur. Cette fois, je vois le rouge, je repense à ce qui a failli arriver, quel con !

Je stoppe avec application au pied du feu. Une voiture blanche s'arrête à mon niveau, je jette un coup d'œil machinal, merde, les flics ! Ils sont quatre à se marrer en regardant mon vélo. Je regrette d'avoir choisi ce modèle un peu trop voyant. Je tourne la tête vers la droite pour ne pas leur montrer mon visage. Le feu passe au vert.

Ça y est c'est l'heure. La voiture me dépasse avec les policiers hilares à l'intérieur. Si tout se déroule comme prévu, en salle 102 j'apparais sur l'écran et j'explique que dans dix minutes le lycée aura disparu, que la seule manière de faire changer les choses c'est de tout faire péter et de construire quelque chose de nouveau. Nous avons tous été suffisamment lâches pour y trouver un semblant d'intérêt jusqu'à maintenant mais la vie devient vraiment trop moche, la honte est trop forte, bla bla bla, des trucs un peu grandiloquents. Mais je termine en disant que je n'ai pas le goût du sacrifice alors je disparais. Dans le même temps, le téléphone portable que j'ai placé dans le vide sanitaire doit envoyer à la police le message pré-enregistré indiquant qu'une bombe de forte puissance va exploser dans dix minutes.

Je me suis donné deux minutes pour appeler directement le lycée au cas où rien ne bougerait. Je pédale au ralenti, comme lors de mes cauchemars d'enfance, quand, poursuivi pas un monstre horrible et très lent, je me désespérais de me voir encore plus lent.

C'est l'éclat bleu qui attire d'abord mon regard, puis je vois le véhicule de police faire demi-tour et foncer vers moi, sirène hurlante et gyrophare en feu. J'ai à peine le temps d'avoir peur qu'ils sont déjà passés, sans rire cette fois. Mes jambes recouvrent subitement leur vigueur et j'avale les quelques centaines de mètres de plat à bonne allure. Je me sens plein d'une énergie nouvelle. J'attaque la descente bille en tête, deux nouvelles voitures de police montent en trombe vers le lycée. L'air vif me pique le visage, les larmes disparaissent tout de suite dans ma barbe sous l'action de la vitesse. Je sens mes cheveux claquer dans le vent comme quand j'étais enfant.

J'ai douze ans, je dévale le chemin de montagne qui

mène au verger du père Goïkotxea poursuivi par un énorme berger allemand, mon petit mini-vélo blanc semble voler par dessus les pierres. À tout instant je peux m'étaler et me faire bouffer tout cru mais je suis heureux, terrorisé mais heureux.
Je ne regretterai rien, quoiqu'il arrive.
Sur le parking de la gare je plie promptement mon Bromton et le glisse dans sa housse. J'ai cinq minutes pour parvenir au quai et composter mon billet. Je traverse le hall le plus naturellement possible. L'heure de pointe est passée, il n'y a pas plus d'une vingtaine de personnes devant le grand panneau des horaires. Le train pour Paris est annoncé sans retard, c'est vraiment mon jour de chance !
Je descends l'escalier d'accès au quai numéro trois en retenant mon souffle. Dans une dizaine de secondes maintenant, l'autre portable, celui relié au Semtex entrera en action. Il y a peu de monde sur le quai, quelques étudiants, quelques femmes seules qui vont certainement faire les boutiques à Paris. J'essaie de faire le vide dans mon esprit.
J'ai senti la secousse venir du sol avant d'entendre le grondement sourd emplir l'espace. Ce n'était pas le train.

21

9 mai – Panzer

Douze jours déjà se sont écoulés. La secousse et le souffle lointain qui l'a accompagnée ne m'ont pas quitté. Douze jours durant lesquels j'ai pu relire tout ce que j'avais écrit. J'ai corrigé, coupé, changé ou étoffé les passages qui me tombaient sous les yeux. Je n'ai de toute manière pas grand-chose d'autre à faire.
Je me sens bien ici, à l'abri derrière la lourde porte métallique. Je dois me faire violence pour quitter ma couchette et prendre mes trois repas quotidiens. Les horaires sont quasi-militaires : petit-déjeuner à sept heures; déjeuner à midi; dîner à dix-huit heures trente, juste après mon heure de promenade. Je trottine une demi-heure dans le sens des aiguilles d'une montre, puis une demi-heure dans le sens inverse.
Jusqu'alors, il ne s'était rien passé qui puisse me détourner de cette routine. Je passais l'essentiel de mes journées à reprendre tout ce que j'avais écrit ces derniers mois, sans jamais dépasser le quai numéro trois.
Mais aujourd'hui la réalité m'a rattrapé et je n'ai pas d'autre choix que de poursuivre mon récit.

Il y a douze jours, je suis donc monté à bord du train sans chercher à croiser les regards inquiets des quelques voyageurs qui avaient senti dans le sol puis dans l'air une vibration inhabituelle.

Je me suis rendu immédiatement aux toilettes après avoir déposé mes deux sacs dans le compartiment réservé aux bagages volumineux, à l'entrée de la voiture. Quand le train s'est mis en mouvement, j'avais déjà commencé à me tailler la barbe aux ciseaux, puis ce fut au tour des cheveux. L'exercice était périlleux car la sortie de gare comportait de nombreux aiguillages et je manquai à plusieurs reprises de m'éborgner.

Quand j'estimai l'élagage suffisant, je sortis la tondeuse à pile de la poche de mon blouson et sans mettre de sabot, j'entrepris de finir le travail. En moins de dix minutes, j'avais un inconnu en face de moi.

J'allai ensuite m'asseoir près de mon paquetage. La voiture était presque déserte, ma transformation était passée inaperçue.

Il me fallut la journée pour rallier Rotterdam.

J'enfourchai ma superbe bicyclette vert pomme dès la descente du train et pédalai le cœur léger vers la zone portuaire. Un quart d'heure plus tard je me trouvai au pied d'un énorme panneau multicolore sur lequel un plan géant des installations côtoyait la liste interminable des compagnies qui les utilisaient. Une lettre et un chiffre permettaient de trouver rapidement sur le plan l'emplacement du quai correspondant à la compagnie recherchée. Les documents en ma possession indiquait que le porte-conteneurs Zanzibar était arrimé le long d'Amazonienhaven, soit, à en croire ce panneau, à environ vingt-cinq kilomètres plus à l'ouest. Je ne devais pas traîner en route, je n'avais qu'une heure et demie devant moi pour rallier le bateau dans les temps.

Vingt-cinq kilomètres vent de face avec des roues de caddy. J'ai cru que je n'y arriverais jamais. Quand enfin, à bout de force, j'ai aperçu l'écrasante silhouette noire du cargo derrière lequel le soleil sombrait, je me suis effondré de fatigue.

Était-ce du soulagement, de la peur rétrospective, à moins qu'elle ne fut prémonitoire ? Je n'en sais rien. Toujours est-il que je suis arrivé en larmes devant l'échelle de coupée.

Un homme d'équipage est rapidement descendu à ma rencontre. Il était vêtu d'une espèce de combinaison de travail orange, il portait un casque de chantier et des gants de cuir noir. Il était certainement bien occupé, et mon arrivée n'avait pas l'air de l'enchanter.

Il s'exprima brièvement dans une langue qui s'avéra plus tard être de l'anglais. Puis, il saisit mon sac et me fit signe de le suivre à bord. Je m'engageai sur la passerelle mon vélo sur l'épaule, cœur battant et jambes molles.

Le cargo était gigantesque, et le vacarme des manœuvres de chargement était à sa mesure.

Je suivis mon guide dans un couloir d'à peine un mètre de large, le long duquel couraient un nombre impressionnant de conduites et autres câbles en tous genres. Nous étions visiblement juste en dessous du pont principal, dans une sorte de gaine technique qui permettait de faire le tour du bâtiment à l'abri des intempéries.

Après une bonne centaine de mètres de marche rapide, le matelot s'est engouffré dans une ouverture vraisemblablement conçue pour blesser ceux qui s'y aventuraient : surélevée, basse, et immédiatement suivie d'un escalier qui requérait de sérieuses compétences en escalade avant de s'y frotter.

Quatre étages et quelques bleus aux genoux plus haut, nous sommes arrivés au niveau des cabines.

J'ai très rapidement perdu tout sens de l'orientation dans le dédale de couloirs.

Quand enfin je découvris mes quartiers, je fus surpris d'y trouver un large hublot qui faisait face à la porte. L'impression était fantastique. L'œil immense offrait une vue saisissante sur les installations portuaires qui s'étendaient à l'horizon.

Trente secondes plus tard, et mon passeport en main, je suivais mon guide jusqu'à la timonerie située au sommet du château, où je devais rencontrer le commandant.

Au prix d'une nouvelle escalade - quatre étages supplémentaires - je débouchai sur une vaste salle, longue d'au moins vingt-cinq mètres. À ma gauche, une série ininterrompue de larges baies vitrées offrait une vue panoramique sur tout l'avant du cargo. En dessous, un alignement d'écrans de contrôle, encastrés dans du mobilier de bois clair, diffusaient une lueur bleutée. La salle de commandement était plongée dans une semi-obscurité qui facilitait l'observation de la mise en place des conteneurs sur le pont avant.

Le matelot qui m'accompagnait tendit la main en direction d'un groupe de trois hommes qui se tenaient debout autour d'une console isolée située environ trois mètres en arrière de la rampe de contrôle. Je m'approchai d'eux lentement, j'observais avec attention l'espace alentour. À ma droite, une table à cartes papier était surmontée d'un large écran plat. J'avais navigué sur le web avant de partir et je reconnaissais la carte électronique qui permettait de recevoir aussi les informations GPS et radar.

J'entendais à présent la conversation des trois hommes. Ils parlaient néerlandais, j'hésitai un instant avant de signaler ma présence. Je jetai un coup d'œil à mon passeport et décidai de m'en tenir à l'anglais. Le plus âgé des trois m'aperçut alors, et avant qu'il ne puisse esquisser le moindre mouvement, un de ses compagnons lâcha un guttural : « Si on lui laisse pas de lumière, il va crever ! »

Mon arrivée n'a pas déclenché de manifestations de joie. Je me faisais plutôt l'impression d'être un chien dans un jeu de quilles. Les deux sous-officiers ont rapidement disparu, me laissant seul avec leur supérieur.

Il a immédiatement saisi les papiers que je lui tendais. Ils les a observés minutieusement avant de commencer en anglais.

— Encore quelques minutes, monsieur ... Tavares ?

— C'est cela, Tavares. Fàbio Sousa Tavares.

— Bien, bien ... Encore quelques minutes de plus, monsieur Tavares, et nous ne pouvions pas vous

laisser monter à bord.
Je ne répondis rien. J'étais à bord, et c'était bien là le principal. J'observais l'ordinateur devant lequel il se tenait. C'était le système de localisation des conteneurs sur le cargo.
— Monsieur Tavares, vous m'écoutez ?
— Oh, pardon, j'étais en train d'essayer de comprendre à quoi servait ce truc là, mentis-je maladroitement en désignant d'un coup de menton les petits rectangles colorées qui emplissaient l'écran.
— Cela ne vous regarde pas, répondit-il sèchement en fermant l'application.
On m'avait prévenu que les traversées en cargo ça n'était pas comme dans *La croisière s'amuse* et que l'accueil était parfois un peu bourru. Ça m'était bien égal, je n'avais qu'une envie, c'était de m'enfermer dans ma cabine.
Il me donna les informations pratiques indispensables pour ne pas gêner l'équipage dans son travail. Cela consistait en une longue série d'interdictions en tout genre. Il me mit en garde contre les molluquois - je compris bien vite qu'il ne s'agissait pas de gastéropodes des mers, mais d'un groupe de marins indonésiens - qui n'aimaient pas trop que l'on vienne traîner dans leurs quartiers. Il me rappela une demi-douzaine de fois que si j'avais été à l'heure, j'aurais pu visiter certaines parties du cargo.
— Pour l'instant, ce que j'aimerais visiter, c'est ma cabine, avais-je coupé un peu vivement.
Je ne l'ai pas revu depuis ce jour. Je crois que nous

nous évitons mutuellement avec succès. Il doit savoir que je suis l'invité du Big Boss ... ça rend nerveux.

C'est vrai que si je suis à bord, c'est grâce à Günter. Je lui dois une fière chandelle. Je l'avais appelé quelques jours après les vacances de Pâques pour lui expliquer que je devais partir pour le Brésil en douce. J'avais élaboré un demi-mensonge mêlant terrorisme basque et politique intérieure française.
Il était très occupé – comme d'habitude – et n'avait pas trop posé de questions.
Après tout, il m'avait répété si souvent de ne pas hésiter à faire appel à lui en cas de besoin que je le voyais mal me mettre des bâtons dans les roues.
Quelques jours plus tard, j'avais reçu par courrier la liste des bateaux de sa compagnie qui faisaient escale dans des ports européens fin avril, début mai, avant de se rendre en Amérique du Sud.
Quand j'ai appris la date de mon inspection, j'ai immédiatement consulté le listing. le Zanzibar appareillait de Rotterdam pour Porto Alegre à vingt et une heures, je n'ai pas hésité une seconde et j'ai tout de suite rappelé Günter. Deux heures après, j'avais un responsable du service logistique au bout du fil. Tout était arrangé pour m'accueillir à bord du porte-conteneurs – qui en principe ne prenait pas de passager à bord – et je devais juste remplir et lui renvoyer le formulaire qu'il me faxait sitôt notre conversation terminée.
C'est ainsi que j'ai utilisé pour la première fois l'identité que Vito m'avait dénichée au débotté – celle

d'un cousin accommodant, disparu sans laisser de trace il y a plus de vingt ans - et je n'ai rien eu à payer. J'étais l'invité personnel de Herr Hahn.

À bord, les journées se sont enchaînées comme un rêve sans cesse interrompu mais toujours recommencé.
Je savais que ce voyage prendrait bientôt fin et qu'il me faudrait commencer une nouvelle vie. Je devais mettre de l'ordre dans mon passé avant d'affronter l'avenir. Je savais pertinemment que l'ardeur que je mettais à ressasser toutes ces histoires était un moyen de retarder mon face à face avec la réalité. J'avais peur de savoir.

À dix-sept heures trente, j'ai entamé mon footing quotidien et hypnotique. Sept tours dans le sens des aiguilles d'une montre : le mur d'acier multicolore à ma droite et l'immensité bleue de l'océan à ma gauche, puis sept tours dans l'autre sens pour équilibrer.
Je cours moins vite qu'à terre, ça bouge tout le temps !
Aujourd'hui, la mer était un peu plus forte que d'habitude et j'avais du mal à garder la trajectoire.
Tandis que j'effectuais mon treizième tour, j'ai aperçu au loin, un marin se glisser à l'intérieur d'un container, à une trentaine de mètres du château. Lorsque je suis arrivé à hauteur du lieu de la disparition, j'ai constaté qu'une poignée extérieure permettait de manœuvrer une petite porte et de s'y

introduire. J'étais intrigué, je me demandais ce qu'il pouvait bien faire la dedans.

J'effectuai un dernier tour de sept cents mètres et allai me doucher.

Comme à chaque fois, le dîner expédié, je suis retourné dans ma cabine et j'ai branché mon portable pour poursuivre mon travail de relecture.

C'est lors des quelques jours passés chez Sarah que j'avais pris la décision de reprendre mes manuscrits, couverts de ratures, et de les mettre au propre. Je pensais que mes enfants - tous mes enfants - y trouveraient un intérêt, et surtout qu'ils comprendraient comment leur père en était arrivé à dériver si longtemps au fil de l'existence, sans jamais apercevoir les phares allumés au sommet de leur citadelle.

C'est donc partagé entre spleen et idéal que je plongeai dans mes passés. Vingt minutes plus tard, je n'avais pas beaucoup avancé, quand soudain j'ai vu apparaître monsieur Bourkache sur l'écran de mon ordinateur.

Passé le moment de stupeur, j'ai réalisé que les frottements conjugués de mon pouce et de mon poignet sur le pavé tactile avaient dû déclencher l'ouverture d'une session Internet.

J'avais complètement oublié que la zone des cabines était équipée d'antennes wi-fi.

La page d'accueil de mon fournisseur d'accès me sauta au visage avec la photo du pauvre monsieur Bourkache à la une. J'étais complètement abasourdi.

Le grondement sourd de l'explosion que j'avais

ressentie sur le quai de la gare m'avait ébranlé si fortement que je m'étais cloîtré dans ma cabine sitôt à bord. J'en sortais le moins possible et je redoutais le jour où je devrais affronter la réalité de mon geste.
Le moment était venu.
Je passai une bonne heure à lire et relire les articles de la plupart des sites d'informations. Partout la photo de monsieur Bourkache, partout la même information : monsieur Bourkache portait quatre slips.
Rien du tout sur Marc Jansen.
J'en venais presque à douter de son existence. Et puis mon regard tomba sur le passeport de Fàbio Sousa Tavares, posé sur la table, à côté de mon ordinateur. J'eus alors l'horrible impression d'être en train d'assister calmement au spectacle de ma folie. C'était pourtant le monde que je fuyais qui était malade.
J'appris à la lecture des différents articles publiés sur le web que l'explosion puissante qui avait complètement sapé les fondations de l'établissement - il devrait être détruit puis reconstruit - n'avait fait qu'une victime, le poseur de bombe.
En effet, les autorités prévenues à temps par un appel anonyme avaient pu faire évacuer le lycée. Le terroriste présumé était inconnu des services de police et de surveillance du territoire, sa famille démentait toute appartenance à quelque groupuscule que ce soit. On avait retrouvé dans les débris les restes de son corps, il portait quatre slips les uns sur les autres, ce qui incitait les enquêteurs à privilégier la piste du terrorisme islamiste.

J'étouffais, j'avais besoin de respirer l'air du large. Je suis sorti sur le pont et j'ai profité des derniers rayons de soleil pour faire le tour du cargo. Je commençai par me diriger vers la plage arrière, à l'ombre du château.
Je restai là quelques minutes, à fixer le large sillon creusé par le navire sur le disque sombre de l'océan. Les remous tumultueux se muaient en une traîne blanche qui s'estompait jusqu'à disparaître avant d'atteindre l'horizon noir comme de l'encre.
Je remontai ensuite les trois-cent-quarante mètres du bâtiment pour voir l'étrave fendre le large. Le soleil, en plongeant dans les flots, donnait à la mer des apparences d'océan de lave. De gros nuages bas et lourds semblaient le pousser vers le fond.
J'avais bien réfléchi. Les autorités avaient davantage intérêt à présenter un ennemi extérieur, facilement repérable par l'ensemble de la population. Quoi de mieux qu'un terroriste islamiste en temps de crise pour mettre de côté les sujets qui fâchent.
J'avais longuement hésité, ces derniers mois, à donner un tour un peu plus héroïque à mon geste. J'avais, un temps, envisagé de me livrer à la police et d'affronter mes juges. Je rêvais alors d'un mouvement populaire qui aurait exigé ma libération et des réformes imminentes pour améliorer notre société.
Des millions de manifestants dans les rues pour réclamer ... tout un tas de trucs. Mais je ne faisais pas entièrement confiance au bon peuple pour me venir en aide, et je faisais entièrement confiance au pouvoir pour me faire passer pour un illuminé irresponsable

et dangereux.

D'ailleurs, l'entreprise de désinformation inimaginable que je venais de découvrir me confortait dans mon choix final.

Et puis, je devais bien l'admettre, si tous ceux qui en avaient ras-le-bol du toujours plus avec toujours moins faisaient péter leur lieu de travail, il n'y aurait plus rien en état.

Mais ce qui m'a fait choisir la combinaison explosion puis exil au Brésil, c'est un programme télévisé sur la vie carcérale en France. C'était tout bonnement grotesque. J'ai alors cherché à recueillir davantage d'informations sur le sujet. Toutes mes lectures m'ont décrit le même monde vil, infâme, abject.

Adieu la France, à moi le Brésil !

La société a les prisonniers qu'elle mérite !

Je profitai des dernières lueurs du soir pour retourner vers ma cabine.

Je n'arrivais pas à m'expliquer la présence de ce pauvre monsieur Bourkache dans le vide sanitaire au moment de l'explosion.

Je savais pertinemment qu'il n'avait rien à voir dans cette histoire, mais quel genre d'individu pouvait bien porter quatre slips ?

C'est chargé du poids de ce mystère que je passai devant le conteneur qui m'avait intrigué ce matin. Je jetai un rapide coup d'œil alentour, et ne voyant âme qui vive je levai la lourde poignée de fer et entrouvris la porte. Une forte odeur de paille et d'urine me fit reculer violemment.

Je pris une ample inspiration et plongeai à nouveau

dans l'obscurité.

Au fond, on pouvait apercevoir la clarté grisâtre d'une ouverture. J'avançai avec précaution dans le tunnel – deux conteneurs mis bout-à-bout – d'abord à tâtons. Le parfum chaud et entêtant du foin était chargé d'effluves âcres qui piquaient les yeux. La sortie n'était plus très éloignée, j'accélérai le pas et une poignée de secondes plus tard, je surgissais au coin d'une surface plane, rectangulaire, et bordée de hautes murailles de métal.

On avait aménagé une sorte de patio dans l'empilement de boîtes bigarrées en préservant sur quatre étages un espace vide d'environ vingt mètres sur dix. Le sol était couvert de fourrage, et un énorme tas montait à l'assaut du coin opposé à celui d'où je venais de déboucher. Au milieu, je pouvais deviner dans l'ombre épaisse un unique conteneur cendreux, plus petit que tous ceux qui m'écrasaient de leur hauteur. Je n'en menais pas large, mais j'étais trop près pour me défiler, alors j'approchai à pas de loup. L'odeur irritante me semblait étrangement familière. Je voyais maintenant qu'il s'agissait d'une cage. Encore un pas et je distinguai la silhouette formidable, immobile derrière des barreaux qui lui rendaient tout mouvement impossible. Malgré l'obscurité qui s'installait, nos regard se sont croisés et son œil noir et rond m'a transpercé. Sans réfléchir j'ai posé la main sur son flanc rugueux, aussi dur que la pierre, et comme par enchantement, j'ai senti saillir sous mes doigts les tubérosités oubliées. J'ai reculé d'un pas, incrédule, et j'ai scruté méticuleusement la

surface parcheminée du cuir épais.
— Panzer ?
Ça n'était pas possible, et pourtant les traces étaient les mêmes. Les six protubérances craquelées, espacées de quelques centimètres, dessinaient le même P qu'il y a trente ans.

J'étais en classe de Première, et je sortais de l'autocar qui nous déposait, mes camarades et moi, devant la gare de Berlin-Ouest, après un périple de deux jours. Un petit groupe s'était formé, de l'autre côté de la route, d'où fusaient des exclamations indignées. Je me frayai un chemin parmi les élèves serrés contre la grille et tombai nez-à-corne avec un énorme rhinocéros blanc. Ce qui nous a tous choqué, ce n'est pas le fait qu'il soit enfermé dans un zoo, c'est de le voir dehors, les pattes enfoncées dans vingt centimètres de neige. C'était au mois de février. La pauvre bête avait dû se faire tirer dessus par des chasseurs avant d'être récupérée par le réseau des parcs zoologiques. Son flanc gauche était criblé d'impacts de balles qui formaient la lettre P; c'est pour cela que nous l'avions baptisée Panzer.
Nous ne sommes restés que quelques jours à Berlin, mais nous avons quand même pu participer à la manifestation hebdomadaire du samedi. Un rituel à l'époque du Mur. Dans le cortège, qui ressemblait plus à une promenade collective qu'à un défilé à la française, nous nous sommes glissés entre les anarchistes et les écologistes et, devant nos professeurs consternés, nous avons déployé une bannière

représentant un rhinocéros et nous avons chanté : « du chauffage pour Panzer ! » pendant deux bonnes heures.
Ça reste l'un de mes tous meilleurs souvenirs du lycée.

La nuit était tombée, j'ai tapoté le flanc de mon vieux copain et j'ai repris le chemin de ma cabine, le cœur empli d'allégresse. Avant de disparaître, j'ai lancé dans l'obscurité : « Demain, je passe te voir, c'est promis ! »

22

11 et 12 mai – Évacuation

Je m'étais enfin endormi.
La tempête avait forci toute la journée et je n'avais pas été autorisé à sortir sur le pont pour mon exercice quotidien. Le soir, je n'étais même pas allé manger, je ne me sentais pas bien du tout.
C'était bien la première fois que je ressentais les effets du mal de mer. Je dois avouer que passée l'excitation de la découverte, la sensation devint franchement détestable.
Je me suis couché très tôt, vers neuf heures. Je ne pouvais rien faire d'autre : lire me donnait la nausée, et écrire était impossible.
J'ai décroché le rideau qui couvrait le hublot. Le mouvement de balancier qui l'animait m'était devenu insupportable. Le cliquetis pénible de l'après-midi avait quant à lui complètement disparu, remplacé par une forte vibration en perpétuelle modulation qui donnait l'impression que tout ce qui était à bord était en train de se dévisser.
Sans grand espoir, je me suis glissé entre les sangles croisées qui entouraient ma couchette. L'amplitude

du tangage, combinée avec celle du roulis, m'obligea à entortiller les larges bandes de tissu renforcé autour de mes jambes et de mes épaules pour ne pas glisser hors du lit.

Je fermai les yeux et tentai d'imaginer divers stratagèmes pour faire croire à mon cerveau que toute cette agitation était en fait un large mouvement berçant dont le but était de me plonger dans un profond sommeil.

Les heures passèrent. Mon esprit ne voulait pas céder.

La sirène hurlante ne m'a pas fait bondir. Je m'étais enfin endormi. Je suis resté longtemps dans mon rêve : on me secouait avec force, et je ne me réveillais pas. Sans transition j'ai coulé. Je me noyais dans des eaux profondes, si sombres qu'il m'était impossible d'en imaginer la surface. Je n'avais plus d'air dans les poumons. Je me suis réveillé, debout, appuyé sur un robuste matelot, et la tête couverte d'une serviette mouillée. Il m'entraînait hors de la cabine, à travers les coursives plongées dans des ténèbres, que le faisceau puissant de sa lampe ne parvenait pas à percer.

L'odeur âcre de la fumée se mélangeait à celle piquante du plastique qui se consume. Je rabattis la serviette sur mon visage et cramponnai la manche de mon sauveur.

Il se passait trop de choses à la fois, je n'arrivais pas à tout relier.

Le vacarme assourdissant de la sirène ne parvenait pas à couvrir le battement répétitif et fracassant qui faisait trembler toute la structure de métal. Des cris résonnaient à travers le labyrinthe noyé dans l'obscurité.

Nous avons descendu les quelques volées d'escaliers en chute libre. C'était comme une plongée vers les enfers, les parois, qui nous protégeaient encore un peu, commençaient à fondre sous l'effet de la fournaise.

Le marin qui me guidait, et dont je n'avais toujours pas vu le visage, s'engouffra dans un sas qui donnait sur l'extérieur. Je n'avais pas encore l'habitude des ouvertures surélevées, et mon pied gauche heurta la bordure traîtresse. Je lâchai sa manche et chutai lourdement. Quand je levai la tête, l'homme avait disparu. Je tentai tant bien que mal de me mettre debout sur les jambes, la lourde porte se referma dans un claquement terrible.

L'instant d'après, elle s'ouvrit à nouveau dans un fracas identique. Il n'y avait plus d'air, que de l'eau qui s'engouffrait à torrents par le passage étroit dans lequel je me trouvais. Tout s'est mis à pencher de l'autre côté. La porte ne s'est pas refermée, elle avait disparu, emportée comme le marin par cette avalanche de plomb.

J'étais pétrifié.

Deux minutes plus tôt, je dormais encore à poings fermés et maintenant j'étais tout nu dans un sas de deux mètres de long à devoir choisir entre noyade ou crémation.

J'avais la peau rougie par les flammes et les poils de mon corps avaient pour ainsi dire fondu lors de la descente infernale. Je sus alors que le moment venu, je me jetterais à l'eau.

Je me laissai glisser le long de la paroi métallique à la tiédeur inquiétante et, assis par terre, j'ai attendu. Très vite gagné par la torpeur du désespoir, je me suis endormi.

— Debout ! Allez chercher une combinaison en bas, et restez avec Rudd !

J'ai vu passer devant moi une file de soudeurs, armés de haches, et tirant un gros tuyau rouge vers les étages supérieurs. Le dernier me fit un signe de la main : je devais descendre les escaliers. Malgré les gros gants qu'il portait, je compris qu'il m'indiquait le niveau zéro en essayant de joindre pouce et index. Je n'hésitai pas une seconde et fonçai sans réfléchir dans la direction indiquée.

Quelques instants plus tard, je déboulai à quatre pattes et à poil – ce qu'il en restait tout au moins – au milieu d'un petit groupe d'hommes occupés à enfiler des combinaisons semblables à celles que portaient les membres d'équipage qui partaient à l'assaut du château en flammes.

Passé le moment de stupeur, les rires commencèrent à éclater de part et d'autre. Très vite, ce fut une énorme rigolade collective complètement disproportionnée par rapport à la situation. Je me mis a rire aussi. C'était nerveux, mais pas seulement. J'étais simplement heureux de voir des êtres humains, compagnons de galère. Une joie simple et fragile que je n'avais pas éprouvée depuis longtemps.

C'est Rudd qui a mis fin aux réjouissances en me lançant une combinaison ignifuge et le curieux masque qui allait avec – mariage de la cagoule du Ku Klux Klan et d'un masque de plongée qui m'avait fait prendre l'autre groupe pour des soudeurs égarés – Il savait visiblement ce qu'il faisait : en quelques secondes, les ordres étaient donnés et tout le monde s'est dirigé vers la salle des machines, tête nue. Je faisais attention à ne pas me laisser distancer. Je n'étais jamais venu dans cette partie du cargo qui ressemblait davantage à l'habitacle d'un sous-marin. Je n'en menais pas large et je n'avais aucune envie de me retrouver tout seul là-dedans.

Nous étions sous la ligne de flottaison du navire. Ça bougeait moins qu'en haut et les coursives étaient si étroites que nous pouvions nous appuyer de chaque côté. Notre progression fut très rapide. Rudd nous rassembla alors au niveau d'une porte étanche. Les visages étaient graves mais j'avais l'impression d'être le seul à avoir peur de ce que nous allions trouver de l'autre côté. C'est au moment d'enfiler l'espèce de cagoule que j'ai réalisé que tous les marins présents étaient européens. Ça m'a surpris, mais quand la porte s'est ouverte, j'ai cessé d'y penser.

Les hommes se sont jetés dans le feu sans hésiter. Le premier binôme devait se saisir de la lance à incendie enroulée à gauche de l'entrée, et tout de suite arroser le deuxième binôme, qui devait progresser jusqu'au boîtier de commandes manuelles. La pression combinée de deux boutons devait déclencher l'ouverture des réservoirs d'eau, et en quelques secondes le feu serait noyé.

La partie la plus incertaine du plan de Rudd était de

parvenir à faire sortir les quatre hommes avant de refermer la porte étanche.

J'étais en réserve avec le cuisinier et un homme que je n'avais jamais vu avant cet instant. Nous n'étions censés intervenir qu'en cas d'échec de la manœuvre. Bien sûr, la manœuvre a échoué et Rudd nous a envoyé au charbon.

Le binôme arroseur faisait un excellent travail et le passage central était déjà bien dégagé. Mais ce qui inquiétait beaucoup notre chef des opérations, c'était l'angle de gîte qui s'accentuait. Le système de répartition du ballast était foutu et les flammes s'approchaient dangereusement des réservoirs d'air comprimé au fond à droite de la salle des machines.

Rudd, qui savait motiver ses troupes, nous avait bien dit que notre tâche ne serait pas facile et que ça ne servirait pas à grand-chose si le navire continuait à prendre autant de bande. Mais je ne m'attendais tout de même pas à cela. Nous devions traverser la zone où l'incendie faisait rage pour monter le long d'échelles semi-fixes – je jugeai préférable de ne pas en savoir davantage sur le concept de semi-fixité avant de m'élancer – afin d'atteindre les bouches de sorties des réservoirs d'eau et de les ouvrir manuellement en tirant sur une grosse manette rouge. Après, c'était sauve-qui-peut. Nous devions rejoindre le plus rapidement possible la porte étanche avant que la masse d'eau n'en rende la fermeture impossible.

J'ai vu le cuisinier disparaître dans les flammes. Il marchait un peu trop calmement pour que ce soit naturel. Il voulait certainement nous épater et

montrer qu'il évoluait en terrain de connaissance. J'étais bien moins disposé à faire impression, aussi m'élançai-je le plus vite possible à travers le mur incandescent.
C'était suicidaire.
Malgré la combinaison, la chaleur était si intense que je sentis tout de suite qu'il ne fallait surtout pas ouvrir les yeux, ni inspirer. Il y avait des obstacles au sol, et je progressais beaucoup moins rapidement qu'escompté. Il me fallut une bonne dizaine de secondes pour traverser cet enfer. Je ne m'arrêtai pas immédiatement et, toujours en apnée, je marchai jusqu'à l'extrême limite de mes capacités. Quand enfin j'emplis à nouveau mes poumons, ce fut avec un air brûlant et pauvre en oxygène. La douleur était insupportable et je restai longtemps, plié en deux, à toussoter pitoyablement en essayant de filtrer à travers mes mains jointes les saletés qui m'empoisonnaient.
À une dizaine de mètres de moi, et beaucoup trop près du foyer de l'incendie, un homme avançait à quatre pattes dans ma direction. La fournaise déformait tout, je ne pouvais pas reconnaître la forme humaine qui rampait. Sur la gauche, j'apercevais les grosses portes de carter boulonnées le long desquels j'allais devoir passer pour attraper une des échelles. Elles étaient toutes numérotées et Rudd m'avait assuré que l'échelle la plus accessible se trouvait entre la 11 et la 12. C'était précisément les portes que j'observais et j'avais beau insister, nulle trace d'échelle à cet endroit.

C'était vraiment la pire nuit de mon existence.

Je m'agrippai à une espèce de main courante en acier qui devait servir de point d'ancrage aux mécaniciens en cas de forte tempête. L'air était de moins en moins respirable, j'allais m'évanouir et mourir. Au moins je n'allais pas rôtir vivant, j'étais presque heureux.

C'est étrange, je crois me souvenir que je souriais quand la porte numéro 11 a explosé, fauchant l'homme qui tentait de se lever. Il y eut comme un énorme bruit de succion, le feu qui avait été chassé vers la droite s'est engouffré tout entier dans l'ouverture. Je serrai la barrière métallique jusqu'au bout de mes forces pour ne pas être aspiré avec tout le reste.

Même la lumière a disparu. Le temps aussi. Il n'y avait que le noir absolu.

Le bruit est réapparu d'abord : un battement sourd et régulier parfois suivi du gémissement angoissé du métal que l'on tord. Des voix se sont fait entendre, dérisoires mais rassurantes. Des appels surtout et peu de réponses.

La lueur d'une torche électrique a enfin balayé l'espace, puis une deuxième. Rudd a battu le rappel des survivants. Nous n'étions plus que cinq au rapport, mais l'incendie était maîtrisé.

À bout de force, nous nous sommes repliés. Nous avons grimpé les marches abruptes en silence, comme une armée de fantômes.

Le commandant avait demandé à Rudd de nous mener à la salle de sport du cargo une fois notre mission accomplie et d'attendre son retour. Malgré la fatigue qui m'engourdissait, j'ai reconnu le sas dans lequel j'avais échoué une heure plus tôt. La plage arrière disparaissait sous des quantités colossales d'eau qui s'acharnaient sur nous sans relâche.

Un matelot a accepté de se faire ficeler comme un saucisson pour ouvrir la voie. Il a disparu aussi rapidement que le marin qui m'avait tiré de mon lit, mais les hommes arc-boutés sur le cordage qui le retenait sont parvenus à le stabiliser à hauteur de la porte du gymnase. Quelques secondes plus tard, la ligne de vie était en place et nous pouvions descendre vers notre point de rassemblement. Je ne me souviens même pas y être entré, je devais déjà dormir.

Le jour s'était levé, plus ténébreux que la nuit. Le combat acharné contre l'incendie avait laissé les hommes sans force. Or, l'océan semblait s'être nourri des flammes. La lente pulsation qui parcourt le monde ne pouvait être ressentie plus violemment qu'ici. Le fracas assourdissant des déferlantes était maintenant suivi d'une plainte sinistre qui s'amplifiait au fil des minutes. Plus personne ne parlait. À quoi bon ?

Les hommes faisaient corps avec le navire. Chaque torsion grinçante était accompagnée de la même grimace de douleur sur tous les visages. Mon ventre me faisait mal, j'étais glacé.

J'ai sombré un temps. J'ai dû perdre connaissance.

Ne pas ouvrir les yeux. Laisser la tête rouler de part et d'autre. Attendre. Entrer en résonance avec la pulsation infinie, s'en repaître.

J'ai fait surface in extremis.
Les corps qui m'entouraient, laissés comme le mien à même le sol, semblaient déjà vides, à jamais inertes. Cette boîte en fer serait leur tombeau, ils l'avaient accepté, moi non. Je voulais vivre, je ne voulais pas me laisser mourir une seconde de plus. Seulement, pour l'instant, je n'étais qu'un vieux chiffon balloté dans le tambour d'une machine à laver. Je devais fuir avant l'essorage. Il n'y avait qu'une issue, celle-là même que nous avions tous empruntée il y a quelques heures pour nous mettre à l'abri. La lueur blafarde émanant du hublot placé en haut de la porte était plutôt de nature à inquiéter, mais la vue de tous ces corps entortillés dans des sangles et arrimés aux différents points d'ancrage offerts par la salle de sport me révulsait.
Je me démenai comme un diable pour me démomifier. Comment m'étais-je retrouvé ficelé à cet espalier suédois ? Après bien des efforts, je fus à nouveau libre de mes mouvements, et même un peu plus que souhaité. Avant d'être projeté vers la cloison opposée, je parvins à saisir une des sangles restées fixées à l'agrès, le choc fut rude mais de mon autre main, j'attrapai un des barreaux en bois et sans trop savoir comment je coinçai bras et jambes entre le mur et l'espalier. Je restai ainsi pendant plusieurs minutes, tentant de recouvrer un semblant d'équilibre. Le fait d'avoir été secoué en tout sens pendant des heures dans un abandon total avait sérieusement perturbé mes sens. Peu à peu, les rugissements furieux du vent et le roulement profond de l'océan emplirent à

nouveau l'espace. Je vomis outrageusement quelques gouttes d'acide. Pourquoi faut-il que vivre soit si douloureux ?

Ce supplice gastrique me rendit un peu de lucidité et j'échafaudai un plan de bataille pour la demi-heure à venir. Nous étions venus à bout de l'incendie dans la salle des machines avec un peu de chance il est vrai, mais nous étions sans nouvelles de l'autre équipe qui avait pour mission de s'occuper du château. Je savais qu'en bas tout était foutu, je devais donc tenter de rejoindre la timonerie d'où le capitaine avait certainement déjà lancé l'appel de détresse.

Je me fixai des objectifs intermédiaires. Je savais qu'une fois la porte ouverte, j'allais en prendre plein la gueule. Je devais absolument visualiser le parcours avant de sortir et progresser étape par étape. Seulement une dizaine de mètres séparait la salle de sport de l'escalier d'accès à la coursive qui faisait le tour du cargo sous le pont principal. Le balancement incessant du Zanzibar rendait difficile toute perception d'équilibre, cependant j'avais la nette impression que le bateau penchait franchement côté bâbord. Une fois en bas de l'escalier, je serais donc à l'abri des déferlantes qui n'en finissaient pas de broyer la structure d'acier.

Je ne parvenais pas à visualiser l'extérieur. J'essayai de retrouver cet état second qui me permettait de voir les choses d'un peu plus haut, de me transformer en drone de moi-même, en vain. J'étais tout entier ratatiné au fond de ce corps coincé dans un espalier suédois fixé au mur de la salle de sport d'un bateau

en perdition.
Je me dressai d'un bond et tombai plus que je ne me dirigeai vers la porte métallique. Je levai la lourde poignée de fer et plongeai dans l'enfer liquide, une solide sangle enroulée autour du poignet gauche.
Le cargo écrasant d'Amazonienhaven n'était plus rien ici. L'angle de gîte interdisait tout déplacement pendant une éternité avant de s'inverser pour une autre éternité. Je n'avais que quelques secondes, le temps de la bascule au sommet, pour me jeter vers le point d'attache le plus proche et y enrouler ma sangle. Chaque déferlante me faisait mourir un peu plus. Tout n'était que confusion, le vacarme était fracassant, la tempête, mes cris que je n'entendais plus. Je perdais tous mes repères, j'attendais trop longtemps. Je ne savais plus si je devais m'élancer à la montée ou à la descente. Au troisième plongeon, je me suis arrimé à un support de bouée. Je voyais l'angle du mur blanc à peine cinq mètres plus haut, puis plus bas, et encore plus haut. Je suis resté comme ça, à me balancer comme le contrepoids d'une vieille pendule, pendant plusieurs minutes. Je sentais mes forces décliner inexorablement, alors j'ai pris appui des deux pieds sur la barre en fer scellée au sol et j'ai poussé le plus fort possible en libérant ma sangle de son point d'ancrage. La bascule allait bientôt s'opérer mais je m'étais élancé un peu trop tôt. Je vis avec horreur l'anneau qui devait me servir d'arrimage s'éloigner. L'instant d'après, j'étais projeté vers l'avant et dégringolai vers le bastingage. Je me disloquai comme un pantin désarticulé. J'allais mourir, c'était

écrit, ma tête heurterait le garde-corps en fer et je serais balayé par la chasse d'eau océanique.

J'étais curieusement calme, désolé que cela se termine de cette manière, mais calme.

Le choc fut encore plus violent que ce que j'avais pressenti. C'est l'épaule gauche qui a tout pris. Ma hanche me faisait terriblement souffrir aussi. C'est la douleur qui m'a donné envie de vivre. J'ai saisi l'extrémité de la sangle et j'ai serré le poing, prêt à en découdre. La gîte s'est alors inversée et sans comprendre ce qui se passait, je me suis retrouvé jeté comme un sac au bas de la coupée. La coursive ne faisait pas plus d'un mètre de large, je fonçai tête baissée vers l'accès au château, les chocs répétés de mon épaule gauche contre la paroi métallique m'arrachaient des hurlements bien dérisoires qui se noyaient dans le vacarme ambiant.

L'escalier devant lequel je me présentai n'avait pas souffert de l'incendie. J'entrepris alors la pénible ascension des huit étages qui me séparaient de la timonerie. Plus rien ne semblait avoir de sens. Je roulais, rampais, et m'affalais sur les parois, tandis que les marches me servaient d'appui latéral, tantôt à gauche, tantôt à droite. Petit à petit, j'entrai en phase avec le rythme de l'océan et ma progression devint plus rapide. Arrivé au quatrième niveau, je m'engouffrai sans réfléchir dans un espace dévasté. C'était un désastre, le feu semblait avoir ravagé tout l'étage. Les cloisons étaient presque toutes, au moins partiellement, consumées et les structures en acier étaient sérieusement déformées. Je coupai au plus court pour aller jeter un œil à ce qui restait de ma cabine. Le hurlement du vent était effrayant. Je manquai de m'étaler plusieurs fois sur le sol glissant, couvert d'une boue noire, et jonché de restes calcinés. J'avais enroulé la sangle autour de mes mains pour les protéger des arrêtes coupantes qui couraient le long des morceaux d'acier sur lesquels je m'appuyais. J'approchais des décombres de ma cabine. Le vent se fit encore plus violent. À travers la cloison noire et fondue de la coursive j'aperçus le trou béant au pourtour déchiqueté qu'était devenu le hublot. Il avait dû exploser sous l'effet de la chaleur. Il ne restait plus que les éléments métalliques scellés à la structure du bateau, tout le reste avait été carbonisé et éparpillé aux quatre coins du cargo. À quelques mètres de moi, la gueule noire largement ouverte du gouffre qui plongeait jusqu'à fond de cale avait dû avaler la plupart des débris. L'incendie s'était certainement déclaré dans les cuisines, deux étages plus bas, et sous l'effet de la chaleur intense, les plafonds et les planchers des niveaux supérieurs avaient fondu les uns après les autres avant que l'équipe du commandant ne parvienne à le circonscrire puis à le mater.

Je balayai du regard les ruines de ma cabine une dernière fois, quand je vis ce pourquoi mes pas m'avaient mené jusqu'ici. Sur le squelette tordu de la table de travail, la concrétion de plastique grisâtre me fit l'effet des restes d'un cerveau calciné. Je fixai un instant les boursouflures craquelées. Tous les souvenirs de mon existence passée étaient partis en fumée.

J'étais bien décidé à me battre, à vivre et à reprendre le fil de mon histoire. Ce serait ma raison de vivre, au moins jusqu'à ce que je sois sorti d'affaire.

La contemplation du désastre m'avait fait oublié les éléments déchaînés autour de moi. À travers le trou du hublot, je pouvais voir se creuser les énormes vagues au fond desquelles le cargo s'abîmait avant de se faire écraser par la déferlante qui le recouvrait presque entièrement.

Je devais rejoindre le commandant dans la timonerie. Il devait savoir quand les secours arriveraient. J'entrepris de gravir les quatre derniers étages avec le peu de forces qui me restaient.

L'épuisement me gagnait rapidement, je réalisai que je n'avais rien mangé depuis presque vingt-quatre heures. Pris de vertiges, je me calai dans une petite niche qui avait abrité un extincteur avant moi. C'était un peu trop étroit, mais au moins je ne serais pas jeté au bas de l'escalier. Petit à petit, je sentis mes forces revenir, en même temps que s'amplifiait le grondement sourd de l'océan en colère. Mes tempes me faisaient souffrir, et à chaque inspiration un frisson m'ébranlait violemment des pieds à la tête.

J'ai attendu quelques minutes avant de poursuivre ma progression, je crois même avoir fait un petit somme. J'étais comme anesthésié par le bruit constant, les mouvements erratiques du bateau et la fatigue cumulée.

Je ne ressentais plus rien. Je montais, je ne savais plus pourquoi, mais je montais, sans réfléchir.

Soudain, j'entendis des éclats de voix en haut de la coupée. Je rassemblai mes forces et appelai à l'aide. Malheureusement, la mer en avait décidé autrement et un roulement sidérant qui n'en finissait pas, accompagné d'une longue plainte métallique déchirante, empêchèrent mes mots de sortir de la bouche.
J'ai tout de suite compris que nous allions couler.
J'ai lancé mes dernière forces dans l'ascension et je suis enfin parvenu au poste de pilotage. J'étais comme un fantôme. Je glissais plus que je ne marchais. Je n'avais pas froid, j'étais froid.
La salle des commandes était exactement comme je l'avais vue au premier jour de la traversée. Le feu n'était pas parvenu jusqu'ici, mais le spectacle était à l'extérieur.
Comment avoir peur après avoir vu cela ?
Les trois-cent-quarante mètres du Zanzibar disparaissaient entièrement dans la gueule de l'océan affamé. Comme un énorme chat, il relâchait sa proie pour la mâcher à nouveau, l'instant d'après. Autour du cargo, des dizaines de conteneurs semblaient vouloir tenter leur chance en solitaire. À chaque fois que la montagne sombre s'abattait sur le navire, d'autres se trouvaient arrachés à l'édifice. Dans la folie ambiante, certains pris de remords voulaient remonter et tambourinaient sur le flanc bâbord, entaillant la coque sur toute sa longueur.
Je détournai le regard de cette mise à mort laborieuse, redoutant d'assister au coup de grâce. J'avançai plus avant dans la vaste timonerie en me cramponnant au mobilier. L'amplitude du balancement était maximale

au point le plus haut du navire, et je devais redoubler de prudence pour accéder au pupitre central. Je levai la tête au moment où la gîte me repoussait en arrière, et c'est à cet instant que je vis le commandant, bien calé dans son fauteuil. Tout à mon équilibre, je ne cherchai pas à attirer son attention et continuai mon pénible cheminement.

Je n'étais plus qu'à quelques pas de lui, et le poste sur lequel je prenais appui était muni de deux grosses poignées en inox bien solides. Je me redressai et me tournant vers lui je ne dis rien.

Je le regardai pendant un long moment tourner sur lui-même, ficelé dans son fauteuil. On lui avait passé un câble électrique autour du cou et le sang sur sa chemise ne laissait pas place au doute. Il avait été poignardé dans la région du cœur. Derrière lui, sur la paroi du fond, la lourde porte du coffre-fort battait la mesure de cette danse macabre.

Ne voulant pas abandonner tout espoir, je scrutai le ciel, à la recherche d'une éclaircie aussi infime fut-elle. C'est alors que mon regard accrocha un mouvement sur le pont avant, côté bâbord, vers le milieu du navire. J'étais sûr d'avoir vu quelque chose bouger. Quelques secondes plus tard, j'ai vu un canot de sauvetage descendre le long des rails de guidage. Il y avait quatre hommes à bord. C'était les moluquois qui venaient d'occire le commandant. Ils étaient en train de foutre le camp, les salauds.

Une fois à la mer, le canot s'est écarté doucement de la coque du cargo qui le surplombait. Je les imaginais, terrés dans le fond de leur barcasse, leur butin dérisoire dans un sac, priant tous les dieux inexistants au monde.

L'instant d'après, un conteneur jaune citron dégringolait sur leur embarcation.

Ça commençait à faire beaucoup de morts, et au lieu de se calmer la tempête semblait redoubler de violence. Le bruit devint vite assourdissant. Je m'attendais à tout, sauf à me trouver face à face avec un énorme hélicoptère en vol stationnaire devant la cabine de pilotage. Je mis quelques secondes à réaliser ce qui se passait, et soudain l'appareil disparut dans le ciel, certainement pour essayer de se positionner à l'arrière du navire où se trouvait le reste de l'équipage. Je commençai à paniquer, je m'en voulais d'avoir quitté la salle de musculation sans réfléchir aux conséquences. J'étais coincé au dernier étage du château, et il me faudrait trop de temps pour descendre jusqu'à la plage arrière, si jamais j'y arrivais. La petite porte, qui donnait sur l'escalier extérieur, menant au toit terrasse couvert d'antennes en tous genres et surmonté du feu de mât, était ouverte. Je m'y précipitai au mépris de tout danger. Je devais attirer l'attention du pilote, et c'est de manière très spectaculaire que j'atterris sur le dos au pied de la coupée. Je venais de subir un magnifique coup de la corde à linge qui me laissa groggy un bon moment malgré la pluie qui m'aspergeait le visage. Le coupable ballottait à peine, un mètre cinquante plus haut, même pas remué par ce qu'il venait de m'infliger. C'était un câble tendu, de la section d'un petit doigt, qui était fixé solidement à un point d'ancrage du mur d'acier. Je me levai douloureusement et en me frottant la gorge, je suivis du regard le long filin qui se confondait avec le ciel. Il semblait se diriger vers la chaloupe manquante. Je mis quelques secondes à comprendre, mais ensuite la scène m'apparut clairement. Ils étaient quand même gonflés. Après avoir réglé son compte au commandant, les moluquois s'étaient débrouillés pour installer ce câble. Le fusil harpon coincé derrière la porte avait certainement servi à envoyer un fil guide à un complice tapi à côté des chaloupes. La fine cordelette de nylon avait permis de tirer le filin d'acier jusqu'à l'endroit choisi pour une réception raisonnablement risquée.

Je grimpai les premières marches en tenant fermement les deux rampes. Le balancement du cargo semblait irrationnel à cette hauteur. Lorsque le toit terrasse du château m'est apparu, hérissé de multiples antennes, j'ai compris que je n'avais aucune chance de le traverser indemne. J'ai alors tourné la tête vers l'avant du navire. Une nouvelle rangée de conteneurs basculait par dessus bord, les ridoirs craquaient comme des allumettes et les verrous volaient en tout sens. Soudain, j'ai aperçu les ruines du patio qui abritait Panzer et je suis resté médusé.

Comment avais-je pu l'oublier ?

Le revoir m'avait bouleversé et intrigué. Il y a à peine quelques heures j'étais arrivé à la conclusion qu'il devait être la victime d'un trafic d'animaux sauvages. J'étais alors prêt à tout pour le protéger.

Tout cela m'avait quitté l'esprit, comme lavé par les

millions de tonnes d'eau salée qui nous traversaient.
Le câble tendu par les moluquois passait juste au dessus de la cage. C'était délirant, mais les événements récents m'incitaient à croire que rien de logique ou de raisonnable ne pouvait me sortir d'ici. Une espèce de boîte à pharmacie blanche était fixée sur la porte maintenue ouverte par le filin d'acier. Quelques coups de coude rageurs eurent vite raison du petit couvercle en bois. Je plongeai la main à l'intérieur et en extirpai plusieurs bouts de chiffon, puis un petit coffret. Je l'ouvris tout de suite. Un lance-fusée ... mon rêve d'enfance !
Le gros hélicoptère était certainement en train de faire monter les rescapés du gymnase à l'aide d'un treuil, je devais faire vite si je voulais faire partie du voyage. Heureusement, les assassins du commandant avaient laissé dans un gros sac coincé sous l'escalier les outils qui leur avaient servi à mettre leur plan à exécution. Je saisis la grosse pince coupante et prélevai sur la bobine restante une portion de câble suffisante pour confectionner une espèce de tyrolienne improvisée. Je ne devais plus réfléchir à rien d'autre, sinon je ne le ferais pas. J'enfonçai le plus de chiffons possible dans mes sur-bottes – c'était là le seul système de freinage auquel j'avais pensé – et une fois le lance-fusée glissé à l'intérieur de ma combinaison, je m'élançai dans le vide agrippé à mon fil de fer.
Je n'ai pas vraiment eu le temps d'avoir peur.
Après une chute libre aussi rapide qu'inattendue, mon bout de câble s'est bloqué brusquement. J'ai tournoyé au dessus des conteneurs qui tanguaient en

tout sens.

Je volais.

J'étais en train de regarder, incrédule, mes mains nues quand je m'enfonçai profondément dans un mélange, assez compact et un peu dégoûtant, de foin et d'eau.

Je venais d'atterrir dans le coin resté intact de la muraille de conteneurs qui protégeait Panzer. Le fourrage qui n'était pas passé par dessus bord s'était amoncelé à cet endroit. J'étais tout de même bien sonné. Je mis plusieurs secondes à sortir de la bouillie fibreuse.

Le cargo penchait beaucoup vers bâbord et quand les déferlantes s'abattaient sur lui, le sol prenait des allures de muraille verticale. Je m'adossai à la paroi métallique et tentai d'appréhender la nouvelle situation. Mon regard se porta alors sur le câble, à l'endroit où s'était coincée ma tyrolienne de fortune. Je vis les deux gants, toujours crispés sur les filins d'acier qui me faisaient penser aux aiguilles d'une pendule en panne.

Il y avait vingt bons mètres.

Je commençais à douter de ma capacité à mourir.

Panzer, en revanche, me semblait mal en point. Il était couché sur le sol. Je tentai de rejoindre la cage le plus rapidement possible. Je redoutais par dessus tout de voir l'hélicoptère partir sans nous. Le toit des conteneurs sur lesquels j'allais devoir courir était très glissant.

Dos à la paroi, je progressai péniblement jusqu'au milieu de la muraille bâbord. Arrivé face à Panzer, je fis une pause et essayai de visualiser l'action à venir.

À peine dix mètres me séparaient de la cage, mais par terre c'était une vraie patinoire. Pour ne rien arranger la patinoire n'était plane que pendant environ trois secondes. Si je n'étais pas assez rapide, la bande me renverrait frapper le mur de conteneurs.

Au premier essai, je m'élançai un peu trop tôt, battis des pieds aussi nerveusement que possible, m'étalai très vite et dégoulinai lamentablement jusqu'à mon point de départ.

Au deuxième essai, je m'élançai un peu trop tard, battis des pieds aussi nerveusement que possible, plongeai en direction de la cage quand le cargo pencha à nouveau, m'étalai à quelques centimètres du but et valdinguai violemment contre le conteneur d'où j'étais parti.

Je réussis finalement au troisième essai à agripper un des barreaux du bout des doigts. Quand le navire bascula à nouveau, j'eus l'impression qu'on me tirait par les pieds. Les sur-bottes, emplies d'eau et alourdies par les chiffons, m'abandonnèrent l'une après l'autre. Je serrai fortement les cuisses pour éviter de perdre le pistolet lance-fusée qui s'était calé dans l'entre-jambe en évitant d'imaginer ce qui se passerait si le coup partait maintenant. Je sentais le sang quitter mes doigts crispés. J'y mis toute ma volonté, mais je savais que d'une seconde à l'autre ma main allait s'ouvrir et je chuterais lourdement contre le conteneur, en contrebas pour encore quelques secondes. J'ai alors senti une forte pression sur la main droite. Je levai la tête en même temps que ma main gauche lâchait prise. Je demeurai ainsi suspendu jusqu'à ce que l'inclinaison me permette de reprendre pied. J'avais le poignet bloqué entre un barreau et le flanc de Panzer qui en glissant à terre m'avait broyé la main mais sauvé la vie.

Je profitai de la courte période de quasi-horizontalité pour libérer mon bras, me mettre debout et faire le tour de la cage. Le navire plongea encore mais je pus me hisser le long des barreaux et commencer à déverrouiller la plaque de métal qui faisait office de toit. Je devais dévisser quatre gros papillons en acier avant de pouvoir actionner les poignées qui commandaient l'ouverture de la partie supérieure.

À travers les barreaux, je vis avec soulagement que mon intuition était bonne. Je n'y avais pas prêté attention sur le coup, mais mon cerveau avait dû intégrer l'image des sangles qui ceignaient Panzer dans sa cage. Il y en avait deux, une au niveau des pattes avant et une au niveau des pattes arrières. Elles étaient fixées lâchement à une barre en fer d'au moins un mètre-cinquante de long qui reposait sur les barreaux de la partie supérieure de la petite prison. Je n'avais pas le choix, je devais démonter puis remonter ce dispositif si je voulais sortir le rhinocéros d'ici. Je commençai par décrocher les sangles. Ensuite, je fis tomber la barre à côté de panzer.

Il n'eut aucune réaction.

Enfin je m'occupai du couvercle de la grosse boîte qui n'offrit pas de résistance sérieuse.

Au milieu des craquements répétés des conteneurs qui nous entouraient, du grincement sinistre et permanent du cargo, des chocs sourds de l'eau sur la coque, du grondement de l'océan et des hurlements du vent, un nouveau cataclysme semblait naître. D'abord imperceptible, le bourdonnement enfla très vite pour se transformer en un roulement de tonnerre fracassant.

À une trentaine de mètres au dessus de nous, un hélicoptère venait de faire son apparition. Il était plus petit que celui qui se trouvait certainement encore à l'arrière, mais je devais lui signaler notre présence. Je plongeai la main dans ma combinaison et en sortis le pistolet. Je remontai le chien et visai, bras tendu, en avant du cockpit, à bonne distance pour ne pas effrayer le pilote. L'espace d'une fraction de seconde, j'ai cru que le pétard était mouillé et puis l'arme s'est enflammée. J'ai tout lâché et la fusée est partie complètement à la verticale, en direction de l'appareil militaire qui nous survolait. Heureusement, le fort vent engendré par la rotation des pales a détourné le missile qui n'a finalement que frôlé la cabine en plexiglas du pilote.

Une poignée de secondes plus tard, j'aperçus la silhouette d'un homme qui se penchait vers moi depuis le côté de l'hélico. Il me fit de grands signes avec les bras auxquels je répondis par d'amples moulinets même si je le soupçonnais d'être en train de m'engueuler.

Il disparut un instant à l'intérieur de l'appareil. J'en profitai pour fixer la barre de métal, au milieu de laquelle était fixé un double anneau très robuste, sur le système d'attache des sangles.

Quand je levai à nouveau les yeux, un baudrier

descendait lentement au bout d'un câble à la finesse inquiétante. J'étais à califourchon sur Panzer et même s'il gisait au sol, je sentais aux légers mouvements de ses flancs qu'il était encore en vie.

Dans l'hélicoptère, ils ne devaient pas avoir remarqué sa présence. il se confondait certainement avec la paille qui le recouvrait partiellement. Malgré le vacarme indescriptible, j'entendais mon cœur battre dans la poitrine. Toute fatigue avait disparu, remplacée par une excitation vibrante.

Je saisis au vol le gilet de sauvetage qui tournoyait dans l'air chargé d'eau et dégrafai la manille pour la fixer sur la barre à laquelle était relié Panzer. Je mis le harnais en faisant passer la sangle qui se trouvait au niveau de l'encolure à l'intérieur.

J'étais prêt.

L'homme qui commandait la remontée du câble gesticulait tellement que je compris qu'il devait y avoir un problème.

Le ciel s'est embrasé.

Choc.

Noir.

23

en mai – Amnésie

Il a bien fallu improviser quelque chose.
À mon réveil, j'étais dans une chambre d'hôpital ordinaire avec une intraveineuse dans l'avant-bras gauche et pas mal de points de suture de l'arcade sourcilière droite jusqu'au sommet du crâne. J'essayai d'observer mon reflet dans la structure tubulaire en acier inoxydable qui se balançait au dessus de mon lit. Le rendu était plutôt effrayant malgré la faible luminosité qui régnait dans la chambre.
Les images se bousculaient sous la cicatrice que j'effleurais du bout des doigts, je revivais les yeux clos mes dernières secondes à bord du Zanzibar.
Dans un vacarme fracassant, l'hélicoptère dans lequel avaient trouvé refuge les marins restés à l'arrière, s'écrasait sur le poste de pilotage, tuant une nouvelle fois le capitaine ficelé dans son siège. Certainement pris de panique, le pilote du deuxième hélicoptère dégagea aussi sec, envoyant voltiger la barre de fer censée maintenir l'écart entre les deux sangles qui

ceignaient Panzer. Je n'ai même pas eu le temps d'avoir mal. C'est le froid qui m'a réveillé, j'étais coincé dans les sangles, chevauchant un rhinocéros qui survolait l'océan Atlantique déchaîné à plus de deux cents kilomètres par heure. Malgré l'issue incertaine de ce voyage, j'éprouvai un sentiment proche de l'invincibilité. Je me suis évanoui à nouveau, certainement à cause du froid qui me traversait sans effort.

L'infirmière est entrée d'un pas vif et d'un geste brusque elle a fait crépiter le volet roulant blanc jusqu'au claquement sec qui semblait marquer l'heure du réveil. J'ai ouvert les yeux, tout était trop blanc, je ne parvenais pas à maintenir les paupières levées. La lumière scintillante m'aveuglait. J'avais mal juste à l'arrière des yeux, à l'endroit où le nerf optique entre dans le cerveau.

Je ne compris pas tout de suite les mots qui sortirent alors de sa bouche. Elle saisit ma main gauche et la pressa plusieurs fois. Je plissai les yeux dans une vaine tentative de contenir l'invasion lumineuse qui cherchait à prendre possession de mon crâne. Elle parlait toujours mais je ne l'écoutais pas vraiment, à travers mes cils entrecroisés j'apercevais l'échancrure de sa blouse d'infirmière mais nos positions respectives ne m'offraient aucune vue sur sa poitrine. C'est Jésus sur sa croix qui avait la meilleure perspective. À sa gauche, sur le revers de la blouse, était épinglée une étiquette en plastique sur laquelle je pouvais lire : *PAZ* . Avant de replonger dans un sommeil profond, j'essayai de contracter harmonieusement mes muscles faciaux tout en hochant la tête pour exprimer mon approbation.

Paz, c'était son prénom. C'est sa mère qui l'avait choisi à la suite d'une longue négociation avec son père - un Argentin - qui voulait lui donner le prénom de sa propre mère. Paz mit un bon quart d'heure à m'expliquer tout cela. Le deal fut simple, si c'était un garçon ce serait Diego, comme des centaines de milliers d'argentins nés à cette époque, mais si c'était une fille c'est la mère qui choisirait son prénom.

Elle s'appelait donc Paz, et j'étais en Uruguay.

Je savais déjà tout de ses cousins argentins quand elle m'a demandé dans son espagnol chaloupé aux intonations presque brésiliennes :

— Et toi, comment tu t'appelles ?

J'ai hésité une seconde, puis une autre ... le vrai-faux passeport que Vito m'avait dégotté était parti en fumée. Comme j'étais certainement le seul survivant, la police ne manquerait pas de venir me poser un tas de questions sur le naufrage du Zanzibar. En plus, je me trouvais à Montevideo au lieu de Porto Alegre. Ils étaient peut-être un peu plus tatillon au niveau des douanes. Dans tous les cas, j'avais besoin de temps pour réfléchir.

— Je ... je ne sais pas.

Paz a aussitôt disparu pour revenir quelques secondes plus tard, accompagnée d'une femme assez forte, plus âgée et à l'air sévère. Légèrement en retrait, se tenait un homme en complet veston marron, comme je n'en avais pas vu depuis les années soixante-dix. Durant le

quart-d'heure qui a suivi, dotoresa Calandra m'a bombardé de questions sur mon passé. Mes réponses étaient très courtes et répétitives. Je me contentais souvent de hocher la tête et de hausser les épaules, l'air impuissant.
Puis, l'homme s'est avancé et m'a demandé de raconter ce dont je me souvenais de mes derniers instants à bord. Ça faisait un bail que je n'avais pas parlé espagnol en continu, et je mélangeais un peu avec le brésilien. Ça ajoutait à la confusion du récit. J'ai parlé du feu, de l'explosion, de l'hélicoptère qui s'écrasait et puis plus rien.
Quelle était ma fonction à bord ? Je ne savais pas.
Que faisait ce rhinocéros à bord ? Je n'en savais rien.
D'autres questions ont suivi, mais je me suis assoupi.

J'étais à nouveau seul dans ma chambre. On m'avait laissé du papier et un crayon sur la tablette en formica, à droite de mon lit. Je remarquai autre chose sous la pile de feuilles blanches. C'était un journal, le Montevideo Noticias. Je n'eus pas besoin de l'ouvrir, le naufrage du Zanzibar faisait la une. Une photo extraordinaire montrait Panzer, un mètre au dessus du pont de l'aviso-escorteur. Il était couvert de sang et portait sur son dos une masse informe.
Je lus l'article avec désolation.
J'étais le seul survivant du naufrage.
Panzer - que le journaliste nommait le rhinocéros rouge - était mort d'asphyxie pendant la tentative de sauvetage et l'homme qui avait essayé de le sauver était blessé à la tête - c'est son sang qui couvrait

l'animal – il souffrait d'hypothermie et de brûlures. Pour couronner le tout, le tireur d'élite chargé d'endormir le rhinocéros – déjà mort – avait logé la fléchette dans le mollet droit du héros rescapé qui luttait à présent pour survivre à l'overdose de calmants.
Je jetai un coup d'œil à ma jambe droite. J'avais bel et bien le mollet bandé.
Paz est entrée dans la chambre, ou plutôt elle a fait son apparition. Elle était sublime. Elle voletait autour de moi, vérifiant les perfusions et le moniteur de contrôle.
— Paz, je crois que je suis amoureux de toi !
Son rire était un parfait équilibre. Naturel, gai, mélodieux et pas trop fort.
— Tous les jours j'ai au moins trois demandes en mariage. Vous êtes tous les mêmes, dès qu'on s'occupe de vous, vous voulez nous attraper ! Elle prit les feuilles de papier dans ses mains et me les tendit. Tiens, docteur Calandra veut que tu écrives ou que tu dessines ce qui te passe par la tête.
Dans trois jours on arrête la perfusion qui gère la redescente et trois jours après on te conduira à la clinique de docteur Schnapzel.
— ... ?
— Ne t'inquiète pas, c'est un allemand. Il est très fort, personne ne lui résiste. Il va seulement te montrer des images et te faire entendre des sons. Grâce aux électrodes qu'il t'aura collées sur la tête, il va savoir ce qui fait réagir les zones liées à la mémoire. Bientôt tu vas retrouver tous tes souvenirs.

— Depuis combien de jours je suis ici ?
— Trois jours.
Quand elle est sortie, j'étais déprimé. Elle ne voulait pas de moi et dans six jours un tortionnaire allait révéler la supercherie. Sur la petite desserte en formica jaune, la pile de feuilles et le crayon ... je fermai les yeux.

Quand je les ouvris à nouveau, il faisait nuit et j'entendais la pluie tomber lourdement sur les feuilles d'eucalyptus dont le parfum parvenait jusqu'à mon lit.
Je venais de faire un drôle de rêve. J'avais vu le cargo, couché sur le côté, en équilibre sur l'arête d'un contrefort rocheux. La pression qui s'exerçait sur lui à cette profondeur avait déformé la structure. Ma cabine était déjà occupée par de nouveaux locataires qui entraient et sortaient par le hublot crevé.
Comme si cela ne collait pas, cette scène avait été remplacée par la culbute du monstre d'acier, puis sa chute de plus en plus rapide dans des eaux de plus en plus sombres, avant l'écrasement terrible plusieurs centaines de mètres en contrebas. La violence du choc avait dû être phénoménale. L'image qui s'imposa alors à moi était celle de milliers de débris, semblables aux morceaux d'une vieille gouttière écrasée, éparpillés sur une surface immense. Je reconnus tout de suite la boursouflure grisâtre qu'était devenu mon ordinateur portable. Il gisait à l'écart sur une surface sableuse qui avait déjà commencé son œuvre d'ensevelissement. Je devais

faire vite !

La chambre était plongée dans une obscurité toute relative, les lumières du couloir et les divers appareils électroniques aux multiples voyants diffusaient un éclat suffisant pour ce que j'avais à faire.

Je saisis le crayon et une feuille de papier et je commençai à la noircir avec ce qui me revenait à l'esprit. Une demi-heure plus tard, j'avais achevé la ré-écriture du premier chapitre. J'étais épaté par mon efficacité mais un peu troublé par l'étrangeté de ce « *je* » ancien, comme si je racontais l'histoire d'un autre que moi. C'était un peu comme si le récit transformait en fiction tout ce qui m'était arrivé.

Dans le couloir, les infirmières commençaient à s'activer. Je devais vite trouver une cachette pour les feuillets. Un amnésique qui raconte sa vie, ça ne fait pas très sérieux.

Je ne mis pas très longtemps à trouver l'endroit parfait. Juste devant mes yeux, le trapèze en acier inoxydable, qui m'avait déjà servi de miroir, remplirait parfaitement la fonction de planque secrète. J'ôtai le bouchon en caoutchouc qui obstruait l'une des extrémités du tube. Je roulai les quelques feuilles couvertes d'une écriture serrée et les enfonçai à l'intérieur du cylindre métallique. Je repositionnai ensuite le bouchon.

Je m'endormis tout de suite avec la sensation de n'être plus tout à fait le même.

À mon réveil, le soleil avait inondé la chambre. Paz était près de la fenêtre, radieuse comme toujours. Les effets de la fléchette du Daktari des mers commençaient à disparaître complètement. J'allais peut-être bientôt pouvoir rester éveillé plus de vingt minutes d'affilée.

J'ai pris mon crayon et j'ai commencé à dessiner la silhouette qui s'esquissait sous la blouse de ma belle infirmière. On m'avait bien demandé de représenter tout ce qui me passait par la tête !

Je passai ainsi les deux journées suivantes à croquer Paz quand elle s'approchait de mon crayon et à réécrire mon histoire quand elle quittait la chambre. Les chapitres s'enchaînaient rapidement. J'avais la sensation de recopier plus que de me remémorer. Je ne me sentais plus l'acteur de cette histoire, mais le rédacteur et j'étais certain de pouvoir tromper les électrodes du médecin fou.

Je venais d'achever le neuvième chapitre quand un doute m'assaillit. Je n'avais pas encore fait le récit du naufrage. L'inspecteur au costume improbable allait certainement s'intéresser à ma séance de torture, et je n'avais pas intérêt à donner l'impression que j'en savais davantage que ce que j'avais laissé paraître. Je me lançai alors dans la chronique de l'engloutissement du Zanzibar.

Docteur Schnapzel n'était pas du tout comme je l'avais imaginé. Quand docteur Calandra et moi sommes arrivés dans ses locaux, j'étais dans de très bonnes dispositions d'esprit. La clinique n'étant distante de l'hôpital que de cinq cent mètres, nous avions effectué le trajet à pied. Ça faisait si longtemps que je n'avais pas foulé la terre ferme que j'avais dû

m'appuyer sur mon accompagnatrice pendant les premiers pas. Elle s'était avérée beaucoup plus aimable qu'entre les murs de l'hôpital. En chemin j'avais repéré trois boîtes à lettres, j'allais pouvoir écrire à Doc et à Vito pour qu'ils viennent me chercher. Ils devaient commencer à se demander où j'étais passé.
Le spécialiste de l'amnésie était très jeune et plutôt beau mec. Je comprenais pourquoi Paz avait fait preuve d'un tel enthousiasme à son sujet. Pour cette première séance, il s'est contenté de se pavaner devant sa collègue béate d'admiration. Je comprenais aussi, à présent, pourquoi elle avait tenu à m'accompagner jusqu'ici.
Je n'ai pas eu droit aux électrodes. Il tenait à me connaître avant de choisir la série d'images et de sons qu'il allait me présenter le jour du véritable test.
J'ai donc assisté à un spectacle à la mise en scène bien réglée, dans lequel l'acteur principal, un brin cabotin, jouait le rôle du plus malin. Une sorte d'Hercule Poirot-Colombo de la psychologie qui vous pose des questions anodines mais qui vous perce à jour au moindre tremblement de la lippe.
Il me montra un chat en photo et me demanda :
— Et ça, vous savez ce que c'est ?
— Oui.
— Vous pouvez me dire ce que c'est ?
— Oui.
— Et bien dites-le moi !
— C'est un chat.
— Est-ce que ça vous donne faim ?

— Quoi donc ?
— Contentez vous de répondre aux questions. Est-ce que ça vous donne faim de voir ce chat ?
— Ça va pas, non ?
— La réponse est non, Maria.
Dans un coin de son bureau, une jolie petite infirmière remplissait un formulaire très consciencieusement.
Il me montra une nouvelle photo. Avant qu'il ne parle j'anticipai :
— Oui. C'est un cochon. Non. Je ne ressens aucun désir particulier.
Docteur Calandra a étouffé un petit rire qui n'est pas passé inaperçu, et même la jeune femme au fond a souri. Pas très fair-play, l'orgueilleux m'a fait défiler tous les animaux de la création. Il avait raté sa vocation, il aurait dû faire prof de SVT. J'ignorais le nom, en français, de la plupart des animaux qu'il me présentait, alors en espagnol, ça n'était même pas la peine d'essayer.
Quand il a compris qu'un problème linguistique se présentait, il est passé à la deuxième phase de son numéro d'esbroufe : le spectacle polyglotte.
Devant ses deux spectatrices charmées, il s'est mis à déblatérer des inepties en allemand, en anglais, en français et en portugais, avant de revenir à l'espagnol pour me demander avec un sourire satisfait :
— Est-ce que vous avez tout compris ?
Je lui ai rendu son sourire et j'ai répondu en néerlandais :
— Oui, oui, bien sûr. Mais c'était un sacré paquet de

conneries !

Docteur Schnapzel saisit l'essentiel. Il se tourna alors vers sa collègue qui semblait prendre plaisir à observer notre affrontement viril.

— Vous me le ramenez dans trois jours, la tête rasée. Je vous dirai alors peut-être qui il est. Mais surtout, je vous dirai qui il n'est pas.

Il nous raccompagna jusqu'à la sortie. Je sentais son regard peser sur moi. J'essayai de donner à ma démarche un peu plus d'élégance et de légèreté qu'à l'accoutumée pour le simple plaisir de l'embrouiller. Au moment de nous quitter, sur le pas de la porte, il me lança :

— Au revoir monsieur ... ?

Ça pouvait marcher avec d'autres, mais pas avec moi. Depuis le temps que je changeais de nom et qu'on m'appelait autrement, je ne risquais pas de me faire avoir. J'ai tout de suite vu dans les yeux de docteur Calandra qu'elle savait qu'il essaierait. Elle était comme un gosse devant le chapeau du magicien, attendant la sortie du pigeon ou du lapin. J'ai pris mon air le plus innocent et j'ai soupiré.

— Vous êtes pathétiques !

Schnapzel n'était pas du genre à s'avouer vaincu. Il me toisait avec un petit sourire amusé sur les lèvres. Sa collègue fanfaronnait beaucoup moins, elle savait qu'elle allait devoir essuyer cinq-cents mètres de reproches. Soudain, son visage s'éclaira.

— La mise en condition, vous ne lui avez pas donné sa mise en condition !

Pendant que le bellâtre repartait un peu mollement

vers son bureau, elle m'expliqua qu'il avait l'habitude de donner au patient quelque chose à lire ou à écouter avant la séance révélatrice.

J'avais l'impression d'être tombé dans une secte psychotropicale.

Quand le gourou est revenu quelques minutes plus tard, il tenait à la main une pochette de DVD. Il semblait très content de lui.

— Tenez, regardez ça tranquillement dans votre chambre !

La nuit des rois : version filmée, dirigée par Trevor Nunn. Il avait un peu d'humour quand même et il faut admettre qu'il était fort. Naufrage, fausses identités, tromperies ... on ne pouvait pas faire plus clair.

Je connaissais assez bien la pièce, mais je n'avais jamais vu cette adaptation. Shakespeare en VO, c'était pas évident, mais en espagnol c'était bien pire. Je ne pouvais pas le mettre en français, c'était certainement un piège pour me coincer. J'aurais bien mis en portugais pour faire un peu plus brésilien, mais il n'y avait pas cette option. Donc, j'ai mis en anglais et docteur Calandra n'a pas tardé à me rejoindre.

— Vous regardez en anglais ?

— Bah, c'est en anglais !

Elle a haussé les épaules et a quitté la chambre. Dix minutes plus tard, elle revenait l'air soucieux.

— Vous savez, on peut choisir la langue avec ces trucs là !

— Ah bon ! Non, mais ça va. J'arrive à comprendre. Merci quand même !

Elle m'a ensuite laissé tranquille. J'ai regardé le film deux fois de suite. Je n'avais jamais fait ça auparavant. Je ne voulais pas en sortir, j'y étais bien. Après, je n'avais toujours pas envie de dormir alors j'ai commencé la rédaction du dixième chapitre. Je dois avouer que je me suis bien amusé.

Le lendemain j'ai eu un réveil assez difficile.
Paz était en congé et sa remplaçante avait de la moustache. C'est elle qui m'a rasé le crâne avec autorité. J'avais l'impression de participer à un concours de tonte de mouton.
Elle a passé la journée à entrer et sortir de ma chambre sans raison apparente, m'empêchant de finir mon chapitre. Heureusement, après le repas du soir les infirmières et les médecins présents ont fait leur petit tour à l'accéléré. Il y avait pas mal d'excitation dans l'air et j'ai cru comprendre qu'une petite réception était organisée dans la salle de réunion, à l'extrémité du couloir.
Je pus donc enfin reprendre le fil de mon histoire et poursuivre ma saynète avec en bruit de fond les rires de la fête.
Il était assez tard, et j'étais sur le point de conclure, quand j'ai entendu des pas dans le couloir. Ils se rapprochaient de ma porte entre-ouverte, d'abord hésitants, puis de plus en plus rapides.
Finie la comédie, maintenant de l'action !
J'ai tout juste eu le temps d'écarter les feuillets et de les placer sous la pile de feuilles blanches qui encombraient la desserte. Docteur Calandra fit une

entrée fracassante. En passant la porte sa hanche a heurté le chambranle, l'envoyant pirouetter vers la porte de la salle de bain. Elle lâcha un juron très inattendu et réussit à se rattraper, les mains en appui sur les cloisons qui se faisaient face : une espèce de couloir d'un mètre cinquante de large et d'à peine trois mètres de long.
Dans l'action, elle se cogna à l'interrupteur et plongea la pièce dans la pénombre. La lumière du couloir dans le dos, les bras en croix et les jambes jointes légèrement désaxées par rapport au haut du corps, elle écarta le pied gauche pour stabiliser l'ensemble.
Elle avait des cuisses puissantes et musclées et j'avais l'impression qu'elle jouait avec moi. Elle porta les mains à sa hanche endolorie et frotta lentement la zone d'un large mouvement tournant qui faisait remonter une blouse déjà agréablement fendue. Je commençais à sentir mon cerveau se déplacer vers le bas, là où une chaude vibration me rappelait à son souvenir.
La porte d'entrée claqua doucement. Je crus un instant qu'elle avait quitté la chambre, mais la silhouette opulente et sensuelle réapparut comme par enchantement dans la lueur des cadrans à cristaux liquides. Elle buta légèrement contre le bord de mon lit et s'affaissa un peu vers l'avant. Sa main se porta naturellement sur mon mollet transpercé, m'arrachant un cri de douleur, tandis qu'elle réprimait avec difficulté un gloussement. Lorsqu'elle leva les yeux sur moi et vit mon air scandalisé, elle éclata de rire. Elle se couvrit rapidement la bouche de la main, mais

il était trop tard. Les effluves d'alcool étaient déjà parvenues jusqu'à mes narines. Elle s'assit sur le bord du lit. Elle se mordait les lèvres pour garder le contrôle d'elle-même, mais son regard trouble et sombre trahissait un mélange de fatigue et d'excitation. Son corps oscillait d'avant en arrière dans une perpétuelle recherche d'équilibre. Elle saisit la barre du trapèze de la main gauche et se redressa subitement. D'un geste brusque elle fit descendre le drap le long de mes jambes avant de retomber un peu lourdement sur le lit.

Ça allait un peu trop vite pour moi et puis la virilité féminine ne m'avait jamais excité. J'allais lui faire part de mes réserves quand, à ma grande surprise, elle a commencé à ausculter ma blessure. Comme il faisait sombre, elle a posé la main droite sur ma cuisse et s'est penchée sur mon mollet. Avant que je n'ai le temps de comprendre ce qui se passait, elle avait arraché sans ménagement le pansement de gaze. Le visage à quelques centimètres de mon genou, elle regardait la plaie partiellement cicatrisée. Je sentais son souffle chaud sur la jambe. Elle avait croisé les siennes pour pouvoir effectuer la rotation du bassin que requérait sa position.

Je posai la main gauche sur son genou et je senti la sienne monter lentement le long de ma cuisse. Je n'avais plus du tout mal au mollet, je n'avais même plus de mollet du tout. J'ai laissé ma main courir le long de sa cuisse ferme et rebondie.

Elle avait un corps de joueuse de tennis robuste. Vu l'état d'excitation dans lequel je me trouvais à présent,

une joueuse de curling aurait fait l'affaire. J'avais l'impression d'avoir un manche de raquette à la place du sexe, c'était presque douloureux. Quand sa main s'en saisit, je fus secoué de tremblements incontrôlables. Je n'allais pas tenir cinq sets.
Je me concentrai sur mon amnésie, je devais rester silencieux ou bien ne parler qu'espagnol. Ça m'aiderais à reprendre un peu la maîtrise de mon corps.
Soudain, avec une vivacité déconcertante pour une femme de sa corpulence, elle bondit sur le lit et atterrit à califourchon sur moi. Je n'eus que le temps de saisir la poignée au dessus de ma tête pour me positionner un peu mieux. Elle avait déjà remonté sa blouse jusqu'à la taille et sa main guidait déjà mon membre suffocant dans le passage brûlant de son sexe. Tout doucement elle m'engloutit totalement. Je m'agrippais au trapèze en sollicitant au maximum les muscles des bras. Elle commença alors à faire rouler ses hanches en leur imprimant un lent mouvement de rotation. C'était irrésistible. D'autant plus que mes bras n'en pouvaient plus, ils m'abandonnaient. Sentant la fin proche, j'essayai tout : je me mordis la langue, j'imaginai un orchestre mariachi en train de jouer autour du lit, je fis pire encore. J'étais sur le point de capituler quand ma partenaire ma sauvé. Elle m'a saisi les poignets et a crié :
— Vas-y Bruce, baise-moi !
J'ai tout de suite décroché et repris le contrôle.
Elle continuait à m'appeler Bruce en accélérant le rythme de ses mouvements. Ça devenait très

physique. J'essayai de faire durer le plus longtemps possible la distraction psychologique occasionnée par ce nouveau nom, mais à peine cinq minutes plus tard, je dus m'avouer vaincu.
Bruce m'avait quand même épargné la honte d'une éjaculation très précoce.
Je reprenais mon souffle, mes bras et mes esprits, quand docteur Calandra, qui avait déjà repris son apparence professionnelle, alla se placer au pied de mon lit. Elle se saisit de la petite ardoise blanche sur laquelle étaient clipsés les résultats des différents examens que l'on m'avait fait subir et avec un sourire gourmand sur le visage, elle la fit pivoter pour que je puisse lire ce qui y était inscrit.
— C'est Maria, l'infirmière qui t'as tondu ce matin. Elle voulait te donner un nom provisoire. Elle trouve que tu lui ressembles. Au fait, moi c'est Ana.
Ana m'a laissé aller seul à la clinique de Schnapzel le jour suivant. Elle m'a même donné un peu d'argent quand je lui ai dit que je voulais acheter quelques journaux étrangers pour voir, des fois que je tombe sur quelque chose de familier. Son petit sourire n'était pas très facile à interpréter.
J'en ai bien sûr profité pour acheter des timbres et poster la lettre à Doc et Vito. J'espère avoir de leur nouvelles dans quelques jours.
Je n'ai absolument aucun souvenir de la séance avec électrodes.
La jolie petite infirmière qui prenait des notes la fois précédente m'a accueilli très gentiment.
Elle m'a offert un jus de fruit.

J'ai attendu un peu dans une petite pièce toute blanche et puis plus rien.
Je ne sais même pas comment j'ai rejoint l'hôpital.

Quelques jours ont passé, et tout le monde m'appelle Bruce Willis maintenant. Mon infirmière moustachue me colle toujours autant, mais Ana veille et la houspille régulièrement pour qu'elle passe aussi dans les autres chambres.
Cet après midi, j'ai revu l'horrible costume marron du policier. Il semblait un peu dépité. Docteur Schnapzel lui avait transmis le résultats de ses recherches, et ça ne les avançait pas plus que cela. Aucune des familles de marins n'avait reconnu ma photo. J'étais un fantôme.
Nous avons discuté de choses et d'autres. Il semblait réellement concerné par mon histoire et voulait me présenter son beau-frère qui tenait un garage automobile en ville. Pour lui, je devais reprendre une vie normale, les souvenirs reviendraient bien un jour.
— Tu sais, il y a tellement de trucs que je voudrais oublier que je t'envie un peu parfois, m'a-t-il lancé en partant.
À peine dix secondes plus tard j'ai entendu un tapage inhabituel dans le couloir. Je n'avais plus aucun tuyau qui entravait mes mouvements, alors je suis allé voir ce qui se passait.
La porte m'a manqué de peu.
J'ai effectué un pas en arrière et j'ai marqué un temps d'arrêt.
Le petit homme qui me faisait face semblait aussi

décontenancé que moi. Il regardait mon crâne rasé et fendu d'un air vaguement dégoûté.
— Fàbio, mon cousin ! Cria-t-il sans trop de conviction en regardant en arrière.
— Vito ? Balbutiai-je alors.
— Tais-toi, idiot ! Je croyais que tu étais amnésique ! Souffla-t-il en me poussant à l'intérieur.
Il n'y avait pas de doute, c'était bien Vito. Il avait pris un sacré coup de vieux et il avait perdu au moins vingt kilos mais je le reconnaissais à présent.
Doc entra à son tour, il était en train d'essayer d'embobiner Ana qui ne le lâchait pas d'une semelle. J'avais envie de rire et de serrer mes deux amis dans les bras.
Vito était plus convaincant maintenant et donnait du Fàbio à profusion pendant que Doc sortait des photos de sa poche. Lui, en revanche, n'avait pas changé. C'était incroyable, j'avais l'impression de l'avoir quitté la veille.
Ana s'est approchée de moi une photo à la main. Elle a hoché la tête en signe d'acquiescement.
— Il n'y a pas de doute Bruce. Tu es bien Fàbio.
— Mais chez nous tout le monde l'appelle le Français, tint à ajouter Vito.
— Vous venez de me dire qu'il était brésilien. Il faudrait savoir ? fit-elle en se tournant vers Doc.
— Ne vous inquiétez pas, avec la tête qu'il a maintenant on l'appellera Bruce si vous voulez ! répondit-il.
— Ou Kojak, ajouta Vito, très en forme. De toute manière, j'ai tous les papiers avec moi. On va pouvoir

vous en débarrasser tout de suite.

J'ai quand même dû attendre deux jours supplémentaires que Vito embrouille la police locale avec son histoire de cousin disparu il y a vingt ans pour fuir la violence de Rio. J'avais donné de mes nouvelles pendant quelques mois, puis plus rien jusqu'à cette photo du rhinocéros rouge parue dans un magazine brésilien. Le policier avait fait remarquer à Vito qu'on ne pouvait pas vraiment distinguer mon visage sur la photo, mais je crois qu'il s'en foutait un peu. Deux petits vieux qui venaient réclamer un amnésique d'environ quarante cinq ans, ça ne ressemblait pas à une nouvelle affaire Geoffrey Jackson[1].

Il a finalement rempli le formulaire qui me permettrait de monter à bord de l'avion pour Rio. Il me l'a tendu avec un large sourire en me regardant des pieds à la tête.

— Au moins, vous serez plus à la mode là-bas !

J'entendais les deux autres pouffer de rire dans mon dos. Je leur avais demandé dans ma lettre de me prendre des vêtements afin que je puisse laisser à l'hôpital ceux qu'on m'avait prêtés. Ils n'avaient rien trouvé de mieux qu'un bermuda à carreaux, un T-shirt rouge et des tongs.

---

[1] Sir Geoffrey Holt Seymour Jackson : ambassadeur britannique en Uruguay, kidnappé par la guérilla Tupamaros en 1971

24

18 mois plus tard – La Ponderosa

Le toit terrasse du *RINOCERONTE VERMELHO* de la favella Morro da Coroa accueille la centaine d'invités triés sur le volet par Doc et Vito qui ont dû négocier pendant deux bons mois avec les autorités concernées. J'ai réussi à imposer la pancarte qui ballote au dessus de l'escalier d'accès et qui provoque des réactions bruyantes : *NI DIEU, NI FOOTBALL PASSÉE CETTE LIMITE*. Les mines catastrophées permettent de repérer à coup sûr les Évangélistes. Doc est rayonnant :
— Tu vois, il n'y en a pas tant que ça. Dès qu'on s'élève un peu ils se font plus rares !
Vito semble bouleversé par la présence d'autant de personnalités. Il serre les mains avec effusion, arrachant des grimaces de douleurs à chacune de ses victimes.
— Appelle les secours ! Dans dix minutes il va se mettre à leur taper dans le dos, ironise Doc.
Ce qui m'inquiète davantage, pour l'heure, c'est la capacité de résistance du toit, mis à rude épreuve depuis que le groupe FabFav a commencé à jouer les

airs d'électro-funk samba qui enflamment toutes les soirées brésiliennes du moment. Les seuls à ne pas se trémousser en rythme sont les gardes du corps des personnalités présentes.

La musique a fait descendre tout le quartier dans la rue, et les toits environnants sont maintenant pris d'assaut par une foule bigarrée qui danse à l'unisson. Le plaisir est palpable, Vito se tortille devant la ministre de l'Éducation dont le déhanchement focalise l'attention de l'équipe de télévision présente sur les lieux. Elle va vite devenir le membre du gouvernement le plus populaire du pays.

Quand enfin la musique cesse, je m'approche du parapet pour risquer un œil en contrebas. La rue est noire de monde, notre opération est un succès extraordinaire et bientôt catastrophique si davantage de curieux se pressent autour du 89 rua Santa Catarina.

Je me tourne vers la partie sud ouest de la terrasse. C'est là que nous avons installé tous les appareils d'observation du ciel du professeur Olivera ainsi que des télescopes gentiment prêtés par des amis de Vito, à qui j'ai fait promettre de les faire rapporter après la soirée.

Le professeur Olivera n'est pas n'importe qui. Il est membre de la Société d'Astronomie Brésilienne et c'est le seul scientifique de Rio qui a accepté de venir une heure par semaine dans nos locaux pour parler de l'Univers aux habitants du quartier.

Du coin de l'œil, je repère le petit manège de mon vieux complice, l'ancien caïd de la favela. Il donne des consignes à un groupe de robustes gaillards qui s'empressent de quitter les lieux. Il vient ensuite vers moi en sifflotant le dernier air joué par nos stars.

J'ai encore du mal à réaliser tout ce que nous avons fait en si peu de temps.

Entre le moment où j'ai fait mon entrée – en tongs et T-shirt rouge – dans les locaux anonymes de notre association et la réception VIP de ce soir, sur le toit de ce qui est maintenant l'un des immeubles les plus connus de Rio, je n'ai pas vu le temps passer.

À peine débarqué de l'avion j'avais eu droit à la visite du 89 rua Santa-Catarina. Ce n'était alors qu'une grosse maison d'inspiration Art nouveau qui avait mal vieilli et dont l'agencement intérieur ne convenait pas vraiment pour ce que nous projetions d'y faire. En revanche, elle était remarquablement bien située : à proximité de la favela et dans un quartier réputé pour sa quiétude. D'ailleurs, alors que j'observais la rue en contrebas, depuis la curieuse fenêtre ronde du deuxième étage, j'aperçus mes deux vieux compagnons en grande discussion avec une petite troupe d'habitants. C'est Doc qui m'a vu le premier et qui a pointé le doigt dans ma direction. La pièce était sombre, j'ai ouvert les battants avec précaution et je me suis légèrement penché en avant. Vito, qui a le don de me plonger dans l'embarras, a levé les bras dans ma direction et s'est mis à crier :

– O rinoceronte vermelho[1] !

La petite foule m'a acclamé comme si j'étais une pop

---

1 O rinoceronte vermelho : le rhinoceros rouge

star. Je me suis trouvé un peu idiot, perché là-haut. Je ne sais pas ce qui m'est passé par la tête, mais au bout de quelques secondes, j'ai réalisé que mes bras s'étaient animés d'eux-même et reproduisaient à la perfection la gestuelle papale.

C'est un peu gêné que je rejoignis le petit groupe. L'histoire du naufrage du Zanzibar et de mon sauvetage à dos de Panzer avait déjà passé la frontière et Doc avait habilement utilisé ma notoriété naissante pour faire passer la pilule auprès des commerçants du coin qui ne voyaient pas d'un très bon œil l'installation d'un centre culturel dans la rue.

Devant le succès de l'opération, il a vu plus grand. Quelques jours plus tard, j'étais devenu la cheville ouvrière d'un plan média d'une efficacité redoutable concocté par ses soins.

Pendant que Vito commandait une armée de peintres et que Doc recrutait les bénévoles indispensables au bon fonctionnement de l'association, j'écumais les plateaux de télévision pour raconter, dans des émissions plus tartes les unes que les autres, les bribes de souvenirs que je feignais de retrouver au fil des interviews. À la fin de chacune de ces séances, un appel aux dons pour aider *Rinoceronte Vermelho* était lancé et, en une dizaine de jours, nous avons récupéré suffisamment d'argent pour faire tourner l'association pendant dix ans.

— je te présente Jesu. C'est lui qui a réalisé la fresque murale sur le pignon ouest.

Tandis que je serrais la main d'un vieux monsieur noir aux mains toutes rouges de peinture, Vito regroupait tous les ouvriers présents sur le site. Une fois le rassemblement terminé, il nous invita à le suivre à l'arrière du bâtiment pour admirer la création de Jesu.

Le moindre que l'on puisse dire, c'est que les ouvriers ont vraiment apprécié. Ce fut un véritable tonnerre d'applaudissements qui salua la révélation ainsi faite. Jesu, resté un peu en retrait, ne put retenir ses larmes. Bientôt, tout le monde avait les yeux humides devant ce haut mur blanc au sommet duquel était peint un cercle noir en parfaite symétrie avec la fenêtre ronde du pignon est. À l'intérieur de ce disque noir, une tête de rhinocéros rouge avec un œil noir en plein centre du cercle.

Depuis ce qui était, de facto, le logo de notre association, descendait en lettres noires le mot *VERMELHO*. Le premier E servait aussi pour le mot *RINOCERONTE* écrit horizontalement. Le résultat était donc une croix coiffée d'une tête de rhinocéros rouge qui semblait ceinte d'une auréole noire.

Je regardai Doc d'un air circonspect. Il haussa les épaules, l'air aussi surpris que moi et puis il lâcha, fataliste :

— Après tout, Dieu n'a pas le monopole de la croix !

En quelques semaines, le centre tourna à plein régime. Grâce à nos nombreux mécènes, la bibliothèque ressemblait vraiment à quelque chose et son pouvoir d'attraction sur les lecteurs du quartier eut un impact positif immédiat en terme d'image.

Notre action principale put ainsi s'effectuer tranquillement dans l'ombre. L'alphabétisation des adultes et la rescolarisation des enfants qui avaient échappé au système étaient nos priorités du moment.

Le soutien scolaire gratuit et l'aide aux devoirs pour ceux qui étaient en difficulté affichèrent très vite complet. La collation offerte aux participants n'y était certainement pas pour rien.

La réussite était totale d'autant plus que les ateliers artistiques ne désemplissaient pas et que la qualité du travail fourni surprenait les plus chevronnés de nos animateurs.

C'est comme ça que Vito a flairé le bon coup. C'est lui qui a eu l'idée de *RED RHINO*, notre maison de production en tout genre. Il voulait que nos artistes les plus doués puissent avoir une chance de gagner un peu d'argent.

Il pensait aussi en récupérer un peu au passage.

Avec Doc, nous n'étions pas très chauds pour nous lancer là-dedans, mais comme l'association marchait à merveille et que Vito - le seul d'entre-nous à savoir diriger une entreprise privée - nous assurait qu'il n'y avait aucun risque à tenter l'aventure, nous lui avons emboîté le pas.

Après quelques ratages sans grosses conséquences sur le plan financier, nous avons déniché la pépite : Xanadu, le tagueur de boîte à lettres le plus recherché du Brésil fréquentait assidûment un atelier de dessin anatomique très prisé par les jeunes qui voulaient se lancer dans la bande-dessinée ou l'animation. Il avait imprudemment signé une de ses réalisations lors d'un cours et le professeur avait tout de suite reconnu la marque de l'artiste.

Correios – la poste brésilienne – ne partageait pas l'enthousiasme du public pour les réalisations souvent délirantes et parfois poétiques de Xanadu. Leurs horribles boîtes jaunes fichées sur un piquet métallique et dont la forme rappelait le casque de Dark Vador étaient en effet le support exclusif de notre graffeur impénitent.

C'est encore Vito qui s'est chargé de convaincre le jeune homme de nous confier la réalisation d'un recueil de photographies de ses œuvres accompagnées de ses commentaires.

Le succès fut phénoménal et Correios décida de retirer l'intégralité des plaintes déposées contre l'artiste. Les boîtes taguées furent même vernies pour les protéger du soleil et des intempéries.

Le photographe était une vieille connaissance de Doc. Il vivait depuis plus de cinquante ans à Morro da Coroa. D'ailleurs, tout le monde l'appelait Vovô[1] et lui vouait un respect sans borne dans la favela.

Quand nous avons commencé à travailler sur le projet, je me suis rendu chez le vieil homme avec mes deux partenaires et associés. Je m'attendais à du folklorique mais ce que j'ai vu chez Vovô dépassait l'entendement. Ce vieux bonhomme presque aveugle avait dû passer plus de temps dans la lumière rouge de sa chambre noire qu'en plein jour. Le résultat était entre le fantôme et le vieux rideau, mais son œuvre était écrasante : environ trente mille clichés de Rio entassés dans des boîtes à chaussures numérotées. Les négatifs étaient rangés dans des cahiers alignés sur des

---

1 Vovô : grand-père

étagères et il ne fallait pas plus de quelques secondes à Vovô pour trouver ce qu'il cherchait. Il va sans dire que nous avons d'abord exposé quelques unes de ses photos dans la galerie de l'association et ensuite nous avons édité trois livres qui l'ont rendu célèbre dans tout le Brésil.

Parmi la centaine de boîtes que j'ai explorée pour les besoins de l'édition, une restera à jamais gravée dans ma mémoire, elle était blanche : *BL42.*

Comment rendre compte de cette sensation de vertige, aussi grisante que glaçante, quand Albert m'est apparu son appareil photo à la main, plus jeune que dans mes souvenirs ?

Vovô ne se rappelait pas avoir réalisé ce cliché mais il reconnaissait parfaitement une ruelle de la favela telle qu'elle était dans les années soixante-dix. Le photographe photographié ne lui disait rien mais il avait toujours aimé photographier les photographes.

Une fois rentré chez moi, je me précipitai sur les cartons expédiés de France par Tio Nene. Je repérai bien vite celui qui m'intéressait et en extirpai un gros livre bleu. J'hésitai un instant. Je ne l'avais ouvert qu'une fois auparavant, c'était environ deux ans avant mon départ de France. Je venais de le recevoir par colis postal et je n'avais pas dépassé la page de garde.

Je lus à nouveau l'écriture serrée d'Albert qui encadrait une photographie aérienne d'un labyrinthe végétal.

> *j'ai voulu revoir le labyrinthe dans lequel j'adorais me perdre quand j'étais enfant. Rien n'a changé,*

pas même le trou noir à la base du buis que des générations de gamins ont creusé, près de la sortie, pour s'y glisser et prolonger ainsi le plaisir de s'égarer.

La vie est un labyrinthe mais cette fois, hélas, j'ai trouvé la sortie.

Adieu le Hollandais !

Cette fois, je me risquai à tourner les pages.
La première photo m'arracha les entrailles. Layla était lumineuse, elle me souriait à cœur ouvert. J'avais oublié à quel point elle était belle. La douceur cachée au fond de ses yeux noirs me saisit sur l'instant, j'étais en perdition.
Heureusement, la page suivante, je me trouvai face à moi-même et il en fut ainsi jusqu'à la fin de l'album. Je n'étais pas toujours seul sur les clichés, mais le simple fait de me voir dans le décor mettait la scène à distance. Je me voyais mais je ne me reconnaissais pas. Fàbio Souza Tavares, dit Rino, observait à distance Jon Otchoa, dit le Hollandais.
Avant de disparaître, Albert avait tenu à me faire cadeau des souvenirs qu'il avait de moi, pensant ainsi qu'ils lui survivraient. Je fus troublé de voir à quel point ils différaient des miens. J'avais la curieuse impression d'être confronté à un sosie semblable à ces doublures utilisées par tous les dictateurs paranoïaques du monde.
La dernière page était différente. C'était un contre-jour très contrasté. Le soleil était encore suffisamment

haut dans le ciel pour que la tête du modèle l'éclipse partiellement. Il se tenait debout, les bras en croix. La silhouette était étrangement familière mais je sus tout de suite qu'il ne s'agissait pas de moi.
J'avais dû lui ressembler beaucoup ... en brun.

— Réveille-toi Compañero, les vacances c'est pour demain !
Je me retrouve bien vite sur le toit. Vito me secoue comme un prunier, il semble surexcité. J'observe le professeur Olivera prendre place derrière le pupitre installé à la hâte sur la scène qui vient de voir le triomphe des FabFav.
Je redoutais un peu l'accueil que lui réserverait la foule après l'ambiance de feu mise par nos jeunes musiciens, mais je suis très vite rassuré par l'efficacité des gros bras envoyés calmer toute velléité de manifestation de mauvaise humeur. Je me penche vers le vieux brigand pour le féliciter.
— Tu as bien fait les choses, bravo !
— Attends, tu n'as encore rien vu ! chuchote-t-il alors que l'astrophysicien commence à nous raconter la création de l'univers.
J'ai beau apprendre que des trous noirs naissent des galaxies, je ne peux m'empêcher d'éprouver un peu d'inquiétude suite aux dernières paroles de Vito.
Il s'éloigne, téléphone à la main, en direction de la ministre de l'Éducation.
De son côté, le professeur Olivera poursuit son petit bonhomme de chemin :

— ... grâce au VLT[1] et à Hubble[2] on peut maintenant aller beaucoup plus loin dans l'observation de l'Univers : Treize milliards d'années-lumière !
Vous vous rendez-compte, on peut voir des galaxies qui existaient il y a treize milliards d'années !
Tout le monde pensant pense que l'Homme est devenu erectus par adaptation à son milieu. La station debout lui permettait de mieux appréhender son environnement et augmentait ses chances de survie.
Je le pense également, mais j'aime à croire que les étoiles ont aussi contribué à faire grandir l'humanité et ce, depuis la nuit des temps.

Avec un sens du spectacle consommé, le scientifique lève les bras en direction du ciel que l'on devine au dessus de la couche de lumière électrique qui nous entoure.

Machinalement, tout le monde regarde en l'air et soudain, plus rien !

Tout est plongé dans le noir, aussi loin que porte le regard, on ne voit plus aucune lumière. Personne ne semble bouger, les quelques exclamations qui fusent d'abord sont vite étouffées par le silence qui s'impose.

La lumière revient progressivement, mais elle vient du ciel et de ses milliards d'étoiles. Toutes les têtes sont dressées, tous les corps sont tendus. L'intensité émotionnelle est palpable, personne n'oubliera jamais les étoiles de Rio.

---

[1] VLT : very large telescope : très grand télescope situé dans le désert d'Atacama au nord du Chili
[2] Hubble : télescope spatial

Il est à présent plus d'une heure du matin et tout le monde est parti. Nous ne sommes plus que tous les trois dans un des bureaux du 89 rua Santa-Catarina. Trois larges sourires barrent nos visages, nous ne parlons pas beaucoup. Je pose la main sur le genou de Vito qui est assis à ma droite dans le petit canapé et lui reproche gentiment son initiative personnelle.
— Tu y es peut-être allé un peu fort avec la coupure de courant ! On pourrait avoir des problèmes.
Doc, qui semble pourtant dormir dans le fauteuil qui nous fait face, s'anime soudain.
— Non, au contraire. Je crois que c'était un coup de génie et puis franchement, c'était magique. Vous avez vu le nombre de personnes qui pleuraient quand les lumières se sont rallumées ? On a fait mieux que la Seleção !
— Merci Doc, lâche mon voisin de canapé, visiblement surpris d'un tel soutien.
— Je t'en prie Vito. Tu sais ce que je pense de tes jeunes années, je crois que je me suis assez souvent exprimé sur le sujet. Mais je dois avouer que sans toi rien n'aurait pu se faire ici. Alors, je le dis devant le gamin, notre rhinocéros français, merci pour tout ce que tu fais encore maintenant pour tous ces gens malgré ta maladie.
Je sens Vito se crisper à côté de moi, il refuse que nous parlions de son état de santé et je n'ai pas envie qu'une dispute éclate dans un moment pareil, alors j'enchaîne aussi rapidement que possible.
— Dis-donc, tu peux m'expliquer pour la panne ?

— Oh, c'est pas grand-chose, il suffit d'avoir quelques cousins bien placés à la centrale et un téléphone. Mais j'avoue que question timing, on a eu de la chance.
— En tout cas, ajoute Doc, je peux te dire que le message est bien passé auprès des autorités. Pendant une heure, nous leur avons montré ce dont nous étions capable sans leur aide et armés des meilleures intentions. Ces cinq minutes d'obscurité leur ont donné un aperçu de notre capacité de nuisance s'il leur venait à l'idée de nous mettre des bâtons dans les roues. Je le déplore, mais en politique il faut savoir montrer les dents si on veut obtenir quelque chose.
Une nouvelle heure s'écoule durant laquelle nous revivons les derniers mois comme dans un rêve, mais la fatigue commence à m'engourdir.
— Bon, je ne veux pas vous pousser dehors, mais demain j'ai quatre-vingt bornes à faire en mobylette.
— Quoi, c'est demain que tu pars !
Ils semblent tous les deux tomber des nues. Je n'en crois pas mes yeux. Ça fait plusieurs semaines que je ne parle que de la venue de tout mon petit monde au Brésil.
Vito a même proposé de m'appeler *le musulman* dorénavant depuis qu'il sait que Sarah et Ute seront présentes en même temps au Club Med. J'ai beau ré-expliquer la situation à chaque fois, il y met beaucoup de mauvaise volonté.
— Oui, enfin maintenant je devrais dire tout à l'heure. Doc, je te rappelle que la semaine prochaine ma fille aînée emménage chez toi.

— Hé, doucement, ne me prends pas pour Vito, tout est prêt depuis longtemps. D'ailleurs, je lui ai préparé la chambre que tu as occupée autrefois. J'ai pensé que ça lui ferait plaisir de dormir dans la chambre où son papa et sa maman se sont connus.
La fatigue accumulée ces dernières heures y est certainement pour beaucoup. Ma résistance dans tous les domaines est proche du zéro et puis la perspective de revoir mes enfants me rend particulièrement émotif. Je sens mes yeux se gonfler sous la pression des larmes qui affluent lentement mais inexorablement. C'est curieux, c'est presque agréable ! Je redresse quand même un peu la tête pour retarder l'échéance - les réflexes ont la vie dure.
Mes deux vieux compères ont remarqué le trouble qui m'assaille et ils s'inspectent mutuellement les chaussures pendant de longues secondes. Je n'ai même pas honte de pleurer, alors je parviens à balbutier :
— C'est à moi que tu fais plaisir, mon vieil ami. Mon émotion doit être communicative, à moins qu'une passion soudaine et simultanée pour la cordonnerie ne vienne de les frapper à l'instant. Aucun des deux ne lève la tête ni ne prononce un mot. Je poursuis donc sur ma lancée : « Bon, heu ... je crois que le moment est venu ..., en fait ça fait longtemps que ... en fait je voudrais vous dire que vous m'avez, en quelque sorte, sauvé la vie. Et pas qu'une fois en plus ! Alors je voulais vous remercier ... et bien, d'abord, d'avoir gardé le contact quand j'étais au fond du trou, à des milliers de kilomètres ... et puis aussi

d'avoir rendu possible tout ça !
C'est à présent Vito qui me tapote le genou pendant que Doc se lève pour aller un peu plus loin.
— Tu ne voulais pas lui montrer quelque chose ? Lance-t-il alors depuis l'autre bout de la pièce.
Vito s'extrait un peu difficilement du canapé et rejoint son complice. Un conciliabule étrange s'engage entre eux. Je les laisse un peu s'organiser avant de les rejoindre près de la porte qui mène à la vaste pièce qui nous sert de remise. Je suis invité à entrer le premier, et quand les tubes au néon finissent de toussoter j'aperçois une bien curieuse machine en lieu et place des palettes de matériel.
— C'est une Norton 500 H16 1939, annonce fièrement Vito.
Apparemment, c'est une moto qui provoque l'enthousiasme de mes deux amis. Ils rivalisent de précision technique pour me vanter les qualités de souplesse du mono-cylindre et le confort de l'assise.
Pour ma part, je ne vois qu'un vieux tracteur coupé en deux dans le sens de la longueur et je me demande bien ce qu'il fabrique dans notre entrepôt.
— Ça n'est pas une moto comme les autres, tente Doc, c'est la Ponderosa.
— Et tu ne devineras jamais à qui elle a appartenu, renchérit Vito.
Je n'en peux plus de fatigue et je sens venir une de ses histoires à dormir debout, et je n'en ai vraiment pas besoin.
— Bon, écoute Vito, il est trois heures du matin ...
Doc se met à agiter la main gauche devant son visage

comme pour chasser des mouches très lentes. Il se tourne vers son compère.
— Tu parles, tu parles, tu parles et tu ne dis rien. Il n'a même pas compris que c'était un cadeau !
La tuile ! Je rêvais de mon lit, tout simplement.
Ça n'est pas la première fois qu'ils me font le coup ces deux vieux carriocas. Il y a des soirs comme celui-ci où ils semblent redouter le sommeil. En même temps, ils sont rarement en sur-régime dans la journée, c'est normal qu'ils ne soient pas très fatigués le soir.
J'en reprends pour dix minutes.
J'ai la tête emplie de plomb, je la redresse de plus en plus difficilement. Doc parle de temps en temps et puis Vito explique maintenant comment sa tante Leonela a rencontré le vieux Marcelo. Je ne comprends plus rien à ce qu'il raconte et puis il enfourche le tas de ferraille bleu en s'écriant.
— La Ponderosa, c'est la moto du Che ! La moto du Che !
Dans le regard de Doc, il y a plus que de l'amusement, ces deux là ont fini par se ressembler. Ils se fondent en une extrusion noire, je suis happé par le sommeil, je m'enfonce toujours plus profond, profond comme une dormition. Cheveux au vent, je glisse sans bruit au guidon de la Ponderosa, je file vers le Sud, le chuintement de l'air à travers mes poils de barbe est une si douce musique.

Ma mobylette remisée dans l'entrepôt, je sors l'engin mythique devant les locaux du Rinoceronte

Vermelho. Je me suis réveillé il y a quelques minutes sur le petit canapé avec le dos en compote et j'ai juste avalé un café. Il est presque midi et je dois y aller.

Dès le premier coup de kick, je comprends que ça va être musclé, un petit attroupement moqueur s'est rapidement constitué autour de l'engin, chacun y allant de son conseil. Un jeune costaud qui n'a connu que le démarreur électrique veut tenter sa chance et y laisse une cheville sous les quolibets des spectateurs cruels. Quand finalement, en nage, je réussis mon coup, l'éruption de vacarme volcanique fait fuir tous les curieux.

Il ne me faut pas longtemps pour abandonner le projet de longer la côte au plus près. Je n'ai aucune chance de sortir de Rio au guidon d'une telle pétoire si je prends la route touristique. Les effectifs de la police locale ne sont pas répartis selon le nombre d'habitants au kilomètre carré mais au prorata du nombre d'étrangers fortunés fréquentant la zone.

Je passerai donc par le nord-ouest.

Après une demi-heure de chevauchée sauvage, je regrette déjà mon choix d'itinéraire. Le réseau routier local est très théorique. Sur la carte, rien ne permet de distinguer une route rouge d'une autre. De même, les jaunes sont toutes également jaunes.

En pratique, c'est à dire sur le terrain, l'uniformité disparaît bien vite. Chaque portion de quelques centaines de mètres recèle ses spécificités. Le revêtement goudronné, noir et lisse, cède la place à une sorte de béton crépi gris redoutable en cas de chute. Heureusement, celui-ci s'évanouit aussi vite que

le précédent. Apparaît alors une espèce d'enrobé bitumeux couleur argile, tout aussi éphémère. Le marquage au sol semble se modifier au gré de l'inspiration du peintre et les virages succèdent aux virages même quand la ligne droite semble s'imposer.
Je m'arrête régulièrement pour vérifier l'itinéraire sur ma foutue carte qui ressemble davantage à un plan de métro qu'à la représentation sur papier de ce tape-cul zigzaguant. La taille des cercles censés représenter les localités ne répond pas à la logique usuelle et n'a visiblement aucun rapport avec l'importance réelle des lieux traversés. Pourtant, ma carte n'a pas dix ans. C'est Doc qui me l'a prêtée.
Soit les mouvements de population sont rapides et massifs dans cette partie du monde, soit la taille des ronds dépend d'autres critères : ancienneté de l'implantation, nombre d'églises, classement du club de football, ... etc.
Je vais donc de surprise en surprise, les mains crispées sur les poignées de la Ponderosa qui est à la hauteur de sa réputation. Jamais moteur à explosion n'a si bien justifié son nom.
C'est certainement ce vacarme titanesque qui a fait fuir la population du gros bourg désert que je viens de traverser dans une confusion totale. Aucune pancarte autre que publicitaire ne semble autorisée à s'afficher publiquement en ces lieux.
Heureusement, à peine les dernières maisons dépassées, je constate avec soulagement que la route semble enfin devenir rectiligne et plutôt uniforme. Je pousse les gaz à fond. J'atteins la vitesse de pointe de

quatre-vingts kilomètres par heure dans une pétarade de fumée blanche. L'air chargé d'insectes improbables offre une résistance acharnée à ma pénétration. Je regrette d'avoir choisi l'option esthético-historique du casque en cuir et des lunettes. Ma barbe semble être le dernier endroit à la mode pour tous les coléoptères obèses de la région.

Je finis par opter pour une position plus horizontale sur la machine – toujours un peu humiliante quand on se fait doubler par une camionnette – qui, à défaut de me faire avancer plus vite, me protège le visage des escadrilles kamikazes.

La visibilité n'est bien sûr pas très bonne quand on a la tête sur le réservoir, d'autant plus que l'air s'engouffre par le haut dans mes lunettes. J'ai les yeux qui s'emplissent de larmes et bientôt les verres se couvrent de buée.

Le choc est si violent que je lâche le guidon et manque de peu d'être désarçonné de ma monture.

Une centaine de mètres plus loin, je stoppe ma moto le long du talus qui fait office de bas-côté. Mes poignets me font souffrir et ça ne risque pas de s'arranger : j'ai cassé les ressorts de suspension avant. Je remonte la route à pied pour voir ce qui a causé autant de dégâts et c'est sans surprise que je découvre à proximité d'un amas de petites pièces de métal un énorme nid de poule. Je commence vraiment à regretter ma mobylette de fonction. Et puis j'ai encore envie de dormir.

Allongé sur le dos, dans l'herbe haute du talus, je regarde les nuages glisser dans le ciel. Leur apparente

nonchalance ne me trompe pas, chaque seconde qui passe les voit se métamorphoser en les formes les plus diverses et les plus inattendues. Des visages s'effacent pour faire place à un bestiaire fantastique. Des montagnes surgissent des entrailles d'une souris. Mais ça n'est pas cela qui va réparer ma bécane !
Deux options s'offrent à moi : soit je rebrousse chemin et je retourne dans le bled désert que je viens de traverser, soit je me fais secouer la paillasse pendant une quinzaine de kilomètres pour rallier une ville qui, d'après le rond sur la carte, paraît plus importante.
Je n'ai aucune confiance en cette carte, mais je n'ai pas l'intention de rebrousser chemin. Je décide donc de suivre la course des nuages. Mon rodéo pétaradant venant en contrepoint de leur fuite silencieuse.
Presque une heure plus tard, j'entre dans Pirai, une bourgade bien plus animée que la précédente. Les reins en marmelade, mais le moral gonflé à bloc, j'avise un garage traditionnel, à la fois salle commune, ferrailleur et réparation en tout genre. Je montre mon engin à un gros moustachu qui semble faire office de patron. Comme la nuit commence à tomber et que je suis épuisé, je n'offre qu'une résistance médiocre à sa tentative d'extorsion de fonds – en plus il garantit une réparation pour le lendemain midi – et j'accepte ses conditions, je le paie d'avance.
— Vous pouvez me dire où je peux dormir cette nuit ?
Au lieu de répondre, il interpelle un garçon qui joue avec un roulement à billes tout graisseux.
— Hé, toi là-bas, lâche ça et emmène-le chez le

Japonais !

Je suis alors le gamin maculé de cambouis dans les rues animées du centre-ville. Nous traversons en trottant une grande place rectangulaire autour de laquelle les terrasses de cafés se disputent le trottoir.

Et puis très vite, l'agitation retombe. Cinquante mètres plus loin, après avoir bifurqué sur la gauche, le garçon m'indique une grande bâtisse très simple de trois étages et il repart aussitôt en courant vers le garage.

Le patron de l'hôtel est vraiment très gros, vêtu à la mode pakistanaise – une longue tunique de coton blanc par dessus un pantalon de même facture – mais il n'a rien de japonais.

Ce qui frappe l'esprit quand on pénètre dans son établissement c'est la propreté et la blancheur. Hormis le sol carrelé au motifs floraux où l'emportent le vert et le bleu, tout est blanc : murs, plafonds, rideaux, nappes, boiseries, même les portes.

Je monte tout de suite dans ma chambre pour me doucher. Elle est aussi blanche que le reste et le mobilier robuste et rustique fait penser à une cellule de moine.

Je laisse l'eau tiède couler longuement sur moi. Elle est toute rouge en arrivant dans le receveur, chargée de la poussière arrachée à mon corps et mes cheveux.

Je sors de mon sac des vêtements propres et les enfile avant de sortir sur le balcon pour y étendre ceux pleins de poussière que je mettrai à nouveau pour rouler demain. Je les secoue un peu au-dessus de la rue déserte pour ôter le plus gros sans pour autant que le nuage rouge ne vienne teinter la façade immaculée.

Le quartier est étrangement calme. En me penchant un peu je peux apercevoir sur la droite une vaste place déserte que l'éclairage public déficient ne parvient pas à faire sortir de l'obscurité.

De l'autre côté du fleuve me parviennent les échos d'un concert ou d'une fête qui bat son plein. Ça se fera sans moi, je suis éreinté.

Je descends d'un pas lourd jusqu'à la réception et demande à l'aubergiste s'il peut me faire réchauffer quelque chose. Il ronchonne un peu mais finalement il m'apporte une assiette de soupe avec du pain en marmonnant qu'il doit se lever très tôt et qu'il aimerait bien ne plus être dérangé.

— Ne vous inquiétez pas pour moi, j'avale ma soupe et je vais au lit !

Je reste donc seul dans la salle à manger pendant quelques minutes. Une fois habitué au silence des lieux, je détecte le bruit de fond inévitable : un poste de télévision en marche. Quelques secondes plus tard, vient s'ajouter le bourdonnement d'un gros réfrigérateur dans la cuisine et presque simultanément le tic-tac de l'horloge murale accrochée dans le hall. Bientôt, les murs de l'hôtel rendent les bruits qu'ils ont emmagasinés pendant la journée.

Je monte très vite et m'allonge tout habillé sur le lit. Je sombre presque immédiatement dans un sommeil de plomb.

Je me retrouve alors soudain à marcher dans la ville déserte. C'est le milieu de la nuit et mes pas me

dirigent vers la source du bruit que j'avais entendu depuis mon balcon. Je passe d'abord un pont et m'éloigne du quartier de l'hôtel. Bientôt j'aperçois une petite place carrée, presque un cloître tellement les ruelles d'accès sont étroites. La fête bat son plein et des convives m'invitent à leur table pour m'offrir un verre. Il s'agit d'un mariage à en juger par la tenue de la jeune femme qui se tient debout à côté d'un gros costaud moustachu. L'ambiance est bizarre, mise à part la musique tonitruante, rien ne laisse deviner qu'on célèbre un heureux événement. Les invités boivent en silence et s'observent de table en table avec méfiance. Mais celle qui retient toute mon attention, c'est la mariée dont le regard triste me perce le cœur.
Celui qui semble être son mari la tient un peu trop fermement par la main. D'autres moustachus les entourent. On dirait un rassemblement de sosies de Sadham Hussein. Le premier à s'écrouler est le mari, la musique rend la scène irréelle. Un deuxième s'effondre aux pieds de la mariée, puis un autre et encore un autre. Je ne peux esquisser le moindre geste, je reste figé, pétrifié par l'angoisse qu'elle puisse être blessée. Je vois son regard noir tourné vers une haute bâtisse qui borde la place. D'autres moustachus sont touchés en musique et seul le sang qui rougit les nappes et les vêtements permet de prendre conscience de l'hécatombe.
Je ne me souviens de rien de plus.
Je me réveille sans bras mais avec un fort sentiment d'angoisse. Il me faut un certain temps pour réaliser que mes membres supérieurs sont toujours rattachés

au tronc, mais mon sommeil a dû être agité. Je suis littéralement ficelé dans mes vêtements. Le sang ne circule plus dans mes bras inertes.

À force de contorsions et de reptations inconfortables et au prix d'un dernier appui de la joue gauche sur le bois de lit, je parviens à m'extirper des couvertures et à m'asseoir. Je veux me lever, mais un éclair de lucidité m'en dissuade. J'ai les jambes en coton et je n'ai aucune envie de choir les bras ballants.

Je reste donc là, assis sur le bord de ce lit robuste, à attendre que l'oxygène fasse son retour dans mes muscles tétanisés et frustré de ne pouvoir jouer au bras mort.

J'ai toujours adoré les quelques secondes durant lesquelles, de la main restée valide je saisis le membre sans vie, le lève – toujours surpris de son poids – puis le lâche, fasciné par son étrangeté.

En revanche, j'ai toujours détesté les picotements qui annoncent le retour imminent à une activité normale du bras affecté. Heureusement, c'est très fugace.

J'ai les doigts gourds. J'entame une série de gammes sur un piano imaginaire pour récupérer un peu de motricité.

L'angoisse ne m'a pas quitté.

Quel rêve étrange tout de même ! Pas vraiment un cauchemar, d'ailleurs. Je ne me suis jamais senti en danger. J'ai seulement assisté à un carnage en musique.

Combien de moustachus se sont-ils écroulés aux pieds de la mariée ?

Je n'en sais rien, je n'avais d'yeux que pour elle et son

regard triste qui semblait s'obscurcir à mesure que sa robe blanche s'empourprait du sang des corps qui s'affalaient autour d'elle.

Je plonge à nouveau dans un profond sommeil.

Quand je me réveille pour de bon, il fait déjà chaud et le soleil est assez haut dans le ciel mais ce n'est pas la lumière qui m'anime, ce sont les cris qui proviennent de la rue.

Je pense tout de suite au massacre de la veille. Je m'assois sur le bord du lit et me frotte le visage des deux mains. Je ressens un picotement désagréable sur les paumes. Elles sont égratignées, l'espace d'un instant, je me vois à terre, sous une grande table de bois, en train de filer à quatre pattes. Je baisse les yeux sur mon pantalon aux genoux crasseux.

Sur le balcon, le soleil me traverse le crâne sans ménagement. La rue est noire de monde. On a dû transporter l'hôtel ailleurs pendant mon sommeil. Je suis complètement désorienté et j'ai surtout besoin d'un café très fort et d'un petit déjeuner copieux. J'enfile mon déguisement de motard et je descends les escaliers en tentant de retrouver le dernier point de sauvegarde un peu fiable de mon cerveau.

Petit à petit, je reprends ma place dans le grand mouvement tournoyant qui anime toute chose et en particulier le marché de Pirai. Parmi les sons qui me parviennent, j'arrive à entendre des paroles. Les colporteurs hèlent les passants comme sur tous les marchés du monde. Une comédie géante en action où chacun tient son rôle. Les répliques sont rodées semaines après semaines par les acteurs vedettes qui en font des tonnes derrière leur étal, cherchant à impressionner les seconds rôles qui déambulent dans le labyrinthe de bâches plastiques rouges, un panier sous le bras.

Je ne suis que figurant, voire spectateur, mais une vieille connaissance vient se rappeler à mon bon souvenir. Il est là, juste devant moi, pendu à une tringle de métal et encore plus moche qu'avant. Le T-shirt Motörhead qu'Ute avait voulu m'offrir quand nous avions entamé notre tour du Brésil, avant de partir pour la France.

Je me souviens d'un immense magasin d'objets inutiles avec un rayon textile très typé, à são-Paolo. J'avais décliné son offre en plaisantant sur le parti-pris esthétique de chaque peuple et j'avais conclu en lui indiquant que cela ferait un excellent cadeau de rupture. Ça nous a bien fait rire et par la suite, à chaque fois que nous nous trouvions à proximité d'un stand de T-shirts Heavy Metal, Ute faisait mine d'en acheter un. Jusqu'au jour où elle l'a fait.

Lorsque mon regard se détache enfin de cette horreur teutonne c'est pour tomber sur une très grosse femme Bororo[1] qui, penchée par dessus son stand, agite un lot de slips de toutes tailles juste devant mon nez. Passé l'instant de surprise, j'observe avec fascination la petite montagne de sous-vêtements qui se forme rapidement devant moi au gré des lancers de la grosse marchande.

Je ne peux m'empêcher de penser à ce pauvre mon-

---

[1] Bororo : les Bororos sont des amérindiens du Mato Grosso (ouest du Brésil)

sieur Bourkache et à ses slips enfilés les uns sur les autres. Qu'est-ce qui avait bien pu lui passer par la tête ce jour-là ? Je pense souvent à lui et je suis persuadé qu'il n'était pas plus islamiste que ma grand-mère mais qu'est ce qu'il foutait avec quatre slips ?

Les hurlements de la très robuste indienne qui maintenant rit beaucoup en secouant énergiquement des strings roses devant mon visage me ramènent sur le marché. Tout Pirai doit savoir à présent qu'un étranger est venu jusqu'ici pour acheter des sous-vêtements.

Je décide de ne plus lever la tête. Je fixe l'étalage de tissus imprimés en attendant qu'elle s'épuise ou qu'elle trouve une autre victime.

Je me dis qu'après tout, je pourrais en profiter pour acheter quelques T-shirts pour les enfants, ça fait quand même un an et demi que je ne les ai pas vus !

J'essaie de comprendre le classement de l'étal multicolore. Taille ? Couleur ? Tout semble scientifiquement mélangé pour perturber le chaland et lui faire passer un maximum de temps à proximité de la possédée.

Elle se tait enfin, je lève la tête et la vois sourire de toutes ses petites dents pointues. Je lui rends son sourire et lui demande conseil pour équiper un groupe un peu disparate de trois allemands et deux français, trois filles et deux garçons âgés de dix à vingt ans.

Sa technique est la même que pour les slips, mais j'ai cette fois l'impression de vivre une expérience quasi-mystique. Je vois atterrir devant mes yeux une succession d'images qui semblent sortir tout droit de mon passé.

— Un camion rouge sur fond blanc pour le petit ou un gros bateau ... Un T-shirt *Vale Tudo* pour le grand, ou bien un tout jaune avec écrit *C-4* en rouge. Pour les filles, on peut avoir *I Love Rio* ou alors regardez ce qui vient de sortir ... Un super T-shirt *Red Rhino* !

Au final, je repars avec une quinzaine d'articles dont quelques contrefaçons Red Rhino - nous n'avons pas encore lancé les produits dérivés - et la bise de ma nouvelle amie certainement un peu sorcière.

Je retrouve sans mal l'adresse du garage. Il semble fermé mais la Ponderosa est devant le rideau de fer baissé. Le gamin de la veille est assis à côté et dès qu'il m'aperçoit il bondit sur ses jambes et me tend les clefs. Je lui donne une pièce et fixe mon sac sur le porte-bagage à l'aide d'un Sandow.

Je peux enfin reprendre ma route et laisser derrière moi cette ville étrange. Une fois passées les dernières maisons je me sens redevenir plus léger. Je mets le cap à l'est et savoure enfin les derniers instants qui me séparent des miens. La route reste sinueuse et accidentée mais je me sens bien, j'ai la vie devant moi. Une heure plus tard, je commence à ressentir une raideur dans le dos. Je serre les dents et je me concentre sur le pilotage de ma pièce de musée qui commence à donner des signes de fatigue. Il est temps que tout cela prenne fin pour nous deux.

J'arrive finalement à proximité de Mangaratiba, la petite ville côtière qui marque l'entrée du parc naturel où se situe le Club Das Pedras. L'environnement n'a

pas beaucoup changé depuis vingt ans. Seule la route lisse et plane comme une feuille de couroupita indique un changement d'époque.
J'ai les reins en compote et je fume bleu.
Deux-cents mètres après un rond-point, la route effectue un esse qui me replace sur l'ancien tracé. C'est l'ultime ascension avant la longue descente sinueuse jusqu'à l'entrée du Club.
Je ressens enfin cette émotion bizarre où la joie du retour se mêle à la tristesse du voyage qui prend fin.
À mi-pente, la route est barrée par ce qui ressemble plus à une moitié de passage à niveau qu'à un poste de garde. Pourtant l'écriteau flambant neuf *Security Checkpoint* dément cette impression.
Je coupe les gaz, un peu intrigué, mais la guérite que je distingue à présent au milieu de la végétation luxuriante me paraît être en cours de construction. Je manœuvre pour contourner l'obstacle quand, sortis de nulle-part, deux hommes en uniforme me barrent la route.
— Tire-toi d'ici ! C'est le Club Med, pas un bar pour motards ! jette le plus en retrait des deux.
Dans le rétroviseur de ma bécane j'aperçois le reflet de mon visage hirsute couvert de cambouis. Je ne peux pas trop lui en vouloir.
Je sors la réservation de ma poche de blouson et lui agite sous le nez sans rien dire. Un coup de poignée et je les fais disparaître tous les deux dans un nuage de fumée bleue. J'ai juste le temps d'observer le spectacle du garde un peu trop zélé qui se tient la tête à deux mains, l'air catastrophé, pendant que son

collègue se plie en deux de rire. Ça me rappelle des souvenirs. C'est rassurant, à part l'uniforme, ça n'a pas beaucoup changé.

La Ponderosa n'a pas apprécié le démarrage en côte que je viens de lui faire subir et les derniers virages de l'ascension ressemblent à un chemin de croix. À bout de souffle, la relique me transporte péniblement jusqu'au sommet où une clairière a été aménagée pour permettre la construction d'un rond-point. Sa seule utilité semble être d'offrir l'espace nécessaire à un panneau d'affichage digne du port de Rotterdam sur lequel figure le plan du village.

J'ai coupé le moteur et je contemple la baie qui s'étend devant moi.

C'est curieux, j'ai l'impression qu'il y a quelque chose qui ne colle pas. C'est comme *Grand Canyon* de David Ockney : une multiplication des points de vue qui courbe la vision globale. Pendant quelques secondes, je suis face à une sorte de collage d'une juxtaposition de clichés qui s'estompent pour laisser place à ce que mes yeux observent à présent et qui n'est pas conforme à mes souvenirs. Ça n'a pas d'importance, je sais bien au fond de moi que, plus que l'espace qui m'entoure, c'est moi qui ai changé.

J'ai la flemme de donner un coup de kick alors je pousse ma bécane dans la descente et j'engage la seconde. J'attends un peu avant d'embrayer que la vitesse soit suffisante. Le moteur hoquette, tousse, renâcle, hoquette à nouveau mais refuse de démarrer. J'essaie à nouveau, en troisième, mais sans plus de succès. Au troisième échec, je décide de descendre en

roue libre, la main crispée sur la poignée de freins.
Je suis un peu déçu de ne pouvoir faire entendre à tous le formidable boucan de mon vieux monocylindre. Je comptais sur la Ponderosa pour m'offrir à bon compte une entrée fracassante et une aura nimbée de mystère propice à déclencher sinon l'admiration, au moins la curiosité, voire l'intérêt.
Même au conditionnel : « Elle aurait appartenu au Che ! » me garantissait l'absolution de mes enfants pour toutes ces années d'errance.
Au lieu de cela, je dévale la pente sans un bruit, si ce n'est quelques couinements sinistres. La route serpente devant moi, le vent siffle de plus en plus fort dans mes oreilles. Je serre progressivement la manette du frein arrière pour garder le contrôle de ma vitesse. La moto grince, atroce. Soudain, un claquement sec met fin à l'insupportable complainte métallique qui me vrille les tympans. L'espace d'une fraction de seconde je ressens un profond soulagement.
Le silence, enfin !
La peur suit bien vite, mais sur un mode alternatif. Les quelques virages à négocier requièrent toute ma concentration et la peur s'éloigne aussitôt, pour surgir à nouveau dès que cent mètres de ligne droite s'offrent à moi.
C'est la dernière courbe. Elle est moins serrée. Je pose la semelle de ma chaussure droite sur le pneu avant pour tenter de freiner un peu. Une forte odeur de caoutchouc brûlé me rappelle de mauvais souvenirs. Je reprends vite une posture plus académique et penche au maximum pour négocier le virage ultime.

Je sens la roue arrière chasser un peu alors je tourne légèrement le guidon vers l'extérieur pour récupérer de l'adhérence. Le cadre rigide de la vieille Norton 500 offre une sacré résistance à ma tentative de sauvetage. Le fossé qui borde la route n'est plus très loin. Je me force à tourner la tête vers la sortie du virage pour arracher les derniers centimètres nécessaires. La roue arrière mord un peu sur le bas côté, mais d'un coup de rein désespéré, je redresse la machine.
Je suis passé !
L'euphorie me gagne d'un coup mais pas longtemps. Je reconnais tout de suite la large barrière en bois qui existait déjà à mon époque. Cette fois elle est fermée. Je n'ai pas le temps de réfléchir alors je vise le milieu.
Le choc est rude. Je valdingue dans les airs en tournoyant lentement. Je n'ai même pas entendu le bruit du métal contre le bois. En silence je vois le bleu du ciel céder la place au vert de la végétation, puis le bleu et encore le vert : trois fois avant de toucher le sol sur le dos. Je rebondis sur la route et repars pour un tour en l'air, avant de tomber sur le casque cette fois. Je décolle à nouveau pour ce que je sais être mon dernier instant.
Je suis prêt.
Curieusement, je termine à plat ventre, à la suite d'une succession de petits bonds très douloureux mais absolument pas mortels.
Ça fait un mal de chien, mais je suis toujours en vie. Je suis allongé à quelques mètres d'un rond-point. Je ne peux pas me mettre debout, mais je parviens à

ramper jusqu'à l'herbe verte et tendre. Des sculptures en métal à l'effet rouillé agrémentent cet îlot végétal entouré de macadam. Ce sont certainement des répliques de planches de surf plantées dans le sol. D'où je suis situé, ça ressemble davantage à des pierres tombales. Mais je n'ai pas vraiment le choix, si je veux m'asseoir je dois m'y adosser.
J'ai dû m'évanouir un instant. Une petite foule m'entoure à bonne distance. Un vieux monsieur se tient accroupi à mes côtés. Le sol semble couvert de taches multicolores, ça m'inquiète énormément. L'homme qui me tient le poignet me dit que tout va bien, je crois reconnaître sa voix mais je pense aux T-shirts et je regarde à nouveau le sol. C'est bien ça, les T-shirts ont dû voler sous la puissance du choc. Je me sens déjà mieux.
Je regarde à présent le groupe de curieux qui me fait face avec l'espoir immédiatement comblé d'apercevoir la jolie jeune femme aux yeux bleus foncés qui s'approche de moi le plus doucement du monde. Malgré mes lunettes fendues et les larmes qui commencent à m'assaillir je reconnais Hélène.
Parmi les chuchotements qui m'entourent, j'entends derrière moi un garçon demander en allemand :
— Tu crois vraiment que c'est papa ?
— C'est bien son style en tout cas ! Lui répond Ute avec légèreté.
Je commence à rire mais je m'arrête bien vite, j'ai encore dû me fêler une ou deux côtes dans l'action.
Ça ne pouvait certainement pas finir autrement.
L'ambulance approche et les gens s'écartent pour

libérer l'accès. J'aperçois enfin la Ponderosa couchée sur le flanc au milieu d'une grosse flaque d'huile toute ronde. Andreas est à présent à mes côtés, je lui montre l'engin à terre et avant de suivre les infirmiers je lui souffle :
— Tu vois la moto là-bas ? Ne laisse personne l'embarquer, tu ne devineras jamais à qui elle a appartenu !

FIN

Remerciements

à Célia

AMORE MIO

———————

et à Œil-de-Lynx ;-)

© 2018, Christophe Thierry

Edition : Books on Demand,
12/14 rond-Point des Champs-Elysées, 75008 Paris
Impression : BoD - Books on Demand, Norderstedt, Allemagne
ISBN : 9782322144051
Dépôt légal : juin 2018